Ullstein

ÜBER DAS BUCH:

Ob er von seinen Abenteuern in Kalifornien berichtet, wo er auf Waschbären, Gürteltiere und gefährliche Alligatoren trifft, oder ob er seine Erlebnisse in Deutschland mit den wilden Nachbarshunden und ihren Herrchen zum Besten gibt – der Vierbeiner Barzi versteht es, seinem Hundeleben in allen Situationen die entsprechende Würze zu verleihen. Mit seiner unerschöpflichen Energie hält er nicht nur sich, sondern seine gesamte Umgebung auf Trab.
Die Faszination dieses Tagebuches einer Promenadenmischung beruht auf seiner Heiterkeit, seinem hintergründigem Humor, seiner spannenden Abenteuerlichkeit und der sich mit der Zeit immer mehr verdichtenden Innigkeit der Beziehung zwischen Tier und Mensch.

DER AUTOR:

Horst M. Lampe, Jahrgang 1926, lebt wechselweise in Deutschland und Florida. Er war als Journalist für deutsche und amerikanische Zeitungen tätig und machte sich nach zahlreichen Kurzgeschichten und Reportagen vor allem mit seinen Romanen einen Namen als Buchautor.

Horst M. Lampe

Tagebuch einer Promenadenmischung

Eine vorwiegend heitere
Hundegeschichte

Mit Zeichnungen von Edith Hock

Ullstein

Ullstein Buchverlage GmbH,
Berlin
Taschenbuchnummer: 24082

Ungekürzte Ausgabe
Februar 1997

Umschlaggestaltung:
Vera Bauer
Illustration:
Silvia Christoph

Taschbuchausgabe mit
freundlicher Genehmigung des
Verlag Werner Dausien, Hanau

Printed in Germany 1996
Druck und Verarbeitung:
Ebner Ulm
ISBN 3 548 24082 8

Gedruckt auf alterungs-
beständigem Papier mit
chlorfrei gebleichtem Zellstoff

Vom selben Autor
in der Reihe
der Ullstein Bücher:

Abenteuer auf krummen Beinen
(23497)
Ein Kater von Welt (23308)

Die Deutsche Bibliothek –
CIP-Einheitsaufnahme

Lampe, Horst M.:
Tagebuch einer Promenaden-
mischung : eine vorwiegend
heitere Hundegeschichte / Horst
M. Lampe. Mit Zeichn. von Edith
Hock. – Ungekürzte Ausg. –
Frankfurt/M ; Berlin : Ullstein,
1997
(Ullstein-Buch ; Nr. 24082)
ISBN 3-548-24082-8
NE: GT

ERSTER TEIL

Abenteuer in Florida

1. Die Sache mit dem Stammbaum

Ich kam als Letzter zur Welt; die sechs anderen waren mir bis zu einer Stunde voraus. Meine Labrador-Mutter war reine Rasse. Und das war auch der, dem sie ihre Gunst schenkte. Leider gehörte er als Pointer in eine andere Kategorie. Und so blieb das Ergebnis ihres zärtlichen Bemühens trotz der ansonsten hervorragenden Eigenschaften der Beteiligten zweitklassig. Ein Labrador-Pointer ist nun mal kein Rassehund. Ihn deswegen gleich als Promenadenmischung zu katalogisieren, entspricht aber wohl typisch menschlicher

Verallgemeinerung. Ich hatte, was meinen speziellen Fall betrifft, jedenfalls von Anfang an Vorbehalte.
Ich empfinde mich als Sproß zweier reiner Stammbäume. Und warum, so frage ich Sie, bitteschön, soll daraus weniger Edles resultieren?
Außerdem bin ich keineswegs in der breiten Öffentlichkeit entstanden. Die Beziehung meiner Eltern erschöpfte sich vielmehr, wie ich später aus den Bemerkungen meiner Umgebung schloß, unter Ausschluß des allgemeinen Straßenverkehrs auf dem eingezäunten Land des Besitzers, der dann so tat, als ginge ihn die ganze Sache nichts an.
Warum hat er aber nicht besser aufgepaßt, warum den Dingen einfach ihren natürlichen Lauf gelassen? Da darf man sich hinterher nicht wundern. Leider hat unsereiner die Konsequenz meist allein zu tragen. Denn die eigentlich Verantwortlichen kümmern sich ja nachher nicht mehr darum.
Immerhin bin ich noch relativ gut dabei weggekommen. Weil ich unter Palmen geboren wurde, nicht weit weg vom Atlantischen Ozean an der Ostküste von Florida, kann ich mich mit Fug und Recht einen Florida Labrador-Pointer nennen. Und das hört sich schon wieder an wie eine neue teure Rasse.
Wirklich etwas für Snobs!
Daß ich der Spätling des Wurfs bin, sollte sich auf mein ganzes Leben auswirken. Sie werden ja sehen. Zunächst jedenfalls war ich ganz einfach der Kleinste von uns sieben. Der mickrigste, wie Mister Slough ohne die geringste Rücksicht auf meine Gefühle abfällig bemerkte.

Mister Slough war der eigentlich Verantwortliche für meine Existenz und der Boss des Corrals. Er kümmerte sich auch um uns, nachdem unsere Mutter wenige Wochen nach unserer Geburt unter ein Auto in Daytona Beach gekommen war.
In Daytona Beach fahren sie Rennen. Und die ganz Jungen von ihnen, die schon mit sechzehn ihren Führerschein kriegen, versuchen auf der Straße das Tempo der Rennstrecke nachzuahmen. Wobei einem von ihnen eine schwarze Labradorhündin im Weg war.
Meine Geschwister waren alle größer als ich. Sie hatten für sich schon mehr in Anspruch genommen, als wir noch kein Tageslicht erblickt hatten. Sie waren zuerst am Ausgang, als es soweit war. Und ich ließ ihnen notgedrungen den Vortritt, wenn uns Mister Slough, nachdem uns ein Raser zu Waisen gemacht hatte, zwei viel zu kleine Schüsseln hinstellte.
So hab' ich aus der Not eine Tugend gemacht. Wenn's den anderen ums pure Fleisch ging, hab' ich meinen Geist geschärft. Qualität statt Quantität. Klein, aber fein.
Und das sollte sich noch auszahlen. Denn welcher andere Hund ist schon in der Lage, die Ereignisse seines Lebens aufzeichnen zu lassen?
Übrigens: selbst wenn er's erstens könnte, müsste es sich zweitens lohnen. Und wie oft kommt das schon vor bei einem Hundeleben!

2. Kleine Bäume sind empfindlich

Mr. Slough besaß ein Stück Land mitten in Daytona Beach. Auf dem Land gab es Ananaspalmen, Magnolien, Bottlebrushes, Orangen-, Tangerinen- und Grapefruit-Bäume. Das hört sich gut an. Wenn man aber Bescheid weiß, ist's gar nichts Besonderes. In Florida ist das Land nämlich ziemlich billig – vor allem, wenn's in der Nähe einer Gegend liegt, wo Neger wohnen.

Und die vielen Bäume auf Mr. Sloughs Land waren auch nicht sehr groß.

Er sorgte dafür, daß immer mehr dazukamen – kleine, unscheinbare Dinger mit einer Handvoll Blätter dran, die er mit Hingabe jeden Abend goß und auf Blattläuse und Raupen untersuchte. Manchmal buddelte er die schon etwas größeren wieder aus und pflanzte sie bei Leuten, die gerade ein neues Haus gebaut hatten, in den Garten, damit sie dort in Ruhe weiterwachsen konnten. Wenn er dann heimkam, brachte er Futter mit für uns und die anderen Mitglieder der Familie: seine Frau und die drei nachgeordneten Sloughs, die ihm beim Buddeln und Pflanzen halfen.

Nun glauben Sie nur ja nicht, zwischen lauter Bäumen aufzuwachsen, sei für einen Hund das pure Paradies. Dem Irrtum bin ich anfangs auch aufgesessen. Aber eines Abends – ich war schon ein paar Wochen alt und gerade auf Erkundungsgang – beschloß ich, an so einem kleinen gemütlichen Baum meinem Drängen nachzugeben.

Als kleiner Hund hat man, selbst wenn man von

geschlechtswegen ein Bein heben sollte, noch die Angewohnheit, sich stattdessen mit bequem nach außen gestellten Hinterpfoten möglichst dicht an den Boden zu drücken. Ich war gerade mitten im Drücken, als mir ein Stiefel in den Steiß fuhr und ich augenblicklich ein völlig unbekanntes Gefühl freier Fortbewegung durch die Luft hatte, ehe ich einige Längen weiter wieder festen Boden zu spüren bekam. Das hatte wehgetan, und auf mein Gewinsel war Missis Slough herbeigeeilt. „Was hast Du mit dem wehrlosen armen Puppy angestellt, Grobian?“ hörte ich sie schimpfen, während sie sich liebevoll zu mir niederbeugte.

Vorsorglich stellte ich mich erst einmal scheintot, ehe ich mich eines Besseren besann und meiner Wohltäterin das Gesicht zu lecken begann. Brummend verzog sich der Gemaßregelte, dessen Tierliebe nur noch von der Fürsorge für seine jungen Bäume übertroffen wurde.

Die Missis aber setzte mich kurz darauf schleunigst wieder ab. In meiner überquellenden Dankbarkeit hatte ich die zuvor gewaltsam unterbrochene Beschäftigung zu einem zufriedenstellenden Ende gebracht.

Der Boß war unterdessen in unserer Hütte verschwunden, die er und seine gute Seele mit den restlichen Fünf des Wurfs redlich teilten, seitdem unsere Mutter ausgeblieben war und die beiden größten der Geschwister zusammen mit ein paar Zitrusbäumen den Platz gewechselt hatten.

Vor der anderen Hütte, die sie in Amerika Trailer nennen, saßen die drei jungen Sloughs und brüllten vor

Lachen. Und einer rief: „Smarter Bursche!" Was ich als deutliches Kompliment an meine Intelligenz auslegte. Ich beschloß, mich dem würdig zu zeigen und mich in Zukunft nur noch gehen zu lassen, nachdem ich mich vergewissert habe, daß niemand in der Nähe ist.

Nach einer Weile kratzte ich an der Vortür mit dem Fliegennetz, bescheiden um Einlaß bittend. Es war ziemlich schnell dunkel geworden, wie das in Florida so ist. Die Missis öffnete mir. Der Boss saß wie gewöhnlich um diese Zeit vor dem TV und kümmerte sich nicht um uns. Und ich marschierte stracks zu unserem Kuschelkorb, um mich zu den anderen zu legen und mich zu wärmen. Glauben Sie mir, in den Subtropen kann's nachts ganz schön kalt werden im Januar. Nicht ohne Grund sind im letzten Jahr um diese Zeit die Orangen an Mr. Sloughs Bäumchen erfroren.

3. Hunde, die bellen, beißen auch

Wenn allerdings dann tagsüber die Sonne scheint, wird es schnell wieder warm. Ich hielt gerade friedlich hinter der Hütte meine Siesta, als mich die fremde Stimme weckte. Gleich darauf hörte ich Mister Sloughs Pfiff. Er pfiff immer, wenn er uns alle zugleich zusammenrief. Unseren Namen gebrauchte er nur, wenn er es ganz persönlich meinte.

Für mich hatte er sich „Goliath“ ausgedacht, was er wohl besonders lustig fand.

Der Boß stand auf dem Platz vor den beiden Trailern, wo sich ein guter Teil des Familienlebens abspielte. Wo Missis Slough ihr Haar wusch und die Wäsche trocknete, wo der Grill stand für die Hamburger und gleich daneben die Mülltonne. Wo die jungen Sloughs Korbball spielten, ihre Motorräder auseinandernahmen oder auf der Erde hockten und um ihr Taschengeld würfelten.

Neben dem Boß stand ein dicker Mensch. Mit seinem giftgelben Hemd erinnerte er mich an einen Yellow Jacket, eine von den Schmeißfliegen, die unsereiner am besten aus der Luft fängt und knackt, ehe sie selbst zum Beißen kommen.

Der „Yellow Jacket“ hatte einen breitrandigen Hut im Genick und einen Stock in der Hand. Ich empfand sofort eine heftige Abneigung. „Okay, dann wollen wir uns die kleinen Bastarde mal ansehen!“ knirschte er unter dem Hut hervor, und der Stock wippte zischend durch die Luft.

Dann griff er sich einen von uns am Hals und hob ihn

hoch wie ein schlachtreifes Kaninchen, zog ihm die Lefzen herunter, die Ohren lang, den Schwanz nach oben, wohl um zu sehen, ob alles da war, und ließ ihn dann mit einem abfälligen Grunzen fallen.
Dem nächsten ergings ähnlich. Nur daß er dem armen Kerl dabei offenbar ins Auge griff, worauf der einen Jammerlaut von sich gab, durch den sämtliche anwesende Hundeseelen in Furcht und Schrecken versetzt wurden. Ich hatte mich klug zurückgehalten. Wer sich vordrängt, kriegt leicht eins auf die Nase.
Der „Yellow Jacket" war jetzt beim vorletzten von uns. Der schien ihm zu gefallen. Mister Slough meinte: „Der wird mal der stärkste. Sieht man an seinen Pfoten, was an Größe in ihm steckt. Wenn Sie ihn nur richtig füttern."
Es ist doch immer wieder dasselbe. Ihnen kommt's mehr auf's Äußere an und nicht auf die inneren Werte. Aber in diesem Fall war's mir recht so. Sollte er nur den anderen nehmen!
Der „Yellow Jacket" setzte meinen Bruder auf den Boden. Ganz vorsichtig, als hätte er Angst, ihm dabei wehzutun. Ich traute meinen Augen nicht. Das paßte so gar nicht zu dem Bild, das ich mir von der Schmeißfliege gemacht hatte.
Dann geschah etwas, was meine Meinung bestätigte. Kaum hatte sich der Gelbe vom Bücken aufgerichtet, zischte ohne vorherige Warnung der Stock durch die Luft und traf mit voller Wucht den Rücken des armen Kerls.
Vor Schmerz versagte dem die Stimme. Den Schwanz zwischen die Hinterbeine geklemmt, wandte er sich

auf der Seite liegend mit um Gnade flehendem Blick seinem Peiniger zu.
„Stop, Mister!" fuhr jetzt endlich der Boß dazwischen – wenn auch viel zu spät. „Der Hund hat Ihnen doch nichts getan!" Trotzdem spürte ich, daß sich unser Herr zurückhielt. Wahrscheinlich war der andere ein guter Kunde, und er wollte keinen Ärger haben.
„Nonsense", wehrte der „Yellow Jacket" ab. „Wollte nur seinen Charakter prüfen. Der taugt nichts. Hätte sich sonst die Behandlung nicht gefallen lassen. Als Wachhund ist er jedenfalls unbrauchbar." Er wandte sich mir zu. „Was ist denn mit dem Kleinen da?"
Mir rutschte das Herz in den Bauch. Hilfesuchend sah ich nach Mister Slough. Aber der grinste nur. „Die Nachgeburt? Nicht viel los mit dem. Wenn Sie ihn wollen, den gebe ich Ihnen umsonst!"
Schon fühlte ich mich ergriffen. Zuerst ließ ich mich ganz schlapp hängen, um ihm zu zeigen, wie schwach und ungeeignet ich war. Als das nichts half, entschloß ich mich zum Gegenteil. Plötzlich spannte ich mich, trat ihm gegen den Bauch und knurrte bösartig.
Ich hatte seine Reaktion auf meine Vorstellung völlig falsch eingeschätzt. Denn jetzt lachte der „Yellow Jakket" wie über einen guten Witz. Und ehe ich wußte, wie mir geschah, hieb er mir seine Pranke ins Genick, daß mir Hören und Sehen verging.
Dieses Mal hatte aber er sich geirrt. Denn kaum war ich wieder bei Besinnung, ließ mich meine angeborene Zurückhaltung im Stich. Der Kerl brüllte, als hätte ich ihm gleich sämtliche Finger seiner Hand abgebissen, und schleuderte mich von sich. „Mistbiest! Giftzwerg,

verdammter!“ Und zum Boss: „Den nehme ich. Der ist aus dem Material, aus dem sich was machen läßt. Werde ihm schon beibringen, wie er sich zu benehmen hat.“

„Ich weiß nicht...“ hörte ich Mister Slough noch entgegnen, der anscheinend plötzlich doch Bedenken hatte, obwohl er mich gerade vorher hatte verschenken wollen. Was er sonst noch sagte, kriegte ich nicht mehr mit, denn ich hatte mich ganz schnell hinter die hinterste Reihe der Zitrus-Bäume zurückgezogen. Dahin, wo die Sorte mit den langen Dornen stand und wo die Familie nur auftauchte, wenn Bäume davon verkauft waren und ausgebuddelt werden mußten.

Und ich kam an diesem Tag auch nicht mehr hervor. Selbst dann nicht, als die Missis mich rief und dabei verheißungsvoll mit der Futterschüssel klapperte.

Von dem „Yellow Jacket“ habe ich niemals wieder etwas gehört. Dafür war ich um eine Erfahrung reicher: Zu schnelles Reagieren kann riskant sein. Vor allem dann, wenn man es sich eigentlich gar nicht leisten kann. Denn man weiß ja nie, wie andere darauf antworten!

4. Zahlt sich Individualismus aus?

Man sagt, daß große Ereignisse ihre Schatten vorauswerfen. Womit gemeint ist, daß sie sich selbst ankündigen. Komisch: ich hab’ bis jetzt gar nichts davon bemerkt.

Vielleicht trifft das für diejenigen zu, die größer sind – wenn auch nur aufgerichtet auf zwei Beinen – und die deswegen glauben, sie könnten weiter blicken als unsereiner, der die Umwelt noch aus der natürlichen Perspektive sieht.
Als Hund hatte ich jedenfalls keine Ahnung, daß der Tag gekommen war, an dem ich meine Kinderstube verlassen sollte. Es schien ein Tag zu sein wie alle anderen.
Ich lag im Schatten unseres Trailers und sah Missis Slough zu, wie sie die Löcher in den Hosen und T-Shirts ihrer Familie zusammenzog. Manchmal unterbrach sie ihre Beschäftigung, um die dunkle Brühe zu schlürfen, die sie Kaffee nannte und von der sie behauptete, sie sei für sie lebenswichtig.
Gelegentlich blies sie Rauch aus Mund und Nase, den sie mit Hilfe des weißen Dings zwischen den Lefzen erzeugte. Einmal hat mir einer der Jungen so einen Stengel unter die Nase gehalten, als ich mich näher informieren wollte. Ich mußte heftig nießen, und mein Interesse an dem übelriechenden Zeug ist seitdem erloschen.
Es war sehr ruhig um uns herum. Gelegentlich fielen Missis Slough und mir die Augen zu. Dann stand sie auf, streckte sich und gähnte. Und ich streckte mich gleichfalls, wenn auch horizontal. Doch unser Gähnen war von der gleichen Intensität.
Später teilten wir uns ein paar Sandwiches mit Käse und Schinken, wozu ich sie mit ausdauerndem Schwanzklopfen überredet hatte. Die andern verplemperten in der Zwischenzeit die Gelegenheit im

Gelände, indem sie irgendein Getier verbellten, das sie in ihrer schlaksigen Ungelenkheit ohnehin nicht erreichten.
Einmal, als ich mich noch intensiver kratzte als gewöhnlich, kam Missis Slough zu mir, suchte in meinem Fell herum und entfernte ein paar ungebetene Gäste. Und als es noch heißer wurde, machten wir beide ein kleines Schläfchen.
Danach half ich Missis Slough beim Ausbuddeln von Grünfutter, das sie Sellerie nennen und roh verzehren wie unsereiner einen saftigen Knochen. Es war, wie gesagt, ein Tag wie jeder andere.
So dachte ich wenigstens.
Am Nachmittag kam der Boß mit den Jungen heim. Sie gingen wie gewöhnlich zum Brunnen, schöpften dort und ließen sich das schöne Wasser zum Trinken in purer Verschwendungssucht gleich eimerweise über die Köpfe laufen. Dabei gaben sie Töne von sich, als sei das Anlaß zu höchstem Wohlbehagen.
Als wir schließlich alle am Tisch saßen – wir Kleinen, wie Sie verstehen werden, etwas weiter unten – erwähnte die freundliche Missis Slough, wie sehr ich ihr bei der Einbringung der Sellerie-Ernte geholfen hatte. Der Boß antwortete:
„Well, Du erinnerst mich daran, daß Mr. Fred nachher kommt. Ich hab' ihm einen von den Welpen versprochen!"
"Ist das nicht der Deutsche, dem du die Sprinkleranlage gebaut und den Rasen gelegt hast, draußen an der Tomoka Farms Road?" fragte die Missis und biß in ihren grünen Sellerie.

„Ja, der!“ echote der Boß. „Habe gedacht, daß die auf ihrem Land einen großen Hund gut gebrauchen könnten.“

Von da an ging mich das Gespräch nichts mehr an. Sie brauchten einen großen Hund, hatte Mister Slough gesagt. Dafür kam ich nicht in Frage. Nach den Erfahrungen mit dem „Yellow Jacket“ legte ich sowieso keinen Wert darauf, Gegenstand fremden Interesses zu sein. Mir gefiel's hier schließlich recht gut.

Ich hörte gerade noch, wie einer von den jungen Sloughs meinte: „Verrückt, diese Deutschen! Kommen aus einer Großstadt in Europa, wo sie alles haben, und verkriechen sich bei uns im Urwald!“

So verrückt fand ich das übrigens gar nicht. Mir gefiel's ja auch dort, wo viele Bäume zur Benutzung anregten. Aber mit so einem feinen Gespür für besonders einladende Stellen muß man eben geboren sein. Und letztlich kann auch nicht jeder das Glück haben, als Hund auf die Welt zu kommen.

Doch läßt sich sicher auch darüber streiten. Denn Hund und Hund sind zweierlei, wie sich im Verlauf dieser Geschichte noch zur Genüge zeigen wird.

5. Mr. Fred setzt sich durch

Mit vier Beinen ist man schneller als mit zwei. Darum haben sich diejenigen, die auf nur zwei Beinen herumlaufen müssen, das Auto zugelegt. Es gleicht den Nachteil aus und macht es ihnen möglich, sich nicht nur schneller vom Fleck zu bewegen als unsereiner, sondern dabei noch die eigenen zwei Pfoten zu schonen.

Als ein solches Auto vor unseren Trailern hielt, standen wir schon bereit: die anderen vier, weil sie aus ihren Erfahrungen nichts gelernt hatten. Und ich als der Kleinste, der es sich leisten konnte, ungefährdet aus sicherer Distanz zuzuschauen.

„Hi, Mr. Fred. Guten Abend, Mrs. Fred", begrüßte der Boß die beiden, als sie aus ihrem Auto stiegen. Und auch die Missis war hinzugetreten und schüttelte ihnen die Hand, was sie, soweit ich mich erinnerte, noch niemals getan hatte.

Das sei so Sitte in Germany, wo Mr. und Mrs. Fred herstammten, hatte der Boß der Missis vorher gesagt. Und außerdem sei Mrs. Fred eine Lady.

Meine Geschwister beschnupperten bereits ungeniert und leichtsinnig die Beine von Mr. Fred und der Lady, die sich gleich zu ihnen auf den Boden setzte und sie mit dem Ausruf „Ach Gott, sind die lieb!" zu streicheln begann.

Jetzt würde sie sicher jeden Moment den Stock hervorholen und auf die vier Dämlinge einschlagen, um ihre Charakterfestigkeit zu erproben. Man kannte das ja inzwischen.

Unverständlicherweise geschah zunächst nichts dergleichen. Dafür kullerte die Lady, von den Vieren überwältigt, inzwischen selbst auf dem Boden herum. So wandte ich meine Aufmerksamkeit Mr. Fred zu. Der hatte sich mit dem Boß und der Missis unterhalten und nur manchmal einen amüsierten Blick auf die Lady geworfen. Mir fiel auf, daß er nicht wie die

anderen Zweibeiner, die ich kannte, Beine und Pfoten vesteckt hatte, sondern dort sein nacktes Fell zeigte. Ich hatte eine Position bezogen, bei der ich sozusagen voll im Winde stand und seinen Geruch richtig in die Nase bekam. Eigentlich roch er ganz vertrauenerweckend. Vorsichtig – und zum schnellen Rückzug jederzeit bereit – witterte ich mich an ihn heran.
Irgendwie muß ich aber doch nicht aufgepaßt haben. Denn ehe ich mich's versah, hatte er mich beim Wickel – und im Arm. „Du gehst wohl gern eigene Wege, Purzel?" fragte er mich nicht unfreundlich. Immerhin nannte er mich nicht „Goliath".
Mister Slough trat zu der Lady, die sich aufgerichtet hatte und nahm von ihr einen meiner Brüder entgegen. „Der erinnert mich so an unser altes Rauhhaar", sagte die Lady. „Bitte, Putzi, laß' uns den nehmen." Wozu der Boß anerkennend nickte. „Sie haben einen guten Blick dafür, Mrs. Fred. Er wäre auch meine erste Wahl."
Da standen sie nun und betrachteten den Bevorzugten. Auch die Missis hatte ihr zustimmendes Gesicht. Man schien sich also einig zu sein. Ich selbst verfolgte die Geschehnisse so aufmerksam, daß ich fast vergessen hatte, wo ich mich befand, nämlich immer noch auf Mr. Freds Arm. Allerdings hielt er mich längst nicht mehr so fest, so daß ich Gelegenheit hatte, meine Vorderpfoten auf seine Schulter zu legen, was bequemer war und ich außerdem meine Umgebung besser überschauen konnte.
„Ja, Liebes, der sieht tatsächlich ein bißchen aus wie unser guter alter Peter, obwohl er ganz bestimmt kein

Dackel ist", bestätigte Mr. Fred, den die Lady Putzi genannt hatte. Ich konnte seine Stimme direkt spüren, denn mittlerweile hatte ich meinen Kopf zwischen die Vorderbeine – und an seinen Hals – gelegt.
„Also bleibt's dabei?" fragte die Lady.
Alle sahen Mr. Fred an, sogar der kleine Dämling, um den es ging. Lady's Putzi nahm sich Zeit mit der Antwort. Weil sein Geruch mir so angenehm war, probierte ich derweil ein bißchen mit der Zungenspitze, ob er auch so gut schmeckte wie er roch.
Da war ich plötzlich wieder runter von der Schulter. Er hatte mich einfach unter den Arm gepackt, und ich hörte ihn sagen: „Weißt du, Liebes, eigentlich sollte unser neuer Hund kein Ersatz sein für den andern. Das ist auch schon lange her. Lassen wir doch die Erinnerung, wie sie ist. Und außerdem gefällt mir der kleine Kerl hier sogar noch besser."
„Er ist der einzige, der die grauen Pointerflecken von seinem Vater mitgekriegt hat", fühlte sich Mister Slough verpflichtet, hinzuzufügen. Und die Missis meinte: „Ich würde ihn sogar selbst behalten. Er wird bestimmt ein treuer Kamerad."
Wieso paßte mir eigentlich mit einem Mal das Lob der Missis nicht mehr so recht?
Die Lady trat herzu und streckte mir ihre Hand hin. Wenn sie gedacht hatte, ich würde mich bei ihr anschmusen, hatte sie sich jedenfalls geirrt. Ich reagierte nicht. „Sicher willst du hierbleiben?" klopfte sie auf den Busch. Da sprang ich kurzentschlossen auf die Erde, lief zu Mr. Freds Auto und setzte mich davor. So, wenn das keine deutliche Antwort war!

„Klug ist er jedenfalls", erklärte Mr. Fred mit deutlicher Genugtuung. „Wenn du keine unüberwindliche Abneigung gegen ihn empfindest, Liebste, möchte ich ihn mitnehmen."

Die Lady blickte ihren Favoriten an und warf danach mir einen nachdenklichen Blick zu. Dann meinte sie resigniert: „Wenn du willst, Putzi!"

Wenig später saß ich zwischen Mr. Freds nackten Pfoten und erlebte zum ersten Mal, wie es ist, wenn sich unsereiner fortbewegt, ohne die Beine zu benutzen.

Ich weiß nicht, woran es lag – an meiner Aufregung oder an der Art, wie die Lady um die Kurven steuerte. Jedenfalls gelang es mir nicht, die übriggebliebenen Reste meines Anteils an Missis Sloughs Sandwiches zu bewahren.

Sie dürfen mir schon glauben: Ich bedauerte es wirklich, daß von dem Malheur auch Mr. Freds Pfoten betroffen wurden.

Doch am meisten ärgerte ich mich, als die Lady sagte: „Hoffentlich haben wir mit ihm keinen Fehler gemacht, Putzi."

Mir war zu schlecht, um mich zu verteidigen. Soviel stand fest: In Zukunft würde ich mich lieber auf meine eigenen vier Beine verlassen. Allerdings gabs da wohl eine Schwierigkeit. Wie sollte ich das Mr. Fred und seiner Lady klarmachen?

6. Ankunft bei Nacht

Nach einer Weile hörte die Ruckelei auf. Das Auto hielt still. Mein Magen beruhigte sich. Mr. Fred öffnete die Tür, und ich armer, kleiner, durchgeschüttelter Hund konnte endlich raus.

Viel zu sehen gab's bei der Dunkelheit nicht – nur soviel, daß wir vor einem breiten Tor standen, das Mr. Fred aufdrückte. Dann setzten sich die Lady und ihr Ding auf vier Beinen wieder in Bewegung und verschwanden in der Finsternis.

Ich schnupperte. Die Luft war angenehm frisch, roch nach Gewürzen und erinnerte mich an einen Tag bei der Missis, als sie die süßen Kuchen gebacken hatte, nach deren Genuß ich aus dem Trailer hinausgeflogen war.

Jedoch hatte der Duft dort eine bestimmte Ursache gehabt und war wieder weg, nachdem ich mir seine Quelle einverleibt hatte. Hier aber kam er von überall her, stand geradezu zwischen den Bäumen. Große Bäume, die sehr alt sein mußten, wie selbst bei Nacht an ihren Schatten zu erkennen war. Keine Winzlinge wie bei Mister Slough, denen ein einziges Hundewässerchen schadete.

Mr. Fred hatte das Tor geschlossen, gab mir einen Klaps und meinte: „So, jetzt sind wir gleich da, Kleiner. Zuhause." Womit er ins Unbekannte hineinschritt. Kein Wort des Vorwurfs wegen der kleinen Unpäßlichkeit im Auto, deren Folgen meine empfindsame Nase noch wahrnahm, als ich Putzi folgte. Dichtauf, versteht sich, weil man ja nie wußte, was für

unangenehme Überraschungen in der unsichtbaren Umgebung lauerten.
Bald darauf schimmerten zwischen den Bäumen ein paar Lichter. Als wir näherkamen, sah ich, daß die Lichter zu einer Hütte gehörten, vor der jetzt das Auto stand. Mir fiel sofort auf, daß die erleuchtete Hütte zu den Bäumen ringsum paßte: sie war im Vergleich zu meinem alten Trailer einfach riesig, hatte breite Fenster und hohe Säulen vor der Tür, um die eine Menge bunter Blumen rankten.
Die Lady wartete mit zwei anderen Zweibeinern auf uns. Einer von ihnen war noch kleiner und wahrscheinlich der schwächste im Rudel, der andere hatte graue Haare und einen krummen Rücken. Als wir sie erreicht hatten, sagte Mrs. Fred: „Das ist er."
Wieder spürte ich einen gewissen Vorbehalt und setzte mich erst einmal hin, um die Dinge auf mich zukommen zu lassen. Aber Mr. Fred nahm mich erneut auf den Arm und erklärte, dieses Mal an meine Adresse: „Und das ist jetzt deine Familie, Kleiner – der Nobbi und die Oma."
Er war wirklich ein feiner Mann. Könnte glatt einer von uns sein. Wer sonst würde unsereinem seine Leute vorstellen und überhaupt solche Anstandsregeln beachten? Die Zweibeiner scheinen ja vorauszusetzen, daß wir von selbst draufkommen, wer was ist und welchen Platz er in der jeweiligen Rangordnung einnimmt.
Der Zweibeiner, den Mr. Fred Oma genannte hatte, regte sich zuerst. Oma brachte ihren Kopf dicht an den meinen. Wir haben das zwar nicht besonders gern und

gestatten solche Vertraulichkeiten gewöhnlich nur guten Freunden.

Aber die Oma meinte es offenbar gut. Und wenn ihre Stimme auch ein ganz kleines bißchen schrill klang, so roch doch wenigsten ihre Hand appetitlich nach altem Steak-Knochen. Als ich sie freundlich anwinselte, hatte ich sie schon für mich gewonnen.

„Er gefällt mir auch sehr“, verkündete sie. „Ein lieber und ein schöner Hund!“ Und ihre Stimme klang gar nicht mehr so schrill in meinen empfänglichen Ohren.

Der Kleinste der Familie, den Mr. Fred als Nobbi bezeichnet hatte, betrachtete mich kritischer, und in mir keimte der Verdacht, daß er den Geschmack der Lady hatte. Ich verglich ihn mit den Zweibeinern, die ich kannte, kam aber zu keinem Ergebnis. Er war anders. Nur mit der Lady hatte er eine gewisse Ähnlichkeit.

Ich verhielt mich so neutral wie möglich. Nur keine Vorurteile verstärken! Das bringt unsereinem nichts. Wenn's drauf ankommt, sind wir fast immer in der schlechteren Position.

„He, du Barzi, wie geht's?“

Den Namen hörte ich zum ersten Mal. Den anderen schien es ebenso zu ergehen. Denn Mr. Fred wiederholte: „Barzi?“ Und die Lady fragte: „Wie kommst du denn darauf?“

Nobbi betrachtete mich aus dunklen Augen. „Ich weiß nicht. Ist mir so eingefallen. Vielleicht weil er aussieht wie der Hund eines Oberförsters, oder weil er so bayrisch stur guckt. Und Barzi klingt eben danach.“

„Dein Sohn!“ meinte die Lady, wie ich fand, überflüs-

sigerweise. „Ja, unser Nobbi ist schlau“, ließ sich die Oma vernehmen und folgte uns anderen in die Hütte, die keine Hütte war und auch kein Trailer, sondern ein richtiges Haus mit vielen Gefächern.
In eins davon sperrten sie mich und sagten „Gute Nacht, kleiner Barzi!“

7. Auch ein kleiner Hund hat manchmal ein Bedürfnis

Sie hatten eine Decke für mich hingelegt, auf der ich mich zusammenrollte. Aber wer wäre in meiner Situation schon ruhig liegengeblieben? Bald stand ich wieder auf und versuchte, mich zurechtzufinden.
Es war stockfinster, so mußte ich mich einmal mehr auf meine Sinne verlassen. Es roch nach Gummi, warmem Blech, Gasolin und Gras. Sie hatten mich in die Garage gesperrt.
Sie sagen, daß wir Hunde siebenmal so schnell heranwachsen wie ihre eigenen Jungen. Dann möchte ich aber wissen, wieso sie einem drei Monate alten Florida-Labrador-Pointer einen Schlafplatz zumuten, der für Autos und Gartengeräte bestimmt ist. Sie kämen doch nie auf die Idee, dasselbe mit ihrem eigenen zwei Jahre alten Nachwuchs anzustellen.
Zuerst versuchte ich die Tür zu öffnen. Aber sie hatte nichts, das man mit der Pfote herunterdrücken konnte wie in meinem Trailer. Auch mein Kratzen führte zu keinem Ergebnis. Und mein Bellen hörte wohl keiner. Da kann einen schon das heulende Elend überkom-

men. So etwas sollte man mit einem kleinen Hund, der noch nie allein gewesen ist, nicht machen. Denn wenn ich bisher auch als Individualist galt, so war es doch etwas anderes, eigene Wege zu gehen, wenn man sich im Bedarfsfall sofort wieder in den Schoß der Gemeinschaft zurückziehen konnte.

Wo Kratzen und Bellen nicht helfen, bleibt nur noch bare Traurigkeit, die man bei uns an den Augen und der hängenden Rute erkennt. Und an der klagend erhobenen Stimme. Ihr ließ ich freien Lauf. Es dauerte aber noch ziemlich lange, bis Mr. Fred die Tür öffnete. Hinter ihm stand Nobbi und betrachtete mich interessiert.

„Dein Winseln ist ja nicht auszuhalten! Na, komm' schon", sagte Putzi und nahm auch gleich meine Decke mit. Willig folgte ich ihm durch das große Haus in ein gemütliches Zimmer am anderen Ende. Dort breitete er die Decke auf flauschigem Teppich aus – am Fußende des Lagers, von dem es nach Lady duftete. Seufzend und mit dankbarem Blick ließ ich mich nieder.

„Jetzt gib aber Ruhe, sonst setzt's was!" versprach Putzi. Und eine andere Stimme, die der Lady gehörte, meinte: „Du hattest recht, dumm ist er wirklich nicht."

Ich weiß nicht, wie spät es war, als mich das gewisse Drängen weckte. Man hat ja bekanntlich ein anderes Zeitgefühl, wenn man mit vier Beinen geboren ist. Jedenfalls konnte ich nicht an mich halten. Aber weil man sich nicht gern das eigene Fell beschmutzt, suchte ich mir für so einen Fall halt ein anderes Plätzchen.

Selbstverständlich bemühte ich mich anschließend, die bewußte Stelle zuzuscharren. Man weiß ja, was sich gehört.
Indessen mußte dabei etwas schiefgegangen sein. Denn bald darauf wurde ich schon wieder geweckt, dieses Mal von einem Schrei. Nachdem ich mich erleichtert hatte, war ich unters Bett gekrochen, von wo aus ich jetzt beobachtete, wie das Licht anging und die Lady auf einem Fuß ins nächste Zimmer hüpfte. Mr. Fred's Gesicht tauchte unterm Bettrand auf. Obwohl ich mich ganz still verhielt, erspähte er mich und zog mich aus meinem Versteck.
„Du altes Schwein!" schimpfte er wütend. Dann drückte er meine zarte Nase genau dorthin, wo Mrs. Fred, die inzwischen nebenan das Wasser rauschen ließ, hineingetreten war.
Kurz danach saß ich frierend vor der Haustür. Ausgesperrt wie zuvor eingesperrt! Nur daß dieses Mal kein Winseln und kein Heulen etwas half. Ein wirklich armer Hund also, dem man sogar die natürlichste Sache von der Welt übelgenommen hatte.
Oder handelte es sich vielleicht gar um einen Irrtum? Hatte mich Mr. Fred etwa verwechselt? Warum sonst wohl sollte er mich mit dem Namen eines anderen Haustiers angeredet haben, ehe er mich an die frische Luft beförderte?

8. Die Lady heißt Edith und ist gar nicht so

Schließlich wurde es wieder hell, und ich kroch aus der Mulde heraus, die ich mir zwischen den Elefantenohrblättern gleich neben der Haustür gegraben hatte. Der Boden dort war weich unter den kleinen Stückchen aus Baumrinde, mit denen die Leute in Florida verhindern, daß die Erde um die Pflanzen herum von der brennenden Sonne ausgetrocknet wird.
Im Haus schienen sie noch zu schlafen. So trottete ich zum nächsten Baum und erledigte mein kleines Bedürfnis. Dann setzte ich mich auf die Fußmatte vor die Tür, damit ich gleich hineinkonnte, wenn sie aufging. Ringsum quakten die Ochsenfrösche, übers Haus flogen ein paar wilde Tauben, und nicht allzu weit weg stand ein grauer Reiher auf einem Bein und äugte zu mir herüber.
Ich kümmerte mich nicht um ihn. Wir unterscheiden uns in der Beziehung kaum von den Menschen. Wenn wir Probleme haben, interessieren wir uns wenig für andere.
Drinnen tat sich jetzt etwas. Ich kannte die Geräusche, hatte sie jeden Morgen im Trailer aus nächster Nähe wahrgenommen, nachdem Missis Slough aufgestanden war und das Futter für die Familie vorbereitete. Erwartungsvoll begann sich mein Magen zu melden. Ich war bereit, die ungerechte Behandlung der vergangenen Nacht noch einmal zu vergessen und mich wieder zu vertragen.
Als endlich geöffnet wurde, war es Nobbi, der Kleinste der Familie, an dem ich mich schnell vorbei-

drückte, ehe die Tür wieder zufiel. Meine Nase führte mich dem erregenden Duft von Smokies nach, jenen kleinen geräucherten Würstchen, mit denen die Zweibeiner in Amerika den Tag beginnen – zusammen mit gebratenen Eiern, Schinken oder Speck. Bei Mister Slough und der Missis hatte ich manchmal was von den Resten abgekriegt. Viel war es ja nie gewesen. Aber es hatte genügt, um mich auf den Geschmack zu bringen und dafür zu sorgen, daß mir schon beim bloßen Gedanken daran der Speichel aus dem Mund tropfte.

Die Lady stand am Herd, genau wie die Missis. Nur roch sie noch viel besser. Ob ich ihr sicherheitshalber ein freundliches „Guten Morgen" bieten sollte? Schaden konnte es nichts. Wenn ich schon hierblieb, mußte ich mich gut mit ihr stellen, auch wenn sie gestern einen andern hatte vorziehen wollen.

Um mich auf dezente Weise anzunähern, stieß ich sie vorsichtig an und wedelte dabei verhalten mit dem Schwanz. Sie drehte sich um. „Ach, da bist du ja, du kleines Ferkel!" Was schon viel liebenswürdiger klang als „Altes Schwein" – auch wenn damit erneut wesentliche Unterschiede einfach ignoriert wurden.

Dabei war die Lady aber zuvorkommend genug, eins von den Smokies vor meine Pfoten zu legen. „Vorsicht, heiß!"

Als ob ich das nicht selbst gemerkt hätte.

Als Mr. Fred auftauchte, rief die Lady: „Nobbi, Frühstück ist fertig!" Oma saß bereits am Tisch. Und unter dem ließ auch ich mich bescheiden nieder. „Wer hat denn überhaupt den Kerl wieder reingelassen?" fragte

Ladys Putzi. „Ich hab' nur nach dem Wetter sehen wollen", meldete sich Nobbi. „Sollte er denn draußen bleiben?"
„Er hat sich direkt vor Ediths Bett verewigt, und deine Mutter ist prompt reingetreten. Hab' ihn vor die Tür gesetzt, damit er beizeiten lernt, sich anständig zu benehmen."
„Er ist halt noch so klein, da sind sie eben noch nicht stubenrein – und überhaupt, wo hätte er's denn lernen sollen!" meinte die Lady, die also Edith hieß. Und das war sicher so etwas wie eine Entschuldigung.
„Hat er sein Futter?" Mr. Fred ging nicht darauf ein, hatte aber offenbar auch nichts mehr gegen meine Anwesenheit einzuwenden. Oma mußte die Frage indessen als Aufforderung aufgefaßt haben, denn sie hielt mir unterm Tisch heimlich ein Stück Speck hin – größer als alle Reste, die mir je vor den Mund gekommen waren.
„Ich mach ihm nachher Hackfleisch und Haferflocken zurecht", versprach die Lady und verabreichte mir ein weiteres Räucherwürstchen.
„Wenn ihr so weitermacht, braucht er hinterher nichts mehr," meinte Mr. Fred. „Außerdem ist so fettes Essen Gift für einen Welpen." Vorwurfsvoll sah ich ihn von unten herauf an. Was ihn so beeindruckt haben muß, daß er umgehend zu meiner Vergiftung beitrug.
„Für Welpen gibt's im Supermarkt bei Publix extra zusammengestelltes Puppy-Mix", erklärte Nobbi sachlich. „Ihr tut dem Tier nichts Gutes mit dem Zeug." Der hatte gut reden. Er war ja nicht von meiner

Art und durfte davon naschen, soviel er wollte. Wie sollte ich jemals auf 50 bis 60 Pfund kommen mit solchen Beschränkungen!
„Hunde wissen nun mal nicht, was gut für sie ist, und zuviel fressen tun sie allemal, wenn man sie läßt“, behauptet Nobbi. „Katzen sind da viel schlauer.“
Mir fiel ein, daß sich einmal ein Exemplar dieser fremdartigen Vierbeinerart auf Mister Sloughs Grundstück gewagt hatte. Als das Biest fauchend auf dem Trailer saß, wohin wir es gehetzt hatten, machte es gar keinen so schlauen Eindruck. Der Boß hatte am Ende aufs Dach klettern, es herunterholen und vor uns in Sicherheit bringen müssen.
„Von mir kriegt er jedenfalls nichts am Tisch“, beharrte Nobbi. Und dabei blieb es. Ich fand aber trotzdem, daß ich ganz gut abgeschnitten hatte. Bei den drei Großen hatte ich mich durchgesetzt ohne allzuviel Anstrengung. Und bei dem Kleinen mußte man nur auf die passende Gelegenheit warten. Als Hund war man ja ans Warten gewöhnt.

9. Zwischenfall auf dem Schulweg

Der Frühstückstisch war abgeräumt. Die Lady hantierte in der Küche. Oma hatte sich in ihr eigenes Zimmer zurückgezogen. Ich hörte, wie Mr. Fred das andere Auto, dem ich gestern abend in der Garage begegnet war, hinausfuhr.
„Komm mit“, sagte Nobbi, der mit einem Haufen Bücher unterm Arm erschien. Meine angeborene

Abneigung ließ mich zögern, meine intellektuelle Neugier mitlaufen.
Es war eins von diesen Ungetümen mit langem Hinterteil und breitem Boden, fast schon ein Lastwagen. Viele Leute in Florida fahren solche Laufbeschleuniger, mit denen sie gleichzeitig Futter, Brennholz für ihren Feuerplatz, Gegenstände für Hütten, Gartengeräte und andere Dinge transportieren. Sie nennen sie „Station Wagon" und benutzen sie manchmal sogar als rollende Hundehütten.
Nobbi klappte dem Mobil den Schwanz hoch. „Du willst ihn doch nicht etwa mitnehmen in die Schule!" protestierte Mr. Fred.
„Aber Papi, wo denkst du hin. Mrs. Attic würde glatt ausflippen. Nein, ich hab' gedacht, daß ihm die Fahrt vielleicht Spaß macht, und er kann dabei gleich die Umgebung kennenlernen."
„Wahrscheinlich verträgt er Autofahren überhaupt nicht. Gestern ist ihm auch schlecht geworden."
„Gestern ist Mam gefahren", meinte Nobbi bedeutungsvoll. „Und bis zur Spruce Creek Oberschule sind's ja auch nur 10 Minuten. Du fährst einfach schön langsam. Da wird er nicht so durchgerüttelt. Ich möchte ihn doch Eliot zeigen."
„Meinetwegen", gab Ladys Putzi nach, und Nobbi schob mich in den Wagen. Sicher meinte er's gut, übersah dabei aber, daß meine Beine noch lange nicht die richtige Länge hatten. So konnte ich die versprochene Aussicht nur genießen, indem ich mich mit den Vorderpfoten auf die Rückenlehne von Mr. Freds Sitz stützte und ihm über die Schulter schaute.

Gerade beschwerte er sich darüber, daß ich ihm ins Ohr schnaufte – was ja nicht verwundern sollte, denn so eine erste Fahrt war ja doch recht aufregend, und intensives Hecheln half beim Entspannen – als ich nach vorn geschleudert wurde, weil Putzi auf die Bremse latschte.

Dabei gebrauchte er ein Wort, das ein feiner Hund nicht kennt. Nobbi sammelte meine durcheinandergebrachten Teile auf und nahm mich auf den Schoß.

„Das ist doch nicht ....?“

„Doch, das ist“, bekräftigte das Familienoberhaupt. „Und ausgerechnet heute hab' ich das Gewehr nicht mit!“ Seine Stimme klang so verärgert, daß ich mich veranlaßt fühlte, ihm meine Pfote auf den Arm zu legen, damit er sich beruhigte. Obwohl ich wieder einmal keine Ahnung hatte, was los war.

"So ein Monster habe ich noch nie gesehen“, sagte Nobbi. Womit er wohl den dicken dunkelbraunen Schlauch mit den hellen Zacken und Streifen meinte, der quer über dem Weg vor uns lag.

„Eine Copperhead“, stellte Mr. Fred fest. „Mindestens 6 Fuß lang.“

„Fahren wir doch drüber“, schlug Nobbi vor. Aber die Zustimmung zu diesem Vorschlag blieb aus. „Ich halte nichts davon.

Ein Nachbar hat erzählt, daß er mal eine Klapperschlange überfahren hat. Auf dem Parkplatz vor dem Supermarkt kam sie wieder zum Vorschein – und lebendiger als ihm lieb sein konnte. Sie hatte sich beim Überrolltwerden einfach um die Vorderachse gewickelt.“

Nobbi schüttelte sich angeekelt. In mir erwachten urtümliche Jagdinstinkte. Doch blieb mein Bellen offenbar wenig eindrucksvoll. Denn Putzi meinte: „Du bleibst schön hier drinnen. Die ist für dich eine Nummer zu groß."

Stattdessen kletterte er aus dem Wagen, griff sich einen herumliegenden Ast und warf ihn nach der Schlange. Mit seitlichem Winden verschwand sie im Gestrüpp, das sich an der Sandstraße entlangzog.

„Wir müssen aufpassen, daß er keiner in den Weg läuft, solange er so klein ist", sagte Mr. Fred beim Weiterfahren und warf mir einen skeptischen Blick zu. „Wenn wir ihn durchs erste Jahr gebracht haben, wird er Erfahrung genug gesammelt haben, um sich in acht zu nehmen."

„Auf unserem Grundstück gibt's ja zum Glück mehr Mokassin- als Klapperschlangen", stellte der Junge fest. „Die werden höchstens achtzig Zentimeter lang und sind lange nicht so gefährlich."

„Ob das ein Glück ist, will ich dahingestellt sein lassen." Mr. Fred schüttelte bedenklich den Kopf, während er den Wagen von der Straße herunter auf einen großen Platz lenkte, auf dem viele junge Zweibeiner herumstanden. „Auch das Gift einer solchen Cottonmouth kann tödlich sein – zumal wenn es auf nur sieben bis zehn Pfund Hund verteilt wird."

„Heute abend gehen wir wieder auf die Jagd!" erklärte Nobbi und stieg aus. Und sich umsehend fügte er hinzu: „Ich sehe Eliot nicht. Na ja, fahrt halt los. Ich zeig ihm den Barzi ein anderes Mal."

Auf der Rückfahrt belegte ich den verlassenen Vorder-

sitz, und Mr. Fred fuhr mir zuliebe mit besonders viel Gefühl. Nachdem er gestern nacht so miese Laune gehabt hatte, war er jetzt wieder so umgänglich wie am Anfang unserer Bekanntschaft.
„Laß uns noch mal anhalten, wo die Schlange gelegen hat", schlug er vor, und ich bellte voller Erwartung meine Zustimmung. Leider ließ er mich aber auch jetzt nicht raus. Und verzichtete damit unverständlicherweise auf den Spürsinn, der selbst bei einem jungen Labrador-Pointer schon kräftiger ausgeprägt ist als bei einem alten Zweibein.
Stattdessen hob er den Ast auf, den er nach der Rattlesnake geworfen hatte und hieb damit auf das Gebüsch am Wegrand ein, in dem die Schlange längst verschwunden war. Natürlich ohne Erfolg. Und so fuhren wir halt heim.
Ich würde da noch viel Erziehungsarbeit leisten müssen, um Putzi davon zu überzeugen, daß man auf freundlich angebotene Unterstützung niemals von vornherein verzichten darf. Vor allem dann nicht, wenn sie von so kompetenter Seite angetragen wird.

10. Oma führt mich zu Joe und Cloe

Der Frühling ist in Florida die schönste Jahreszeit, pflegte Missis Slough zu sagen, weil im Februar und März die meisten Pflanzen gekauft, die größten Rasenflächen angelegt wurden und die Missis entsprechend mehr Geld für den Haushalt bekam. Mir gefiel er vor allem, weil man sich stundenlang in die Sonne legen

konnte und es einem selbst unter einem schwarzen Fell nicht zu heiß wurde.
Am meisten Spaß an diesem Tag machte es mir aber, mit Oma unter schattenspendenden Magnolien, Zypressen, Pinien und Palmen herumzuspazieren, in Erdlöchern zu schnuppern, eine Spur aufzunehmen und eines von den vielen grauen Eichhörnchen zu jagen, die sich überall herumtrieben.
Danach trank ich am flachen Teichufer zwischen dem Schilf ein paar Schluck Wasser. Und gelegentlich suchte ich eine diskrete Stelle auf in einem Azaleenbusch oder einer wilden Eichhecke, ohne dafür von einer harten Stiefelspitze bedroht zu werden.
Die Stiefel der Oma waren jedenfalls ungefährlich, denn das älteste Zweibein der Familie fand mich ohnehin rundherum „goldig". Ich hatte mich zu ihr gesellt, während Mr. Fred am andern Ende des Grundstücks mit seiner knatternden Grasschneidemaschine werkelte und Edith im Haus beschäftigt war. Nobbi hatte ich noch nicht aus der Schule kommen sehen.
Es behagte mir, daß Oma in der Rangordnung nur einen Mittelplatz einnahm. Bei ihr genoß ich das Gefühl größerer Unabhängigkeit. Gleichzeitig war sie aber für mich beim Umherstreifen ein naher Orientierungspunkt, um den ich meine sicheren Kreise ziehen konnte.
Auch stiefelte sie nicht über den harten Fahrweg mit seinem scharfen Muschelkies, der sich mehr für Autos als für nackte Pfotenballen eignete. Stattdessen führte sie mich nach guter alter Hundesitte am Graben entlang, der das gesamte Grundstück zu umschließen

schien und in dessen feuchtüppiger Vegetation sich Libellen, Schmetterlinge, Frösche und anderes Getier niedergelassen hatten, mit denen sich allerlei Kurzweil treiben ließ.
Wir waren auf diese Weise schon eine Weile unterwegs, als wir an die vordere Grenze kamen, wo unser Territorium nicht mehr mit Stacheldraht umzäunt war sondern mit langen Holzlatten. Am Tor schob Oma den Riegel zurück und ließ mich auf die Straße hinaus.
Eigentlich bestand diese nur aus einer glattgeschobenen und plattgewalzten Sandbahn. Sie war jedoch für einen Hund ausgesprochen hautsympatisch, und so wälzte ich mich wohlig und prüfte die Festigkeit der Oberfläche mit den Hinterbeinen. Daß der Oma dabei ein bißchen was an den Kopf flog, nahm die gute Seele einem kleinen Hund nicht übel.
In der Nachbarschaft erkannte ich noch andere große Hütten. Sie wurden jedoch offensichtlich nicht von Menschen bewohnt, sondern von den riesigen Vierbeinern, die überall herumstanden, Gras zupften und blöd unter den Hörnern hervorglotzten, als ich sie ansprach.
Eins von den Viechern schien mich mißverstanden zu haben, denn es kam näher. Wenn ich etwas nicht leiden kann, dann ist es Aufdringlichkeit und wenn man mir ungebeten zu nahe kommt. Ich war gerade dabei, dem Rindvieh meine Einstellung klarzumachen, als hinter einer der Hütten ein mir noch unbekanntes Zweibein auftauchte.
Ihm eilte mit schrillem Geblaff ein komisches Etwas

voraus, das ächzend stehenblieb, als es meine Bahn kreuzte. Beinahe wären wir zusammengestoßen, wenn ich nicht noch im letzten Augenblick einen eleganten Bogen geschlagen hätte.
Das sonderbare Ding erinnerte mich zwar an meinesgleichen. Aber irgend etwas stimmte nicht mit ihm. Es hatte keine richtigen Beine, und sein Kopf war für den Rest eigentlich viel zu groß.

Neugierig überzeugte ich mich davon, wo vorn und hinten war, was mir verhältnismäßig leicht gemacht wurde, weil das Ding vorn heftig schnaufte und hinten wackelte. Jedenfalls schien es tatsächlich eine Art Hund zu sein.
„Guten Tag, Joe“, grüßte Oma das Zweibein, das zu meinem seltsamen Artgenossen gehörte. „Hi, Ma'm“, entgegnete Joe, der etwa so alt sein mochte wie Nobbi, aber mindestens doppelt so dick war. „Ist das Ihr Hund?“

„Gut, Joe, gut", antwortete Oma, die ihn nicht richtig verstand. Was aber keinen der beiden zu stören schien, denn sie unterhielten sich noch eine ganze Weile in deutsch und amerikanisch – jeder für sich – über Hunde, Kühe, das Wetter und die Familie.
„Armer Hund, arme Cloe; ich finde Bassets einfach häßlich", stellte Oma fest, als wir zurückgingen. „Zu schwere Köpfe, zu kurze Beine und viel zu fett. Daß man so etwas auch noch extra züchtet! Ich halte das für Tierquälerei." Da konnte ich ihr nur zustimmen. Obwohl ich fand, daß Joe und Cloe eigentlich ganz gut zusammenpaßten.
Vor dem Haus putzte Mr. Fred seinen Rasenmäher. „Du hast ihm wohl unser Grundstück gezeigt?", vermutete er.
„Bassets sind doch arme Tiere", hing Oma laut ihren Gedanken nach, ohne auf die Frage einzugehen. Putzi bekam einen roten Kopf. Ich fühlte, daß es gleich Unannehmlichkeiten geben würde und zog mich etwas zurück.
„Warst du draußen vor dem Zaun mit dem Hund?"
„Muß ich wohl, sonst hätte ich ja nicht mit Joe sprechen und Cloe bedauern können", wunderte sich Oma. Mr. Fred hob verzweifelt die Hände. „Und wo hast du die Leine?" Omas Haltung drückte absolutes Unverstehen aus. „Welche Leine meinst du denn?"
Ich konnte sehen, wieviel Mühe sich unser Oberhaupt gab, um ruhig zu bleiben. „Die Leine, an den du ihn nehmen solltest, wenn du mit ihm 'raus gehst auf die Straße, damit er nicht in ein Auto oder Motorrad läuft!"

Oma konnte so leicht nichts aus der Fassung bringen. „Aber da war doch weder ein Auto noch ein Motorrad. Was du nur immer mit mir hast. Dauernd hast du etwas an deiner Mutter auszusetzen. Warte nur, du wirst auch einmal alt!"
Mit dieser mysteriösen Warnung ließ sie uns stehen. Kurz darauf fielen in ihrem Zimmer die Sonnenrollos mit lautem Rasseln herunter.

11. Allein im Haus

„Wir fahren zum Einkaufen in die Volusia Mall", sagte Mr. Fred und wechselte die Shorts, die er sonst fast immer anhatte, gegen lange Jeans. Unsereiner ist da doch wesentlich besser dran: mit einem einzigen Fell ist man immer passend angezogen.
Auch die Lady sah anders aus als sonst und roch ähnlich wie die blühenden Orangenbäumchen von Mr. Slough. Putzi schien sie zu gefallen, denn er schnupperte und leckte an ihr herum, so daß Oma „Na, na, na!" rief und etwas vor sich hinmurmelte, das wie „Kein Schamgefühl..." und „Zu meiner Zeit..." klang.
Putzi störte das offenbar wenig, und die Lady lachte nur: „Aber Oma, wir sind seit zwanzig Jahren verheiratet!" Mit einem mißbilligenden „Schlimm genug!" räumte Oma das Feld und setzte sich draußen schon in Ediths Auto.
Mr. Fred rief Nobbi zu, er solle sich beeilen. Doch der hatte keine Lust. „Fahrt allein, ich bleib' hier und lese."

„Du gehst mit!"
Aber Nobbi wollte nicht. „Außerdem kommt Eliot nachher."
„Eliot kommt um Sechs. Bis dahin sind wir längst zurück."
Nobbi gab nicht auf. „Ich muß noch Geschichte und Spanisch lernen."
„Du brauchst ein paar neue Schuhe, und in den nächsten Tagen habe ich keine Zeit. Also mach schon!"
„Yes, Master!" betonte Nobbi demonstrativ folgsam. Denn jeder weiß ja, daß ein Master der Größte und Stärkste ist und keiner gegen ihn ankommt. Dabei konnte jeder sehen, daß der Rangschwächste der Familie am liebsten um sich gebissen hätte.
Der „Master" zeigte sich auch jetzt wenig beeindruckt. „Werde nur nicht frech!" drohte er und wandte sich an mich. „Du kannst hierbleiben und Wache halten. Und daß du mir ja keinen reinläßt!"
Für mich kam diese Entwicklung völlig überraschend. Mein Protest verbellte in der Luft. Sie ließen mich tatsächlich zurück – wirklich allein zum ersten Mal in meinem ganzen Leben. Ein kleiner Hund in einem großen Haus.
Zum Glück hatte mich die Natur schon frühzeitig mit einem wachen Verstand ausgestattet. Der sagte mir, nachdem der erste Schock vorbei war, daß man Einsamkeit am besten damit bekämpft, daß man sich Beschäftigung sucht. Wer keine Zeit hat, sich seinem Schmerz hinzugeben, der spürt ihn bald nicht mehr so sehr.
Mein Vorhaben wurde durch den Umstand erleich-

tert, daß die Leute in Florida nichts von geschlossenen Türen halten. Das hängt mit dem Klima zusammen und der Neigung der Zweibeiner, den Strom für die Klimaanlage zu sparen durch natürlichen Durchzug im Haus.
Aus dem Kamin im Familien-Aufenthaltsraum holte ich mir ein mundgerechtes Stück Holz und spielte damit im Eßraum Hochwerfen und Fangen. Putzis Hausschuhe hatten mich schon gestern interessiert, und ich überzeugte mich jetzt davon, daß sie auch unterm Futter so gut rochen.
Auf der über einen Hocker ganz leicht zu erreichenden Anrichte in der Küche stand das gekochte Huhn und wartete darauf, von der Lady als Vorspeise fürs Abendessen verarbeitet zu werden. Da ich Geflügelsalat wegen der dazu verwendeten Beigaben ohnehin nicht mochte, nahm ich mir einen kleinen Anteil im voraus vom unverdorbenen Produkt. Daß ich beim Runterspringen die Schüssel mitnahm, empfand ich als nicht so tragisch. Sicher hatte die Lady noch mehr von ihrer Art.
Das Studiofenster war besonders niedrig und darum gut als Ausguck geeignet. Wenn man die vorgezogene Gardine ein wenig mit der Pfote beiseiteschob, hatte man einen ungehinderten Blick über den Fahrweg und konnte sehen, wenn die Familie nach Hause kam.
In der Schüssel in Omas Badezimmer stillte ich nachher meinen Durst, der sicher von dem Huhn gekommen war. Und eigentlich hätte ich danach rausgemußt. Aber die Türen, die nach außen führten, waren leider verschlossen. Wahrscheinlich weil ich so gelehrig war

und gelernt hatte, was man als Hund im Hause nicht tun darf, suchte sich mein Magen den entgegengesetzten Ausweg. Ich hatte mich jedoch dafür rechtzeitig in die Mitte der Halle begeben, wo man die Bescherung gleich beim Hereinkommen sah und nicht Gefahr lief, hineinzutreten.
Von alledem müde geworden, ruhte ich mich dann in einem schönen weichen Sessel im Wohnzimmer aus.
... Sie möchten gern wissen, was später geschah, als meine Familie sich genauso über das Wiedersehen freuen sollte wie ich? Ach wissen Sie, sicher haben Sie selbst genug Probleme. Warum soll ich Sie da noch mit denen eines gerade drei Monate alten Labrador-Pointers belasten!

12. Wie man Steaks redlich teilt

Zu den Dingen, die typisch sind für Florida, gehört der Swimming-Pool. Selbst Zweibeiner, die in kleinen Hütten und in Trailer-Parks wohnen, haben einen, den sie gemeinsam benutzen. Wer ein richtiges großes Haus besitzt und sich jeden Tag Steaks leisten kann, hat einen Pool für sich ganz allein.
Wir Fünf gehörten zu den Privilegierten. Unser Swimming-Pool befand sich direkt hinterm Haus und war von einem weiten Deck umgeben. Dort hielt man es auch dann aus, wenn anderswo die Hitze in flimmernden Schwaden überm Boden stand und man sich nur mit weitgeöffnetem Mund und heraushängender Zunge ein wenig Abkühlung verschaffen konnte.

Die naheliegende andere Möglichkeit der Erfrischung kam für mich nicht in Frage. An einem der ersten Tage hatte ich wissen wollen, wie das glitzernde Naß schmeckte und war dazu die Stufen hinunter bis zum Bauch hineingestiegen. Aber Mr. Fred hatte erklärt, daß nur im Swimming-Pool baden dürfe, wer dabei keine Haare lasse. Und wer, so frage ich Sie, kann dafür schon garantieren?

Auf dem Pooldeck standen ein Rotholztisch und zwei Bänke. Dort saßen wir in jenem frühen Sommer abends und verzehrten unser Dinner. Wie es dabei zuging, muß ich Ihnen erzählen, damit Sie sehen, wie verrückt meine Familie schon damals gewesen ist. Und was für ein Glück ich hatte, ausgerechnet sie zu finden. Denn es hätte ja auch ganz anders kommen können.

Dazu müssen Sie wissen, daß das Leben in Florida nicht nur aus Sonnenschein und Sandstränden, Zitrus-Bäumen und Palmen, Reihern und Klapperschlangen, Trailern und Häusern mit Swimming-Pool und glücklichen Hunden besteht.

Beinahe noch wichtiger ist ein Eisengestell, in dem die Zweibeiner in Florida mit Hilfe von Spiritus oder Gas ihr Fleisch braten.

Dieser Barbecue-Grill ist der eigentliche Mittelpunkt des Familienlebens, an dem man sich zu jeder Gelegenheit trifft. Eine Einrichtung, die jedem zugute kommt, wobei Unterschiede lediglich in dem bestehen, was gegrillt wird.

Einem Hund in einer armen Familie ergeht es am schlechtesten. Für ihn fallen nur die Knochen von billi-

gen Hühnerteilen ab, die ihm leicht im Hals stecken bleiben. Wer zur Mittelklasse gehört, ist schon besser dran. Denn mit den Knochen von Schweinerippen und Koteletts läßt sich's ungefährlicher leben, und außerdem schmecken sie gut.
Am allerbesten hat's getroffen, wer am Festmahl mit T-Bone- und Porterhouse-Steaks teilhat, deren Aroma, Saft und Geschmack auch den verwöhnten Hund zufriedenstellen.
Putzi war wieder einmal dabei, zu bestätigen, daß er genau wußte, was am besten war. Edith, Oma, Nobbi und sein Freund Eliot, der ebenfalls nach Hund roch, weil er selbst einen hatte, holten sich ihre Portionen. Mir hatte man meine Schüssel mit dem Trockenfutter hingestellt, von dem Nobbi behauptete, es sei gut für den Aufbau junger Hunde.
Während sie sich am Tisch unterhielten und dabei zunächst überhaupt nicht an mich dachten, platschte plötzlich der Inhalt von einem Gefäß herunter, den sie von Deutschland mitgebracht hatten und Bierkrug nannten. „So paß' doch auf!" hörte ich die Lady vorwurfsvoll sagen. Putzi, der gern mit den Händen redete, hatte dabei wieder einmal den halben Tisch abgeräumt.
Ich hätte schon immer gern gewußt, was sie da tranken, und schleckte auf, was sich vor meine Füße ergossen hatte. „Nein, das gibt's doch nicht!" rief Edith und vergaß darüber, mit ihrem Putzi zu schimpfen. Und auch Nobbi äußerte sein Erstaunen. „Hab' ich's nicht gewußt? Der Barzi säuft Bier. Ein echter Bayer!"

„Wer Bier trinkt, soll auch einen Steakknochen haben", meinte Eliot. Aber damit kam er bei Nobbi schlecht an.
Denn der schnappte mir das hingereichte leckere Stück geradewegs vor der Nase weg. „Ihr wollt wohl, daß er sich die Zähne ausbeißt oder einen Magendurchbruch bekommt. Mit seinen zwanzig Wochen!"
Meinen vorwurfsvollen Blick ignorierte er einfach. Na warte, irgendwann zahl' ich's dir heim!
„Der arme Kerl", meinte auch die Oma. „Nicht einmal ein klitzekleines Knöchelchen?"
„Erst muß er groß genug sein", vertröstete der „kleine Master" Eliot und Oma und hielt mir stattdessen einen Kringel Trockenfutter hin. Ich hätte ihm so gern meine Meinung gesagt, traute mich aber nicht. Das indiskutable Angebot ließ ich selbstverständlich unbeachtet.
„Na, dann nicht", sagte Nobbi ungerührt und wandte sich wieder der Beschäftigung zu, die er in meinem Fall für schädlich hielt.
Doch da bewies Putzi, wer der wirkliche „Master" im Haus war. Er schnitt von seinem Steak ein großes Stück herunter und gab es mir. „Ich nage sowieso das Fleisch am liebsten vom Knochen ab", behauptete er, was ich ihm ohne weiteres abnahm.
Und weil er eben doch das Vorbild unseres Rudels war, taten es die Lady und die Oma ihm nach und fütterten mich mit ihrem Fleisch. Lediglich Eliot, der es wohl mit seinem Freund nicht verderben wollte, hielt sich zurück und nannte das Ganze „verrückt!"
Aber als ich mich nachher vom Poolrand aus

abmühte, das Wasser zu erreichen, zeigte auch Eliot seine Generosität und bot mir an, meinen Durst aus seinem Bierkrug zu löschen.

13. Omas Blut schmeckt doch am besten

Wochenlang hatte es nicht geregnet. Mister Slough hatte zwar unterm Rasen unmittelbar um unser Haus herum Rohre gelegt, mit deren Hilfe – und einer Motorpumpe – sich Putzi als echter Regen-Master erwies. Aber der größte Teil der zwanzigtausend Quadratmeter, auf denen wir lebten, blieb trocken und somit voll von idealen Raststellen für denjenigen, der das Terrain auf vier Beinen durchstreifte.

Am Teich, im Gemüsegarten zwischen Squash, Gurken und Wassermelonen, unter den herabhängenden Zweigen eines Lorbeerbaums und an den gepolsterten Knollenwurzeln der Wasserzypressen befanden sich meine Lieblingsplätze. Ich suchte sie immer dann auf, wenn ich wieder einmal meine Pflicht erfüllt hatte.

Es gab nämlich viel für mich zu tun auf so einem Stück Land, und die übrige Familie kümmerte sich einfach nicht um alles.

So war ich es, der verhinderte, daß die großen weißen Vögel, die sich am Teich niederließen, um dort zu trinken, dabei auch gleich ein paar Fische fingen. Vorwitzige Eichkatzen mußten auf die Bäume getrieben werden. Motorräder, die auf der Sandstraße vor unserem Land die Ruhe störten, galt es durch lautes Bellen zu schnellem Davonfahren zu bewegen.

Hinzukommen sollte dann im späteren Verlauf meines ersten Lebensjahres noch eine andere Aufgabe – die wichtigste und gefährlichste, wie sich herausstellen würde. Doch darüber werden Sie später mehr erfahren.

Zunächst war ich in meiner Freizeit jedenfalls damit beschäftigt, mich zu kratzen. Daran waren jene Plagegeister schuld, die überall dort, wo ich mich niederließ, schon auf mich zu warten schienen. Mit besonderer Vorliebe versammelten sie sich dabei auf meinem Bauch, an den Innenseiten meiner Oberbeine, unterm Schwanz und hinter meinen langen Ohren.

Während die ebenfalls auf das wohlschmeckende Blut eines Labrador-Pointers versessenen „Mountain Ticks" von der Spezies der subtropischen Zecken mich wenigstens einzeln piesackten und, wenn sie satt waren, prall gefüllt von selbst abfielen, gab es gegen die unzählbaren Sandflöhe kein dauerhaft wirksames Mittel. Deswegen waren sich wohl auch die Lady und ihr Putzi nie ganz einig, was sie dagegen unternehmen sollten.

„Der arme Kerl ist wieder überall rot und entzündet", bedauerte mich Edith zum Beispiel mit typisch zweibeiniger Übertreibung, wenn ich vor ihr mit gespreizten Beinen auf dem Rücken lag, um ihr die Inspektion zu erleichtern.

Dann blies sie mir meist Wolken von übelriechendem Puder zwischen Schnauze und Schwanzspitze, so daß ich mehr einem riesigen Mehlwurm glich als einem Lebewesen von ungleich höherer Entwicklungsstufe.

Ihre Methode hatte allerdings zugegebenermaßen den Vorteil, daß ich mich hinterher überall hinlegen konnte, solange der Puder haften blieb. Dagegen hielt es Putzi mehr mit detaillierter Handarbeit. Er fing Floh um Floh und knackte sie einzeln zwischen den Fingernägeln. Das dauerte zwar erheblich länger und kitzelte recht angenehm. Aber es blieb lückenhaft und endete gewöhnlich damit, daß es mich kurze Zeit, nachdem Putzi mit steifem Kreuz von mir ablassen mußte, wieder an allen Ecken und Enden zwickte.

Ich glaube, daß sich die beiden deswegen eines Tages auf eine dritte Methode einigten. Sie stellten mich vor einen Wasserschlauch und spritzten mich ab. Diese Art gefiel mir auf Anhieb am besten. In Anbetracht von 95 Grad Fahrenheit, die Mr. Fred für Oma in 35 Grad Celsius übersetzte, wirkte ein solches Brausebad zunächst einmal ausgesprochen erfrischend. Zum andern aber entdeckte ich bald darauf, daß es einen Weg gab, die dem Wasserstrahl widerstehenden Flöhe trotzdem loszuwerden.

Als sie mich an diesem Tag wieder einmal so gut wie möglich behandelt hatten und die meisten Flöhe davongeschwemmt worden waren, durfte ich zu Oma ins Zimmer. Dort saß sie oft, wenn es ihr draußen zu warm wurde, in ihrem Lehnstuhl und beschäftigte sich mit ihren Kreuzworträtseln. Liebevoll kuschelte ich mich an ihre Füße, denn ich liebte die Fellpantoffeln, die sie auch am heißesten Sommertag trug. Außerdem duftete sie dann besonders gut nach alten Knochen.

Schon bald darauf fühlte ich mich flohfrei, während Oma sich buchstäblich überall zu kratzen begann.

Schließlich fragte sie Putzi und Edith um Rat, und die stellten fest, was ich längst wußte. Die mir nach der Dusche noch verbliebenen Flöhe hatten Oma als Blutspender sogar noch vorgezogen.
Da erst wurde mir so richtig klar, warum Eliot einmal zu Nobbi gesagt hatte, Oma sei eine „süße" alte Dame.

14. Auch Fürsorge kann lästig sein

In Florida gibts wie anderswo zwei Sorten von Leuten, die sich vierbeinige Hausfreunde halten: die eine läßt ihre Viecher mehr oder weniger unbehelligt in den Tag hinein leben. Das heißt, sie kümmert sich so gut wie nicht um sie. Die andere schleppt sie nach jedem Niesen gleich zum Tierarzt.
Wobei zu bemerken ist, daß es in Florida mehr grauhaarige Zweibeiner gibt als sonstwo in der Welt, weil man sich dort wegen der Wärme länger jung fühlt und deshalb gern dort hinzieht. Da die Menschen aber mit zunehmendem Alter offenbar auch eine Vorliebe für den Doktor entwickeln, gibt es im Land zwischen Atlantik und dem Golf von Mexiko auch die meisten Tierärzte mit den entsprechenden Patienten.
Nun hatte ich meine Familie mit Ausnahme von Oma eigentlich noch gar nicht so alt eingeschätzt. Aber da muß ich mich doch wohl geirrt haben. Denn mitten in mein schönstes Indentaghineinleben verkündete Mr. Fred: „Morgen fahren wir mit Barzi zu Dr. Rawls. Es wird Zeit, daß er seine Impfung kriegt." Und obwohl mir überhaupt nichts fehlte, ich mich also sozusagen

labrador-pointer-wohl fühlte, stimmte Edith zu.
Nur Oma sprach ganz in meinem Sinn, als sie meinte: „Er ist doch überhaupt nicht krank. Warum wollt ihr nur immer unnötig Geld ausgeben?“ Worauf das Mastergehirn der Familie erwiderte: „Damit er nicht krank wird!“ Eine Logik, die sich keinesfalls mit meiner eigenen Überzeugung deckte, daß man nur jemand zu helfen braucht, der Hilfe nötig hat.
Und weil auch Oma ein ungläubiges Gesicht machte, fügte Putzi hinzu: „Erinnere dich bitte, daß Nobbi ebenfalls gegen Masern, Keuchhusten, Mumps und Kinderlähmung geimpft worden ist, damit er sie erst gar nicht bekommt.“
So ein Unsinn! Können Sie sich vorstellen, daß unsereiner die Kinderlähmung kriegt oder mit Masern im Bett liegt? Na also! Aber welcher Hund hätte je mit Argumentation ohne Zuhilfenahme seiner Zähne ein Zweibein überzeugen können.
Am nächsten Morgen nach dem Frühstück und nachdem der große den kleinen Master in die Schule gebracht hatte, luden sie mich in den Kombiwagen und fuhren mich zu Dr. Rawls Animal Hospital.
Ich hätte mir eine andere Gesellschaft ausgesucht als die von einem Haufen verängstiger Hunde, Katzen, Schildkröten, Meerschweinchen, Hausschlangen und Sittichen. Aber wenigstens herrschte im Wartezimmer einigermaßen erträgliche Ruhe. Nur die dazugehörenden Herrchen und Frauchen taten sich wichtig.
Wir nahmen Platz zwischen einem Dobermann mit einer Bauchbinde und einer Schachtel mit einem Fellknäuel, das die Zweibeiner mit „lovely“ und anderen

Ausrufen des Entzückens bedachten, ich aber schlicht für einen Wurf ordinärer Hauskatzen hielt. Ein ausgewachsenes Exemplar davon fauchte mich aus der gegenüberliegenden Ecke an. Da ein Gitter die nähere Konfrontation ohnehin verhinderte, beachtete ich die Giftnudel nicht weiter, sondern legte mich dösend auf meine vorderen Pfoten, bis ich an der Reihe war.

Dr. Rawls war ein freundlicher Mann. Er informierte sich zunächst über mein Alter und meine Abstammung und legte mich auf eine wackelnde Schale.

Die dabei angezeigten 18 Pfund beurteilte er als „Idealgewicht". Nachdem er sich nach meiner näheren Herkunft erkundigt hatte, lud er mich zuvorkommend ein, mich auf seinem Tisch niederzulassen – was mir bis dahin noch niemals passiert war.

Behutsam tastete er mich von vorn bis hinten ab, untersuchte gleichermaßen die Nasenlöcher wie den Darmausgang, sah schließlich auch noch in meinen Ohren und hinterm Gebiß nach und schloß die Inspektion mit einem zufriedenen „Pretty Fellow", was soviel wie „Prächtiger Bursche" bedeutete.

Das Kompliment nahm ich als Beweis dafür, daß dieser Tierarzt etwas von Hunden verstand.

Leider stellte sich unmittelbar danach heraus, daß er sogar etwas zuviel für meinen Geschmack wußte.

„Die Impfungen sind aber überfällig. Sie hätten viel früher kommen können!" kritisierte er.

„Wir dachten, daß nach einem halben Jahr die beste Zeit sei", verteidigte sich Putzi. „Er war ja auch noch so winzig."

„Gegen Tollwut, Hepatitis und vor allem Staupe kön-

nen sie nicht früh genug geimpft werden", entgegnete der gründliche Dr. Rawls. „Selbstverständlich nur, wenn sie in guter körperlicher Verfassung sind."
Noch während ich über das Gesagte nachdachte, wurde mir die Haut hinterm Genick langgezogen, und ich spürte zwei feine Einstiche.
„Schon geschehen", sagte Dr. Rawls und lobte mich für mein Stillhalten. Dann durfte der Master den „braven Burschen" vom Tisch runter heben.
Beim Verabschieden erwähnte der freundliche Doktor eine andere Spritze, die ich beim nächsten Mal haben müsse. „Herzwürmer?" fragte Putzi, der davon auch nichts wußte.
„Herzwürmer sind Parasiten, die es dort, woher Sie kommen, nicht gibt. Aber hier im Süden gehen jährlich Tausende von Hunden an ihnen zugrunde. Sie fressen ihnen buchstäblich das Herz weg. Er kriegt zuerst eine Injektion, und danach müssen Sie ihm jeden Tag eine Tablette geben, damit das Blut konditioniert bleibt."
„Sind die auch für Menschen gefährlich?" wollte die Lady wissen. Dr. Rawls schüttelte den Kopf. „So gut wie nicht, obwohl es schon einzelne Fälle gegeben haben soll." Manchmal wünschte ich, nicht mit vier, sondern mit zwei Beinen auf die Welt gekommen zu sein.
Als wir endlich wieder alle drei im Wagen saßen, fragte Putzi: „Wie hoch war eigentlich der Scheck, den du ausgeschrieben hast?"
„50 Dollar", antwortete die Lady, die für's Geld in unserer Familie zuständig ist.

„Nicht schlecht für fünfzehn Minuten Arbeit und ein bißchen Serum", meinte Putzi.
Und nach einer Weile nachdenklich: „Ich denke, Nobbi sollte Tierarzt werden!"

15. Eine Extramahlzeit für Woody

In Florida gibt es noch Urwald, den bisher kein Mensch – und schon gar kein Hund – betreten hat. Um aus ihm eine Art Park herauszuschneiden, benötigt man mehr als ein paar Bulldozer.
Diese Monster, vor denen die Zweibeiner so wenig Angst haben, daß sie sogar auf ihnen reiten, können zwar Schneisen schieben, querliegende Baumriesen aus dem Weg räumen und das zähe Grünzeug zerreißen, das sich um die Stämme und zwischen ihnen über den Boden schlingt.
Sie können diesen Boden planieren und breite Mulden ausheben, in denen sich Grundwasser und die Regenmassen der subtropischen Gewitter zu Teichen sammeln.
Aber um den Dschungel tatsächlich in einen „Garten Eden" zu verwandeln, wie Putzi der lachenden Edith bescheiden versprach, durfte sich die Familie schon selbst ein bißchen anstrengen.
Insbesondere da, wo die schönsten Zypressen, Pinien und Palmen so dicht beisammen standen, daß keine von den großen Maschinen zwischen ihnen durch konnte, war es nicht zu vermeiden, daß wir dem Unkraut persönlich zu Leibe rücken mußten.

Wir – das waren meist Edith, die Buschmesser, Hacke und Schaufel trug, Putzi, der die Karre für den Transport der abgeschlagenen Schlingpflanzen schob, und meine Kleinigkeit, die in der Schubkkarre saß, bis wir an der Stätte unseres Wirkens angelangt waren. Denn da es ja schließlich darum ging, den passenden Rahmen für mich zu vollenden, mußte ich mich anstandshalber auch darum kümmern.

Unsere Arbeitseinteilung war denkbar einfach. Putzi schlug die Lianen- und Efeuknäuel in Stücke, damit sie sich leichter greifen ließen. Dann riß er sie aus den Schuppen der Cabbagepalmen und den Borken der übrigen Bäume, wo sie sich festgesaugt hatten. Die Lady hackte auf dem Boden herum und belud die Schubkarre. Und ich schaufelte die Eingänge zu den Mausehöhlen frei, die gut getarnt unter dem grünen Schlingteppich angelegt waren.

Von Zeit zu Zeit schlug Edith ihre Hacke gegen den nächsten Baum, damit die feuchten Erdklumpen, an denen noch die Lianenfetzen hingen, abfielen. Und jedes Mal, wenn das an einem bestimmten Baum geschah, einer alten Wassereiche, gab es ein Echo. Kleck, kleck, kleck.

Meine Familie wunderte sich. Manchmal sind die Zweibeiner einfach etwas langsam mit dem Begreifen. Mir war gleich am Anfang klar, was es mit dem Echo auf sich hatte, nämlich daß da einer wohnte, der sich durch Ediths Klopfen gestört fühlte.

Hoch droben über den Palmen guckte ein Vogel neugierig aus seinem Loch im Baumstamm, nachdem er auf das Pochen höflich „Herein" gerufen, sich aber niemand gemeldet hatte.

Endlich bemerkten ihn auch meine Leute, und Edith erkannte sogar, daß er ein Specht war. Ich nannte ihn „Woody".

„Aufpassen!" warnte in diesem Moment Putzi laut und gab gleichzeitig der Lady einen Stoß, daß sie nach rückwärts fiel. Im selben Augenblick bekam auch ich die Witterung in die Nase.

Woody war vergessen. Denn vor mir wand sich eine Art Wurm, ringelte sich zusammen, hob den kleinen dreieckigen Kopf mit zwei starren Augen, rasselte mit dem Schwanz und sprang nach mir. Es kostete mich keine große Anstrengung, dem unfreundlichen Gesellen auszuweichen. Mit sieben Monaten ist man als in der Natur lebender Hund solchen Vorkommnissen bereits gewachsen. Was man von unseren zweibeinigen Herren sicher nicht behaupten kann.

Das „Zurück, Barzi!" von Putzi wäre also gar nicht nötig gewesen. Aber ich wußte ja: er meinte es gut. Was dann folgte, geschah so schnell, daß die Lady noch nicht einmal wieder auf den Füßen stand, als das Buschmesser der Schlange bereits den Kopf abgetrennt hatte.

„Ein Pygmy Rattler", erklärte der Master, „eine Pygmäen-Klapperschlange – noch nicht ausgewachsen. Aber die werden auch nicht viel länger als 30 Zentimeter."

„Ist sie giftig?" fragte die Lady und trat vorsichtig näher.

„Es reicht für's Krankenhaus", antwortete Mr. Fred und schleuderte den kopflosen Körper der Schlange ins Gebüsch, wo er hängen blieb. „Wir haben ihn wohl aufgescheucht. Laßt uns in Zukunft besser achtgeben. Es sind sicher noch mehr da, und es könnten gefährlichere darunter sein!"

„Sie hat den Hund ja richtiggehend angegriffen", sagte Edith und nahm mich beschützend in den Arm. „Wenn sie ihn gebissen hätte!"

„Ich glaube nicht, daß sie das geschafft hätte. Dazu war sie doch zu klein. Und der Barzi ist auch schon zu schlau. Hast du denn nicht gesehen, wie schnell er reagiert hat? Aus dem wird ein guter Schlangenjäger, warte nur noch ein paar Monate!"

Ich fand, daß er mit dieser Erkenntnis auf dem richtigen Weg war und sah zu, wie Woody von seiner Baumwohnung heruntergesegelt kam, um sich ein frisches Stück Schlangenfleisch zu holen, mit dem er eilig in seinem Loch verschwand.

16. Ein friedlicher Sonntag

„Sonntags nie!“ hatte der Master bestimmt und damit die Arbeit am grünen Dickicht unterbrochen. So blieb für mich nur die alltägliche Aufgabe, das Morning Journal zu holen, das der Zeitungsboy wie gewöhnlich beim Vorüberfahren aus seinem Auto übers Tor geworfen hatte.

Wenn Sie sich vorstellen, daß die Zeitung von Daytona Beach sonntags so dick ist wie ein dickes Buch und so schwer wie ein mehrere Wochen alter Labrador-Pointer, dann wissen Sie auch, wie beachtlich ich mich inzwischen entwickelt hatte.

Ein Sommersonntag in Daytona Beach: das war das ferne Heulen der schweren Motorräder und schnellen Autos, mit denen sie auf der Rennbahn an der Volusia Avenue hinter Silberpokalen und Siegprämien herfuhren und ihresgleichen dazu animierten, sich selbst und anderen bei Nachahmungsversuchen den Hals zu brechen.

Das war aber auch das gleichmäßige nahe Dröhnen der Klimaanlage, deren Motor hinterm Haus dafür sorgte, daß drinnen Putzi und die Lady in angenehmer Kühle die von mir gebrachte Zeitung lesen, Oma Rätsel lösen und der kleine Master auf dem Bett liegend Musik hören konnten.

Ein Sommertag in Florida, wo ein paar Einwanderer aus Germany gerade dabei waren, aus einem Urwaldstück eine Art „Garten Eden“ zu machen: das waren für mich Stunden am Teich, unter dessen dunklen Schilfdolden am Ufer winzige Fledermäuse den Tag

verschliefen, über dessen Wasserspiegel flach die schimmernden Libellen surrten, wo rotleuchtende Kolibris mit spitzen Schnäbeln Honig aus den Blüten der Bottlebrush-Bäume saugten.
Manches Mal lag ich am Ende des Fahrwegs auf dem kühlen Muschelkies, den unsere Autos längst glattgefahren hatten und beobachtete das Tor vorn an der Straße, um zu sehen, ob wir Besuch bekamen. Dann leisteten mir ein paar jetzt schon alte Bekannte Gesellschaft.
Die Bassethündin Cloe, die Joe weggelaufen war und sich irgendwie unter unserem Zaun durchgemogelt hatte, räkelte sich auf ihrem Ruheplatz in meiner Nähe. Der graue Heron stand einbeinig im flachen Uferwasser und putzte sein Gefieder. Und Woody war aus seinem Baumloch heruntergeflogen und damit beschäftigt, die Samen aus den Pinienzapfen zu picken, wenn er sich nicht gerade über ein störendes Geräusch im Wald aufregte.
Meine eigene Ruhe war bis dahin nur zweimal leicht gestört worden. Einmal sprang ein dicker Heuhüpfer auf meine Nase, die er wohl für eine saftige Blüte gehalten hatte. Es war einer von denen, die Ladys schönste Rosenknospen über Nacht fraßen und dabei fast so fett wurden wie die Frösche, die währenddessen um die Wette den Mond ansangen. Bei ihm genügte schon ein leichtes Zubeißen.
Beim zweiten Mal begnügte ich mich mit gründlichem Schütteln und einem Stellungswechsel. Mein Instinkt sagte mir nämlich, daß die langhaarige gelbe Raupe, die sich unverhofft hatte auf mich fallen lassen, äußerst

bitter schmecken würde. Außerdem soll man bei Stachelraupen, die giftig sein können, grundsätzlich vorsichtig sein.
Aber wie so oft fand sich jemand, der kein Verständnis hatte für den Frieden der Stunde. Zwischen den Baumkronen tauchte ein weißer Räuber auf. Ein paarmal kreiste er über unserem Teich, ohne sich an meinem alarmierten Bellen zu stören, dann ließ er sich blitzschnell fallen, tauchte mit dem Schnabel ein und zog gleich darauf mit seiner zappelnden Beute davon. Ich hatte nicht die geringste Chance, den Raub zu verhindern, während Cloe, die ihre Hilfsbereitschaft durch keuchendes Hin- und Herlaufen bekundete, Woody, der Zeter und Mordio schrie und der sich völlig desinteressiert gebende graue Heron ohnehin nur Statisten blieben.
Für mich kam dann aber doch noch die Gelegenheit, die Scharte auszuwetzen. Vor lauter Aufregung hatte ich mich ins flache Wasser gestellt und ein paar Schluck getrunken, als sich unmittelbar neben mir ein zweiter Fischreiher niederließ. Ehe er in seiner Überraschung der ungewollten Nachbarschaft entfliehen konnte, hatte ich ihn bei den Federn.
Nun müssen Sie wissen, daß an diesen Räubern so gut wie kein Fleisch ist und fast alles flaumige Verpackung. Von der behielt ich ein Maul voll zurück, als sich der Teichfledderer losriß und taumelnd in der Luft verschwand. Den Fisch ließ er vor Schreck fallen.
Aber können Sie mir vielleicht sagen, was ein Hund mit einem lebenden Barsch anfangen soll, der neben seinem eigentlichen Element auf dem Trockenen liegt?

Für den Eigenbedarf kommt er nicht in Frage. Sein Trangeruch läßt vermuten, daß er nicht so schmeckt wie Wurst, Käse, Eigelb, Steak oder Bier, an die man gewöhnt ist – und noch nicht einmal wie das für die Gesundheit verordnete Trockenfutter aus dem Supermarkt.

Warum hüpfte der Kerl wenigstens nicht von selbst ins Wasser – zudem Cloe Anstalten machte, einen völlig anderen Geschmack zu zeigen als der Wächter des Teiches! Ich stieß ihn mit den Pfoten in Uferrichtung – und mußte dabei feststellen, daß Fischreiher offenbar doch besser für den näheren Umgang mit den messerscharfen Rückenflossen geeignet sind als unsereiner. Endlich wälzte sich der Barsch wieder im Schilfschlamm und von da ins tiefere Gewässer. Gerade rechtzeitig, denn vom Haus her hörte ich Edith rufen: „Barzi, Essen kommen!"

Halten Sie mich bitte nicht für egoistisch. Aber um meine Freunde konnte ich mich in diesem Augenblick wirklich nicht mehr kümmern. Schließlich ist man sich ja doch auch als Hund immer noch selbst der Nächste!

17. Küchenabfälle und Regen aus Zitterrohren

Es war Herbst geworden, und es hatte immer noch nicht geregnet. Ums Haus herum, wo Putzi aus Zitterrohren Regen fallen ließ, blieb ein saftig-weiches Polster, das zum komfortablen Wälzen einlud. Weiter weg jedoch begann das Gras zu sterben. Dort konnte man schon die Erde zwischen den immer dünner werdenden Halmen sehen. Sie war rissig und hart und eignete sich höchstens noch zum Schaben, wenn mich die Grasflöhe, die jetzt eigentlich eher Sandflöhe waren, zu sehr juckten.

Edith hatte einen Brief aus Germany erhalten von einem Zweibein aus demselben Wurf. „Was schreibt denn deine Schwester?" fragte Putzi beim Frühstück.

„Hilde ist sauer, weil es bei ihnen fast den ganzen Sommer geregnet hat und sie schon seit Wochen die Heizung laufen lassen müssen", antwortete die Lady.

„Die beschweren sich über zuviel Regen und Kälte, und uns ist's zu trocken und zu heiß", kommentierte Mr. Fred und steckte mir heimlich, damit Nobbi es nicht merkte, ein Stück Toast mit Himbeergelee zu. „Warum können die uns nicht was von ihrem Regen abgeben? Wir teilen dafür gern unsere Hitze mit ihnen. Verkehrte Welt!"

Wir hatten unser morgendliches Arbeitspensum am Urwaldrand bereits hinter uns, und bis zur Abkühlung am Abend würde sich die Familie ins Haus und an den Swimmingpool zurückziehen. Ich entschied mich für eine Stelle am Fahrweg, wo die ausladenden Zweige einer Magnolie angenehmen Schatten spendeten und man träumen oder abwechselnd die Gegend betrachten konnte.

Mein Lagerplatz war aber auch aus einem anderen Grund gut gewählt. Die Rasen-Sprinkler reichten nämlich nicht ganz an mich heran, und so wurde man nicht naß. Andererseits sorgte die sich mir am nächsten um die eigene Achse drehende Regendüse dafür,

daß in regelmäßigen Intervallen feine Wasserschleier die Luft um mich herum erfrischten. Bis es mit einem Mal ganz still wurde. Das regelmäßige Klicken der Sprinklerköpfe hatte aufgehört.
Kurze Zeit später tauchte Putzi auf, ging hinüber zur Pumpe und begann, an ihr herumzuklopfen. Ich habe schon immer das Zusammenleben von Menschen und Hunden als eine Art Pakt auf Gegenseitigkeit angesehen: wir beschützen sie und vermitteln ihnen das Gefühl unserer Stärke und der Anerkennung ihrer geistigen Überlegenheit. Dafür versehen sie uns mit einem ordentlichen Heim und ausreichend Futter. Wenn dann auf beiden Seiten noch Sympathie oder sogar Liebe dazukommen, ist das für alle Beteiligten der Idealfall.
Jedenfalls empfand ich hier die Verpflichtung, mich zu unserem Familienoberhaupt zu begeben, um mich zu erkundigen, ob es vielleicht meine Hilfe benötigte. Aber wenn der Master mit einem Problem einmal nicht gleich fertig wird, geht man ihm besser aus dem Weg, weil er dann unberechenbar ist.
Darum verzog ich mich bald wieder auf meinen alten Platz außerhalb seiner Reichweite. Von dort hörte ich ihn weiterrumoren und vor sich hin brummen. Nach einer Weile wurde vorn an der Straße das Tor geöffnet. Ich kannte das Auto. Es gehörte „der anderen Oma“, die in Daytona Beach im Winston Park eine eigene Hütte hatte, zusammen mit zwei stammbaumreinen, aber völlig degenerierten Katzen, die für einen richtigen Labrador-Pointer schlichtweg indiskutabel blieben.

Davon abgesehen galt Ediths Mutter meine uneingeschränkte Sympathie. Was sicher nicht zuletzt mit ihren schlechten Zähnen zusammenhing, die die Ursache dafür waren, daß die herzhaftesten Teile ihres Lunchs und Dinners für mich übrigblieben.
Putzi behandelte sie mit distinguierter Zurückhaltung. Obwohl er behauptete, er könne sie ganz gut leiden, bekam ich das Gefühl nicht los, daß es ihm am liebsten gewesen wäre, wenn sie samt ihren „Küchenabfällen" den Winston Park nicht verlassen hätte.
„Die andere Oma" übergab ihre Tüte dem Hund des Hauses und überließ es mir, die Truthahnstücke und Wurstschnitzel auszupacken. Dann schritt sie über den Rasen aufs Haus zu. In diesem Moment sprang die Pumpe an, und die Sprinkler nahmen ihre Tätigkeit wieder auf.
Mit einem erschreckten „Oh nein, meine frischen Locken!" rannte die liebe Dame die letzten paar Meter und brachte sich in Sicherheit, ehe sie völlig durchnäßt war. Putzi kroch hinter der Pumpe hervor. „Tut mir leid, Margot. Da war was verklemmt. Ich hab' dich nicht kommen gehört."
Daß sein Gesicht dabei eine gewisse Zufriedenheit ausdrückte, konnte natürlich mit der geglückten Reparatur zusammenhängen. Ich hatte jedoch den Eindruck, daß er uns genau beobachtet hatte und sich einfach revanchieren wollte, weil nicht er selbst in den Genuß der Liebesgaben gekommen war.

18. Sturmwarnung

Manches haben die Menschen schon mit uns gemein, etwa unsere Vorliebe für's Gegrillte. Einige ihrer Sitten haben wir dafür freiwillig von ihnen übernommen, zum Beispiel Autofahren und Biertrinken. Vieles wird uns wohl für immer fremd bleiben. Aber das liegt nicht an uns.

Denken Sie nur an die exklusiven Plätze, die für unsereinen „Off limits" sind! So wird doch selbst der vornehmste Dobermann niemals Mitglied in einem Golfclub. Einen sogar frisch gebadeten weißen Pudel jagt man wie einen räudigen Hund vom Tennis Court. In Konzerte, denen wir früher vor allem als dekorative Statisterie beiwohnen durften, kommen wir auch nicht mehr, seitdem einige musikalischere von uns ein paar Mal versucht haben, mitzusingen. Höchstens in Jagdgesellschaften trifft man uns noch an wie einst – und da zugegebenermaßen in der Überzahl.

Andererseits widersprechen gewisse Angewohnheiten der Menschen unserer Lebensauffassung, obwohl sie uns daran teilhaben lassen. Typisch dafür sind jene Flimmerkästen, durch die sie fernzusehen glauben, während sie – unvoreingenommen betrachtet – doch nur aus nächster Nähe vor ihnen sitzend oder liegend auf sie starren.

Warum sie dabei abwechselnd lachen und weinen, sich vor Begeisterung auf die Beine klopfen oder gar völlig aus der Haut fahren, wird uns Hunden wahrscheinlich für ewig ein Rätsel bleiben. Uns interessiert ja ohnehin mehr, was sie beim Fernsehen an Erdnüssen, Schokoladenstückchen, Eiscremeklecksen und ähnlichem Geschleckere fallen lassen.

Und doch muß etwas an der Sache dran sein. Denn seit zwei Tagen flimmerte auch in unserem Familienraum der Kasten ohne Unterbrechung, und die Lady und ihr Putzi liefen dauernd zu ihm hin. In der Luft lag eine mir noch unbekannte Spannung.

Es war von einem Hurrikan die Rede, von dem Edith meinte: „Der braucht uns doch nicht zu kümmern, solange er sich in der Karibik herumtreibt. Das sind tausend Meilen von uns entfernt." Doch Mr. Fred belehrte sie: „Er hat noch die volle Stärke und Windgeschwindigkeit von über 200 Stundenkilometern. Und es sieht so aus, als bewege er sich auf Miami zu, also in unsere Richtung."

Am Mittag, als Nobbi aus der Schule kam, erzählte er, daß sich die Leute auf die Räumung des Küstenstreifens vorbereiteten.

„Gut, daß wir mehr landeinwärts wohnen", freute sich unser Familienoberhaupt.

„Eliots Mutter macht auch alles dicht und zieht zu Freunden nach Deland", berichtete Nobbi. „Er will zu uns, wenn es ernst wird. Er bringt Batterieradio mit und Spirituskocher. Falls der Strom ausfällt!"

„Ich werde einen großen Pott Eintopf kochen, den wir notfalls leicht aufwärmen können", kündigte Edith an.

„Vor allem werden wir jetzt erst mal noch ein paar zusätzliche Vorräte holen", entschied der Master. „Vergeßt nicht, Kerzen mitzubringen", riet Nobbi, „damit wir was sehen, wenn das Licht ausgeht.

Eliot sagt, daß es selbst am Tag stockdunkel wird!"
„Ich kriege Herzschmerzen vor Aufregung!" drohte Oma und zog sich ins Bett zurück.
„Also los, worauf warten wir noch!" erklärte Mr. Fred und lief Edith und mir voraus zum Wagen.
Der riesige Parkplatz vor Publix war mit Autos überfüllt, und auch die Einkaufswagen, mit denen die Zweibeiner aus dem Supermarkt kamen, quollen über.
Mr. Fred und ich warteten vor dem Eingang, während die Lady das Shopping besorgte. Daß ihr Putzi nicht mit hinein ging, rechnete ich ihm wieder einmal hoch an.
Dazu müssen Sie wissen, daß uns Vierbeinern der Zutritt hier genauso verwehrt wird wie zu Golfplätzen, Tennis-Courts und Konzertsälen. Darum hatten die Besitzer ihre Hausfreunde mit Leinen an Haken befestigt, die zu diesem Zweck in die Wand außen am Supermarkt eingelassen waren.
Offenbar war der liebe Mr. Fred jedoch der Überzeugung, daß ich die Demütigung des hilflosen Angebundenseins in der Nachbarschaft von lauter Fremden nicht verdient hatte. Und so promenierte er an meiner Seite an ihnen vorbei auf und ab – selbstverständlich ohne Leine. Und da man weiß, was sich gehört, tut man so, als habe man die armen Kreaturen nicht bemerkt.
Es dauerte ziemlich lang, bis die Lady wiederkam.
„Die Regale sind fast leer", sagte sie. „So etwas habe ich nur im Krieg bei uns daheim erlebt. Sie kaufen, als ob es ab morgen nichts mehr gäbe!"

Zu Hause begannen wir dann, unsere Fenster mit Brettern zuzunageln oder mit Klebestreifen zu bepflastern. Eine Tätigkeit, die mir leider überhaupt nicht lag. Angeblich brachte ich die Bretter nie dahin, wo Putzi sie gerade brauchte. Und auch die Lady rollte die Streifen, die sie auf die Scheiben kleben wollte, lieber selber auf.
Da gefiel mir der Wind, der inzwischen immer stärker blies und Blätter vor sich hertrieb, die man fangen konnte, schon wesentlich besser. Auch daß die Sonne, die mir sonst um diese Zeit das Fell gewärmt hatte, heute nicht mehr da war, empfand ich als angenehme Abwechslung. Als die ersten Regentropfen fielen, freute ich mich sogar, denn ich erinnerte mich, wie sehr alle in der Familie auf sie während der langen Trockenheit gewartet hatten.
Weil ich das Gefühl hatte, daß meine Hilfeleistungen doch nicht so recht anerkannt wurden, trottete ich dorthin, wo ich meine Bekannten zu treffen hoffte. Aber weder stand der graue Heron an seinem Platz im Schilf, noch erschien Woody an seinem Schlupfloch, als ich ihn rief.
Dafür kam Eliot.
„Habt ihr gehört? Babsie ist schon über Miami und kommt genau auf Daytona zu." Daß sie den Hurrikans auch noch Namen geben müssen! Sie nennen sie der Reihe nach Anne, Barbara, Cynthia, Dora, ja sogar Edith.
Als ob es gute Bekannte wären, Freunde oder gar Familienmitglieder. Genauso gut könnten sie sie ja auch numerieren.

„Unser“ Hurrikan hieß jedenfalls Babsie. Und Babsie war nur noch ein paar hundert Meilen von uns weg und kam stündlich näher.

19. Das Licht geht aus

Mitten in der Nacht weckte uns der Sturm. Putzi machte das Licht an. „Es ist ja schon sieben Uhr. Wir haben verschlafen. Die Buben kommen zu spät in die Schule.“

Aber Eliot und Nobbi saßen bereits vor dem Fernsehapparat. „Sie ist am Cape Canaveral“, berichtete Eliot. „Die Leute von der „Hurricane Watch“ sagen, die Geschwindigkeit nimmt ab. Vielleicht haben wir noch Glück.“

„Außerdem haben sie durchgegeben, daß alle Schulen im Volusia-Landkreis geschlossen bleiben.“ Das war Nobbi, der seinen Vater kannte.

Edith ging ans Telefon. „Ich rufe Margot an und frage, wie es bei ihr im Winston Park aussieht.“

Doch die Leitung war tot.

Jemand polterte gegen das Haus. Als wir nachsehen wollten, wer bei so einem Wetter noch draußen herumlief, wurde Mr. Fred die Haustür beinahe aus der Hand gerissen. Der Blumenkübel, den wir nicht in Sicherheit gebracht hatten, lag zertrümmert am Eingang.

„Jetzt wißt ihr, warum ich gestern abend unbedingt die Gartenmöbel, Blumentöpfe und Mülltonnen hereinnehmen wollte“, bemerkte der Master.

Wie es auf dem Grundstück aussah, konnten wir in der Finsternis nicht erkennen. Das Licht an der Tür flackerte nervös und reichte nicht sehr weit. Ich lief ein paar Schritte, um zu einem Baum zu kommen.
Aber kaum war ich aus dem Windschatten, da packte mich der Sturm, und ich konnte mich nur mühsam behaupten, indem ich mich mit allen Vieren in den Boden stemmte. Leider hatte ich noch nicht viel Erfahrung mit Wirbelstürmen, so berechnete ich die Windrichtung wohl falsch und bekam darum, was ich gehenließ, prompt zurück.
Zum Glück zeigte der Master Verständnis für meine mangelhaften physikalischen Kenntnisse und führte mich in die Garage, die zum Lagerschuppen für alles Bewegliche von draußen geworden war. Hier putzte er mich erst einmal mit einem alten Handtuch ab.
Die Lady hatte in der Zwischenzeit den Frühstückstisch gedeckt. Es duftete verführerisch nach Toast, Eiern und Speck, und nur der Geruch des schwarzen Getränks, das die Menschen so gern am Morgen und auch sonst in unwahrscheinlichen Mengen schlürfen, störte meine empfindsame Nase.
Da ging das Licht aus. Die Stimme im Fernseher, von der die Familie ihre laufenden Informationen bezogen hatte, blieb plötzlich weg. Auch das monotone Gebrumm der Klimaanlage hatte aufgehört.
Nobbi zündete die Kerzen an, und Eliot schaltete sein Batterieradio ein. Ich fand es eigentlich recht gemütlich so. Mich störte der ums Haus tobende Sturm nicht. Ich fand sogar, daß er im Gegenteil für eine geradezu abenteuerliche Atmosphäre sorgte. Als Hund

erlebt man so etwas schließlich nicht jeden Tag. Irgendwie konnte ich die Zweibeiner verstehen, die bei Windstärke zehn und haushohen Wellen in ihren Wolkenkratzern Hurrikan-Partys feierten.
Nobbi und Eliot schienen mit mir einer Meinung zu sein. Nur die Lady war bedrückt und rührte erfreulicherweise den Speck auf ihrem Teller nicht an. Und ihr Putzi gebrauchte wieder einmal das Wort aus seiner deutschen Heimat, das ich von ihm in jener unvergeßlichen Nacht gehört hatte, als Edith hineingetreten war.
Mittlerweile hatte sich der Regen in einen rasenden Wasserorkan verwandelt, der fast waagrecht gegen die Hauswand und die mit Sperrholz vernagelten Fenster schlug. Nur an der dem Atlantischen Ozean abgekehrten Seite, wo Edith die Teile aus Glas mit Klebestreifen überzogen hatte, war es verhältnismäßig ruhig.
„Die Welt geht unter. Ich habe Angst", schrie Oma, die es im Bett nicht mehr ausgehalten hatte und endlich zum Vorschein gekommen war. Ihre Stimme überschlug sich, weil sie glaubte, sich nur noch durch lautes Zurufen verständlich machen zu können.
„So leicht geht die Welt nicht unter – und wegen eines Hurrikans schon gar nicht", beruhigte Putzi sie. Die Lady bot ihr Kartoffelsalat und Kotelett an.
„Du wolltest doch Eintopf kochen", beschwerte sich Oma. „Den esse ich viel lieber!"
„Wenn die Welt sowieso untergeht, ist das doch egal!" Nobbi hatte manchmal erschreckend wenig Respekt vor dem Alter. Aber Edith erwiderte geduldig: „Kar-

toffelsalat und Koteletts schmecken auch kalt. Und man hat keine Probleme mit dem Warmmachen, wenn der Strom ausfällt."
Entweder hatte Edith Eliots Notausrüstung vergessen oder kein Zutrauen zu seinem Spirituskocher.
„Habt ihr wenigstens ein bißchen heißen Kaffee für eure alte Mutter?" fragte Oma vorwurfsvoll.
„Wir haben schon vor drei Stunden gefrühstückt, als wir noch Strom hatten", sagte Putzi. „Da wolltest du nicht aus deinem Zimmer heraus. Jetzt ist der Kaffee kalt." Und die Lady schob Putzis Mutter den Teller hin und dazu ein Glas Milch, die ich sowieso für wesentlich geschmackvoller halte als Kaffee. Vorsorglich ließ ich mich neben Omas Pantoffeln nieder.
Doch Oma konnte sich nicht dazu entschließen. „Ich esse lieber ein Butterbrot und ein kleines Stückchen Käse". Und dabei blieb es zu meinem Leidwesen. Denn ein Kotelettknochen mit viel Fleisch daran ist mehr wert als die schönste Brotkruste mit Käsespuren. Gleichwohl schien diese dann aber doch meinem Darmsystem den entscheidenden Schub gegeben zu haben. Bald nach dem Verzehr von Omas verspäteten Frühstücksresten mußte ich dringend raus. Doch da erwartete mich eine Überraschung.
„Das geht jetzt nicht", erklärte der Master und legte mir auf mein beharrliches Drängen ein Stück „Morning Journal" hin – in der deutlich zum Ausdruck kommenden Erwartung, daß ich es nicht zum Lesen benutze. Da sage mir noch einmal einer, die Zweibeiner seien eine Rasse mit Konsequenz! Oder ist bei einem Hurrikan am Ende einfach alles anders?

20. Vögel sterben still

Als der Sturm so laut geworden war, daß es sich anhörte, als würde im nächsten Augenblick das ganze Haus einstürzen, hatte die liebe Edith eine süße Idee. Sie servierte uns allen Eiscreme.

„Die schmilzt ohnehin im Gefrierschrank, wenn der Strom wegbleibt", begründete sie diesen Extra-Service. Woran man sieht, daß selbst Wirbelstürme ihre gute Seite haben können.

Über jede Portion kam ein gehöriger Schuß aus der Flasche, der sich, als Edith ein brennendes Streichholz ans Eis hielt, in echtes Feuerwasser verwandelte.

„Medizin gegen Angst und Depressionen", erklärte Putzis Lady.

„Mir noch mehr Medizin", verlangte Oma, die sicher am deprimiertesten war, während ich gegen solche Ängste weniger anfällig bin und deshalb das unverfälschte Naturprodukt schleckte.

„Brennendes Speiseeis habe ich noch nicht gekannt", bekannte Eliot und verzog sein breites Gesicht zu einer begeisterten Grimasse. Worauf er sich prompt von Nobbi anhören mußte: „Du kennst noch vieles nicht!"

„Du könntest recht haben mit dem Eingefrorenen", griff unser Familienoberhaupt Ediths frührere Bemerkung auf. „Der Hurrikan wird heute abend vorüber sein. Aber es können Tage vergehen, bis sie hier draußen die Leitungen repariert haben." „Sie können uns doch nicht ohne Strom lassen?" empörte sich Oma, die dazu neigte, jede naturbedingte Unbequemlichkeit gleich als persönliche Beleidigung zu betrachten.

„Zuerst kommen die dichter besiedelten Gebiete dran, die Krankenhäuser und die anderen Versorgungseinrichtungen", erklärte der Master.
„Vor zwei Jahren, als „David" durchzog, dauerte es bei uns unten am Fluß 48 Stunden, bis die Stromleitungen wieder in Ordnung waren", erinnerte sich Eliot.
„Ich wußte gar nicht, daß ihr den Stürmen auch Männernamen gebt", wunderte sich Nobbi.
„Du weißt noch vieles nicht", revanchierte sich Eliot. „So war's früher. Aber dann haben die Frauenverbände protestiert wegen der Gleichberechtigung. Seitdem ist zwischendurch auch mal ein Ajax, Bruce oder Caesar darunter."
Oma kam aufgeregt aus ihrem Badezimmer zurück. „Die Spülung funktioniert nicht mehr. Es kommt nichts, so fest ich auch drücke. Soll die Schweinerei denn liegen bleiben?"
Putzi raufte sich die Haare. „Aber Mutter, warum sagst du denn vorher nichts? Du weißt doch, daß wir das Wasser aus unserer eigenen Quelle pumpen. Wenn wir keinen Strom haben, arbeitet selbstverständlich auch die Pumpe nicht."
„Aber warum ist denn kein Wasser in meiner Toilette?" fragte Oma, die überhaupt nichts begriffen hatte.
„Ich geb's auf", verzweifelte unser Leithund. Im selben Moment wurde es draußen still. Wir liefen zur Tür, die der Master vorsichtig öffnete.
„Die Sonne scheint!" rief Edith freudig überrascht. „Ein Wunder", meinte Oma. Und die Lady umarmte

abwechselnd ihren Putzi, Nobbi, Oma, mich – und sogar Eliot.
„Kein Wunder“, erklärte Nobbi sachlich, „sondern nur Babsies Auge.“
„Natürlich“, gab Edith enttäuscht zu. „Daß ich das vergessen konnte. Wir liegen jetzt genau im Zentrum des Sturms. Aber ich kann mich beim besten Willen nicht darauf besinnen, wie lang der Frieden dauern wird.“
„Auf jeden Fall lange genug, um Wasser aus dem Teich zu holen – nicht nur für Oma, sondern auch für uns“, betonte Putzi. „Denn daran hatten wir überhaupt nicht gedacht.“
„Ich komme mit“, sagte Edith, als er mit ein paar Eimern aus der Garage kam. Auch die anderen schlossen sich uns an. Daß Oma allerdings dieses Vorhaben sofort wieder aufgab, überraschte mich nicht. Denn schon nach ein paar Schritten standen ja ihre Pantoffel voll Wasser.
Wir erkannten gleich, daß nicht nur die unmittelbare Umgebung überschwemmt war. Vom Schilf am Teichufer ragten nur noch die Spitzen sichtbar heraus. Aber jetzt standen sie mitten in einem See, der bis auf Steinwurfweite nähergerückt war.
Die als Drainagen gezogenen tiefen Gräben waren verschwunden. An ihrer Stelle gurgelte eine schäumende braune Brühe in den noch tiefer gelegenen benachbarten Urwald.
Überall lagen umgestürzte Bäume und herabgefallene Äste, die aber zum Beineheben ungeeignet waren.

Die Sonne, über die sich Edith so gefreut hatte, war von einem häßlichen, fahlen Gelb und strahlte kaum Wärme aus.
„Laßt uns reingehen; die Ruhe wird bald vorbei sein", drängte der Master. Aber als wir folgsam zum Haus zurückplanschten, erlitt die arme Lady einen Schock. „Ach seht doch nur, meine armen Rosen!"
Die Ranken an den Säulen hatten keine Blüten mehr und hingen zerfetzt in ihren Spalieren.
Putzis Edith war davon so durcheinander, daß sie sich an ihre Orgel setzte, wo die Noten ihres Lieblingsstücks „Amazing Grace" immer bereit lagen. Erst als sie zu spielen begann und das Instrument stumm blieb, erinnerte sie sich des fehlenden Stroms.
Dafür heulte der Orkan von neuem los.
„Es ist ja bald überstanden", wollte Putzi seine Familie trösten. Doch diesmal irrte er sich. Erst am nächsten Morgen – nach einer langen traurigen Nacht, in der die letzten Kerzen abbrannten, hatte der Hurrikan Babsi zum Ozean hin abgedreht und war die Küste entlang nach Norden zu den Carolinas weitergezogen. Bei den Aufräumungsarbeiten fanden wir Woody. Er lag neben dem Fuß seines Baumes. Es sah aus, als schlafe er. Putzi hob ihn auf und streichelte sein buntes Gefieder. „Er scheint ganz unverletzt zu sein und hat bestimmt nicht leiden müssen."
Wir begruben ihn dort, wo er manchmal auf dem Boden gesessen und Samenkerne gegessen hatte. Ich hoffte, daß Putzi dieses Mal das richtige Gefühl gehabt und daß Woody leicht gestorben war.
Doch wer weiß schon? Vögel sterben immer still.

21. Auf Schlangenjagd

Nachdem Oma beinahe auf eine Schlange getreten war, die versteckt im Gras lag, meinte der Master, es sei an der Zeit, etwas dagegen zu unternehmen. Er gab das Gewehr zurück, daß er sich von einem Nachbar geliehen hatte, und kaufte ein eigenes.

„Es ist eine leichte 410er, mit der auch jeder von euch umgehen kann. Sie hat einen doppelten Lauf, so daß ihr noch einen zweiten Schuß habt, wenn ihr beim ersten Mal danebenschießt."

Oma wehrte sofort ab. „Ich fass' das Teufelswerkzeug nicht an.

Wenn ihr euch gegenseitig totschießen wollt, ist das euere Sache. Aber bleibt mir damit vom Leib!"

„Ich bin nicht immer zu Hause, und so, wie wir hier leben, ist es einfach sicherer, so ein Ding ist stets zur Hand", beharrte Putzi. Doch auch Nobbi bekundete keinerlei Interesse. Er habe Wichtigeres zu tun als in der Gegend herumzuknallen, verkündete er und ging in sein Zimmer.

Edith zeigte wie immer das meiste Verständnis, regte sich aber darüber auf, daß man „gerade mal so" ins nächste Warenhaus gehen und ein Gewehr kaufen könne – ohne jeden Waffenschein und den Nachweis für den beabsichtigten Verwendungszweck.

„Der Umgang mit Waffen geht auf die Pionierzeit zurück und gehört einfach zum amerikanischen ‚Way of Life'", erklärte Putzi. „Vor allem hier im Süden und im Westen haben die Jungen schon mit Fünfzehn ihre Flinte, und niemand denkt sich etwas dabei."

„Kein Wunder, daß es soviel Mord und Totschlag gibt“, kritisierte Oma. Doch Mr. Fred widersprach. „Bei uns in Europa kann nicht jeder ohne weiteres eine Waffe kaufen ohne Waffenschein, aber es gibt genau so viele Verbrechen.“
„Aber dort kann man keinen Maschinengewehr-Bausatz im Versandhandel bestellen wie hier!“ rief Nobbi aus seinem Zimmer.
„Ich dachte, du fändest alles so ideal hier in Amerika!“ antwortete der Master.
„Es gefällt mir hier, aber darum muß man ja noch nicht blind sein.“
„Na schön“, gab Putzi nach, überreichte seiner Lady das Gewehr und eine Schachtel mit Patronen, und wir Drei machten uns auf den Weg.
Ganz hinten in einer Ecke des Grundstücks steckte Mr. Fred einen Stock in den Boden. Oben befestigte er ein Blatt Papier. Dann erklärte er Edith, wie sie laden und zielen mußte. Die Jagdinstinkte, die ich von beiden Eltern geerbt hatte, geboten mir, mich hinter sie zu setzen, als das Gewehr losging.
So übten wir, bis der Papiervorrat zuende war und Putzi seine Lady einen „Volltreffer“ nannte. Worüber sie so stark ihre Freude bekundete, daß ich richtig eifersüchtig wurde.
Am selben Abend gingen wir zum ersten Mal gemeinsam auf Schlangenjagd. Die beiden anderen waren mir ständig ein paar Schritte voraus, weil ich Zeit brauchte, um das Terrain genauer zu untersuchen. Meinen Vorschlag, mich vorausgehen zu lassen, hatten sie wohl wieder mal nicht verstanden.

So mußte ich sie mit einem kurzen Laut zurückrufen, als ich an eine Stelle kam, wo die Bäume des ungerodeten Urwalds vom Nachbargelände besonders dicht an unser kultiviertes Land heranreichten.

Ich hatte den bösartigen schwarzen Kopf selbst erst wahrgenommen, als der penetrante Schlangengeruch meine Nase getroffen hatte. Die Augen starrten mich von einem Ast gleich über der Wasseroberfläche an, der Körper blieb unsichtbar.
Edith sah die Schlange früher als Putzi und zeigte sie ihm. „Eine Mokassin!“ sagte er und hob das Gewehr.

„Sitz, Barzi!“ flüsterte Edith, die wohl glaubte, daß Schlangen hören können. Dann knallte der Schuß, und das Wasser spritzte nach allen Seiten.
Als ich die Stelle mit der gebührenden Vorsicht in Augenschein nahm, lag der Körper des Biestes wie ein dunkler Schlauch auf dem Ast. Anstelle des Kopfes gab es nur noch ein graues Loch mit zerfransten blutigen Rändern.
„Braver Barzi“, lobte mich die Lady, und Putzi erklärte stolz: „Ich wußte, warum ich gerade ihn haben wollte!“

22. Edith nennt ihren Rüden Hundele

Sie wissen natürlich längst, wie sehr sich meine Familie um mein ganz besonderes Wohlbefinden kümmerte. Diese Fürsorge erschöpfte sich nicht in der täglichen Ernährung und der Bereitstellung der für die Konsequenz derselben notwendigen Bäume. Auch nicht in den regelmäßigen Streifzügen nach lästigen Blutsaugern in meinem Fell.
Meine Persönlichkeit wurde viel mehr durch Erfolgserlebnisse geprägt. Zum Beispiel bei gemeinsamen Beratungen über Säuberungsaktionen gegen wildwuchernde Schlingpflanzen und Giftschlangen. Sowie bei der Planung von Ausflügen etwa an Strände und in Naturparks, zu denen ein Vierbeiner nur beschränkt Zutritt hat. Das wirkliche Ausmaß der mir gewährten Zuwendung sollte ich allerdings erst noch erfahren.

Leider gehört eine gewisse ärztliche Betreuung zum Leben des gepflegten Hundes. Im allgemeinen kommen da die Kollegen mit einwandfreier Herkunft am schlechtesten weg. Weil sie in der Welt der Zweibeiner als besonders teuer gelten, unterwirft man sie erheblich öfters allen möglichen vorsorglichen Behandlungen. (Sie sehen also, daß es auch hier noch Rassendiskriminierung gibt – und zwar nicht nur in Amerika!) Dabei scheint mir die Annahme, daß der fortwährend schutzgeimpfte Hund eine längere Lebenserwartung hat, auf einem grundlegenden menschlichen Irrtum zu beruhen. Denn für den Mischling, der weder degeneriert noch verzärtelt ist, spricht seine ungleich größere Robustheit.

Kommt man allerdings als Abkömmling zweier edler Rassen zur Welt und hat von seinen Eltern alle Vorzüge – wie Schönheit, Stärke, Sensibilität und Klugheit – mitbekommen, behandelt man ihn als Sonderfall, dem weder gewisse Vorteile von weitergezüchteten Rassehunden zugebilligt werden noch die tolerierten Freiheiten der Mixturen. Ich bin dafür ein lebendes Beispiel.

Denn es blieb nicht dabei, daß ich ein Abonnement in der Praxis von Dr. Rawls zu haben schien, soweit es sämtliche erdenklichen Schutzimpfungen betraf. Ich war noch kein Jahr alt und gerade dabei, die Zuneigung meiner Nachbarin Cloe zu erwidern, als meine Leute den egoistischen Einfall hatten, daß es besser für alle Beteiligten wäre, wenn meine Anhänglichkeit ausschließlich auf den engeren Familienkreis begrenzt bliebe.

„Der arme Kerl! Wenn man das mit dir machen würde, wär's dir auch nicht recht", versuchte Edith meine sehr persönlichen Interessen wahrzunehmen. Aber der Master hatte offenbar wieder das stichhaltigere Argument.

Denn als er der Lady vorschlug, sie solle sich doch einmal einen Basset-Labrador-Pointer vorstellen, mußte sie unverständlicherweise so herzlich lachen, daß selbst ich ihre Antwort, das könne doch recht lustig sein, nicht mehr ernst nehmen konnte.

Jedenfalls beendete das Familienoberhaupt das Gespräch mit einem bestimmten „Na also!" und vereinbarte telefonisch einen weiteren Termin mit dem Tierarzt. Ich spitzte zwar die Ohren, bekam aber nicht heraus, um was es im Detail ging. Nur mein Instinkt warnte mich.

Aber sagen Sie mir bitte, was Sie an meiner Stelle getan hätten – lediglich auf einen unartikulierbaren Verdacht hin.

Als ich dann auf dem bewußten Tisch lag, auf dem mich der eigentlich ganz sympathische Dr. Rawls schon ein paar Mal schutzgeimpft hatte, legten sich meine Befürchtungen. Er hatte ja nur die bekannte Spritze in der Hand. Und ihren Einstich spürte ich, wie immer, kaum.

Als ich erwachte, beugten sich Edith und Putzi über mich. Ich spürte die zarte Hand der Lady. Ediths Stimme schien aus weiter Ferne zu kommen: „Es ist ja schon vorbei. Du hast's überstanden, Hundele!" Dann trug mich der Master wie ein Baby zum Wagen und legte mich auf meine Decke.

Als ich mich setzen wollte, spürte ich das Stechen zwischen den Beinen und kippte auf die Seite. „Bleib liegen, Hundele", sagte die Lady zu ihrem 40 Pfund schweren ehemaligen Rüden, der ihr vertraut hatte. „Bleib ruhig liegen, damit es bald heilt. Morgen wird's schon besser sein, du wirst sehen."
Vorsichtig leckte ich die Wunde und schmeckte dabei zum ersten Mal mein eigenes Blut.

23. Allergien

Der Rasen in Florida hält extremen Belastungen stand: Temperaturen, die von Mai bis September in der Sonne auf bis zu 50 Grad ansteigen, monatelangen Trockenperioden, Regenstürzen, die tagelang alles unter Wasser setzen – und im Januar auch gelegentlich Nachtfrösten, nach denen am folgenden Mittag schon wieder 20 Grad Wärme gemessen werden.
Das für diese Bedingungen am besten geeignete Bahia-Gras wird von den Menschen verständlicherweise sehr geschätzt, von uns Hunden dagegen weniger. Denn es gibt ja nicht nur einen idealen Brutplatz für Flöhe her, die uns dort auflauern, während sie das Blut unserer Herrchen und Frauchen meist verschmähen und nur im äußersten Notfall darauf zurückgreifen. Es ist auch so beschaffen, daß es bei uns Hunden, vor allem den kurzhaarigen, Juckallergien auslöst. Kompliziert wird das Ganze noch dadurch, daß die anderen die beiden Ursachen unseres Kratzens öfters durcheinanderbringen.

Eines Tages begannen sich auch Putzi und Edith zu kratzen. Vor allem Edith lief plötzlich mit sich immer mehr ausweitenden Blasen an Händen, Armen, Beinen und im Gesicht herum. Wie sich herausstellte, hatten sie bei unseren Rodungsarbeiten im Urwald die ausgehackten Lianenstrünke mit echt deutscher Gründlichkeit mit bloßen Händen von den Bäumen gerissen. Darunter befanden sich auch wunderschön anzusehende weißblühende Gewächse – „Poison Ivy", wie Eliot meine Familie hinterher, als es zu spät war, aufklärte.
Dieses „Gift-Efeu", das überall auf der Halbinsel zwischen Atlantik und dem Golf von Mexiko an den Baumstämmen hochklettert, ruft schwere Entzündungen auf der Haut der Menschen hervor, wenn es mit ihr in Berührung kommt, während wir Hunde dagegen völlig unempfindlich sind.
So saßen wir Drei dann beisammen und kratzten uns. Ich wegen der Flöhe, die nach dem letzten Abgießen und Einpudern übriggeblieben beziehungsweise zurückgekehrt waren – und wegen der Bahia-Gras-Allergie. Meine beiden Leidensgenossen, weil sie zu gründlich gegen eine Natur vorgegangen waren, von der sie nicht genügend Ahnung hatten – und das auch noch ohne Handschuhe und lange Hosen!
Etwas blieb mir allerdings dabei unbegreiflich. Mich ließen sie als eine Art wandelnde Apotheke durch die Gegend rennen. Zu meiner medizinischen Überversorgung gehörten ja nicht nur die vielen Spritzen, sondern auch Tabletten gegen Band- und Herzwürmer, Aufbautropfen, Penicillinsalbe gegen Ohrenentzün-

dung, Kalkweiß gegen braune Zähne, Spray gegen Zecken und Pulver gegen Flöhe. Aber gegen ihr eigenes Jucken unternahmen sie nichts. Angeblich, weil sie in all ihrer Weisheit noch kein Mittel dagegen entdeckt haben.
Gerade zu dieser Zeit rief auch noch die Sprechstundenhilfe von Dr. Rawls an und teilte uns mit, daß es ab sofort auch eine Pille gegen mein Jucken gäbe. Was taten meine beiden Lieben? Sie können sich's wahrscheinlich denken. Sie fuhren unverzüglich hin und holten das Zeug. Und Putzi steckte mir von da an jeden Morgen nach dem Frühstück eine Pille mehr so tief in den Schlund, daß ich sie nicht wieder hinauswürgen konnte, ohne gleichzeitig die Eier und den guten Speck mit an die Luft zu befördern.
Die Pille half mir tatsächlich. Aber Putzi und die Lady hatten sich selbst von Dr. Rawls wohl keine geben lassen. Denn sie kratzten sich noch lange weiter, ehe ihre Blasen abzuheilen begannen.

24. Das Geschenk

Als ich ein Jahr bei meiner Familie war, beschloß Putzi, diesen Anlaß mit einem besonders guten Essen zu feiern. Sozusagen als Ersatz für meinen Geburtstag, der bei einem mehrrassigen Hund meist nicht genau registriert wird und deshalb leicht in Vergessenheit gerät.
„Dir gehen Geburtstags- und Familienfeiern doch auf die Nerven!" wandte die Lady ein, die Putzis Neigung

kannte, immer gerade dann, wenn Besuch erwartet wurde, eine wichtige und unaufschiebbare Arbeit erledigen zu müssen.
Meist handelte es sich dabei um eine Aufgabe, die ihn in eine entfernte Ecke unseres Grundstücks brachte, also möglichst weit weg vom Haus. Wogegen ich nichts eingewendet hätte, wäre nicht von mir erwartet worden, daß ich ihm Gesellschaft leistete.
Seitdem Woody nicht mehr da war, der graue Heron nach dem Hurrikan ausblieb und auch Cloes Freundschaft aus einem mir unerklärlichen Grund abgekühlt schien, hätte ich gegen ein bißchen Abwechslung nichts einzuwenden gehabt. Vor allem, wenn Margot kam und mir mein „Freßpaket" mitbrachte, wäre ich gern dabei gewesen. Denn da gab es immer viel zu erzählen, und sie aßen selbstgebackenen Kuchen dazu, der mir als Dessert auf die Braten- und Truthahnreste bestimmt gemundet hätte. „Wer spricht denn von Familienfeier?" beantwortete Putzi Ediths Einwand. „Und warum ich an Geburtstagen gegen das Getue von Leuten bin, die sich das ganze Jahr über den Teufel um einen scheren, weißt du ja. Nur – mit euch allein am Teich sitzen, wenn ringsum die Sprinkler für frische Luft sorgen, und dabei anständig essen und trinken – das ist doch 'was ganz anderes!"
„Mir ist's schon recht so", sagte die Lady. „Du weißt, wie gern ich gemütlich mit dir zusammen bin. Leider hast du meistens Ameisen in der Hose!"
„Okay, jetzt hab' ich also mal keine drin", lachte Putzi und begann, den Grill und die Rotholz-Möbel von der Terrasse zu holen und zum Teich zu schleppen.

„Was möchtest du denn gern essen?“ rief Edith hinter ihm her. „Das übliche“, bestimmte Mr. Fred mit großartiger Geste. „Ein paar Steaks und Koteletts, Grillrippchen, Würstchen und Hamburger. Dazu nur Tomaten, grünen Salat und vielleicht etwas Sellerie. Kartoffeln kannst du dir sparen. Brot genügt. Das Bier besorge ich selbst. Aber mach genug zurecht, damit Barzi auch satt wird. Er ist ja schließlich heute die Hauptperson.“

Sehen Sie, das ist's, was mir an meiner Familie so gefällt. Jeder wird so behandelt, wie er's verdient. Zumindest manchmal!

Überhaupt waren heute alle besonders nett zu mir. Edith hatte sogar Margot einladen dürfen, obwohl es nicht Wochenende war und nannte mich ein ums andere Mal „Hundele“ wie damals nach meiner Operation. Oma bewunderte mich sowieso und fragte immer wieder: „Ist er nicht ein schöner Hund?“. Und selbst der kleine Master, der mich sonst grundsätzlich nur dann lobte, wenn er dazu einen Grund sah, tätschelte mein Fell, ohne daß ich wußte, wofür.

„Auf dein Wohl!“ sagte Mr. Fred und schenkte ein halbes Helles in meine Namensschüssel, während er selbst die andere Hälfte der Flasche austrank. Was Edith zu einem mahnenden „Aber Putzi!“ und Margot zu der Bemerkung veranlaßte, der Master sei eben doch ein „Dreckspatz“, und Edith habe es in ihrer 25jährigen Ehe nicht fertiggebracht, ihm Anstand beizubringen.

Nur Oma meine: „Mein Sohn darf das!“ Und Nobbi murmelte undeutlich etwas, das sich wie „Geschmacksverirrung“ anhörte und wie „amerikanisches Dünnbier“, wobei er sich demonstrativ Orangenlimonade eingoß zum Steak.

Ansonsten war es ein sehr harmonischer Nachmittag, an dem ich – vollgestopft, weil abwechselnd gefüttert mit allen Genüssen dieser Welt – bestimmt ein paar Pfund an Gewicht gewann und schließlich auf Omas warmen Pantoffeln einschlief. Ich muß so sehr in mich versunken gewesen sein, daß ich nicht einmal bemerkte, wie der große und der kleine Master für eine Weile wegfuhren.

Ich erwachte, als Nobbi mir etwas Weiches ans Ohr hielt, von dem ein paar lange Haare abstanden, die mich kitzelten, und das piepste wie eine Maus. „Für dich!“ erklärte Nobbi, „aber nicht zum Fressen!“

„Zum Fressen ist sie wirklich!“ rief Edith, nahm das piepsende Ding an sich und setzte es in das Brotkörbchen auf dem Tisch.

„Es ist keine SIE sondern ein ER“, korrigierte Nobbi mit unbewegter Miene. „Zwei Freundinnen von mir haben ihn am Spruce Creek gefunden und mit in die Schule gebracht. Ich dachte, wir könnten ihn zu uns nehmen, damit Barzi nicht so allein ist.“
Können Sie sich vorstellen, daß mir das Grollen in der Kehle stecken blieb? Die hatten mir, einem beinahe ausgewachsenen Hund von fast fünfzig Pfund, doch tatsächlich einen kleinen Kater geschenkt!

25. Mau mag keinen Besuch

Der Findling bekam einen besonders originellen Namen. Zunächst nannten sie ihn „Katzi“ – und ein paar Monate später, als sich herausstellte, daß er mehr die Miniatur eines Luchses war als ein gewöhnlicher Hauskater, tauften sie ihn um. Von da an hieß er „Mau“, so ähnlich wie die Töne, die er inzwischen von sich gab.
Mau entwickelte sich, was seine Einstellung zu Fremden betraf, schon bald zu einem getreuen Ebenbild seines Herrn. Meist lag er zwischen den großen Elefantenohrblättern oder auf dem Steinboden vor der Haustür und sonnte sich. Es konnte ihm gar nicht heiß genug sein. Dann streckte er sich träge und gähnte, sein graubraun gesprenkeltes Fell zitterte vor Wohlbehagen, und seine grünen Augen öffneten sich nur manchmal zu einem schmalen Schlitz, wenn ich im Vorbeigehen an ihm schnupperte.
Doch sobald vorn an der Straße das Tor geöffnet

wurde, ein Nachbar vorbeischaute oder jemand kam, den Putzi notgedrungen gerufen hatte, weil er mit einer Reparatur alleine nicht zurecht kam, war Mau im Nu hellwach und mit einem Satz entweder durch die offene Tür im Haus oder um die nächste Ecke und im Wald verschwunden. Er kam dann erst zum Vorschein, wenn wir wieder ganz unter uns waren. Er war also sozusagen das genaue Gegenteil von mir.

Wenn Mau tagsüber im Haus war, schlief er entweder zusammengerollt auf Nobbis Bett unter der Schlafdecke oder im oberen Gefach seiner Kleiderkammer zwischen Strümpfen, Pullis und T-Shirts. Abends, wenn wir anderen uns müde zurückzogen, wurde er lebendig. Mit weiten Sätzen fegte er durchs Haus, sprang auf Tische und Stühle, jagte hinter Dingen her, die kein anderer außer ihm sah – und attackierte dann unvermittelt einen von uns, um im nächsten Augenblick hinter einer Couch zu verschwinden und aus seinem sicheren Versteck zu beobachten, was sein Opfer unternehmen würde.

Putzi nannte das seine „Wilde Stunde" und schickte ihn, wenn er's gar zu toll trieb, schließlich kurzerhand zur Tür hinaus, damit er sich draußen austoben konnte. Aber das war sicher ein Fehler. Denn unser kleiner Hausgenosse hatte bald herausgefunden, daß ihn diese Methode ins Freie brachte.

So wiederholte er sein Spiel immer dann, wenn er Lust auf einen Spaziergang hatte. Meist hörte ich ihn erst wieder gegen Morgen, wenn er an ein Fenster kratzte und mit seinem lautstarken „Mau" solange Spektakel machte, bis jemand aufwachte und ihn hereinließ.

Eines Tages war Joe zu Nobbi herübergekommen und hatte Cloe mitgebracht. Die beiden Jungen saßen auf dem Boden und hörten Musik. Weil meine frühere Freundin dabei war, legte ich mich als aufmerksamer Hund dazu. Von unserem Hausgenossen hatten Joe und sein Hündchen bestimmt keine Ahnung, sonst wären sie wohl nicht so sorglos gewesen.
Das wurde plötzlich völlig anders, als ein graubraun gesprenkelter Teufel schattenhaft durch die Luft sauste und auf Cloes Nacken landete. Die arme Basethündin besaß weder den Instinkt noch das Kämpferherz, sich ihres Angreifers zu erwehren und gab nur einen armseligen Wehschrei von sich. Ich schaltete mich ein, bevor Joe und Nobbi zur Besinnung gekommen waren.
Mau stutzte, hob den geduckten Kopf, zeigte sein Gebiß und fauchte mich wütend an, ohne zunächst von Cloe abzulassen. Dann besann er sich und begann, sich zögernd rückwärts zu bewegen, wobei er Joe direkt in die Hände fiel. Der hatte nämlich inzwischen seinen Schock überwunden und wollte seinem Hündchen ebenfalls helfen.
Er kam aber nicht nur zu spät, es bekam ihm auch noch schlecht. Denn Mau fuhr mit einem wilden Laut herum und befreite sich blitzartig – dabei blutige Risse bei dem zurücklassend, der versucht hatte, ihn festzuhalten.
Das alles geschah so schnell, daß Edith, Putzi und Oma, die den Lärm gehört hatten, erst ins Zimmer kamen, als sich Mau an einen verborgenen Platz zurückgezogen hatte und Nobbi Joes Hände im Badezimmer

verband. Gemeinsam untersuchten sie danach Cloes armen zerschundenen Kopf, und der Master entschuldigte sich für Mau.
Als die beiden Opfer längst abgezogen waren, machte Mr. Fred Nobbi bittere Vorwürfe. Er sei verantwortlich, weil er Mau schließlich hergebracht hätte. Nobbis Einwand, daß sein Dad ja nicht nur damit einverstanden gewesen sei, sondern das Katerchen auch selbst mit abgeholt habe, ließ der große Master nicht gelten und drohte, daß er Mau ins Tierheim bringe, wenn so etwas noch einmal vorkomme.
Abends, als ich Mau unter Ediths Bett aufgestöbert und überredet hatte, hervorzukriechen, suchten wir Nobbi auf, der seine schlechte Stimmung an mir ausließ und mir mangelnde Loyalität gegenüber der Familie vorwarf.
Aber hätten Sie tatenlos zugesehen, wie Ihresgleichen zu einem hoffnungslosen Bündel Elend wird, das wehrlos den Krallen und Zähnen eines rasenden Wildlings ausgeliefert ist?

26. Müllers aus den Wolken

Ein Wunder war geschehen. Die Familie erwartete Besuch, und unser Oberhaupt freute sich auch noch auf ihn, obwohl er nicht nur für einen Nachmittag kommen wollte wie zum Beispiel Margot. Es mußte schon jemand Besonderes sein, der da schrieb, denn als die Nachricht kam, verkündete Putzi, sie sei von seinem besten Freund in Germany.

Dafür hatte ich mich eigentlich gehalten und war deshalb zuerst enttäuscht. Doch dann fielen mir mehrere Gründe ein, warum mein Status unangetastet blieb. So wie ich die Menschen mittlerweile kannte, gab es nämlich einige, die eben mehrere „beste Freunde" hatten. Wie man ja auch nicht nur einen einzigen Lieblingsplatz zum Hinlegen haben mußte und nicht nur ein Lieblingsfutter. Vom Lieblingsweibchen gar nicht zu reden, das so mancher Rüde ganz gern mal wechselt. Außerdem hatte Putzi vom „besten Freund in Germany" gesprochen, und ich war ja in Florida. Hauptsächlich aber beruhigte mich der kleine Zwischenfall von neulich abends. Edith, Putzi und ich hatten uns ins Schlafgefach zurückgezogen, als ich hörte, wie Mr. Fred die Lady sein „bestes Stück" nannte – und das gleich mehrmals.

Als ich mich daraufhin zwischen sie legen wollte, um mich in Erinnerung zu bringen, lud der Master mich zwar wieder aus, sicherte mir dabei aber ausdrücklich zu, daß ich natürlich ebenfalls sein bestes Stück sei. Worüber sich Edith ungeheuer zu amüsieren schien. Mir war schon klar, daß er das nicht so gemeint haben konnte wie vorher. Aber darauf kam's mir schließlich auch gar nicht an. Man möchte sich einfach von denen, die man liebt, nicht zurückgesetzt fühlen.

„Komm mit, Adi und Rosel abholen!" sagte der Master, und da ich Neugier für den angenehmsten Weg halte, sich weiterzubilden und auf dem Laufenden zu bleiben, machte ich es mir hinten auf der Pritsche des Station-Wagens bequem. Auf der Fahrt zum Flughafen gab es sowieso das meiste zu sehen, nicht nur neurotische Hunde hinter anderen Autoscheiben, die sich beim Vorüberfahren unnötig aufregten. Der Airport von Daytona Beach liegt an der Volusia Avenue, der Hauptstraße, die auch zum Beach, zum größten Shopping Center und zu der großen Schleife führt, auf der sie sonntags ihre Rennen fahren.

„Ich liebe diese kleinen Flughäfen überall in Amerika", meinte Putzi, als wir geparkt hatten und uns neben einer niedrigen Halle aufstellten, in der die Leute sich die Erlaubnis zum Fliegen besorgten, ihre Koffer ablieferten und sich untersuchen lassen mußten wie unsereins beim Tierarzt, ehe sie den Flugplatz betreten durften.

„Überall sind sie gar nicht so klein", bemerkte Nobbi. „New York, Chicago und Atlanta haben mit die größten der Welt!" „Du weißt recht gut, wie ich's gemeint habe", grinste Mr. Fred, dem es noch nie viel ausgemacht hatte, wenn sein Sohn sein Wissen unter Beweis stellte und dabei die Rangordnung in unserem Rudel ignorierte. „Hier hat doch jedes größere Dorf seinen Airport, und man kann in ein Flugzeug einsteigen wie bei uns in Europa in den Bus!"

„Nur daß man nicht auf Handgranaten untersucht wird, wenn man mit dem Bus von Frankfurt nach Darmstadt fahren will", wandte der unverbesserliche kleine Master erneut ein. Doch dann unterbrachen die beiden ihre Unterhaltung, an der sich die Lady ohnehin nicht beteiligt hatte, weil sie solche „spitzfindigen" Gespräche nicht leiden konnte.

Einer der großen Vögel, die täglich hoch in den Wolken über unser Grundstück flogen, war heruntergekommen und rollte ganz in unserer Nähe aus. Eine hohe Leiter wurde herangefahren, eine Tür geöffnet. Ein Gepäckauto brachte mehrere kleine Anhänger ans Flugzeug, und man begann bereits die Koffer zu entladen, als endlich die Menschen zum Vorschein kamen.

Ein paar von ihnen winkten zu uns herüber und lösten sich dann aus der Gruppe der Passagiere. Im Gegensatz zu denjenigen, die wegfliegen wollen, brauchen die Ankommenden in Daytona Beach nicht durch die Kontrolle. Ihre Freunde und Angehörigen können sie außerhalb der Flughafenhalle begrüßen, dort wo auch wir jetzt standen und Adi und Rosel erwarteten. Die Koffer wurden inzwischen ein paar Meter weiter auf einer Rampe abgestellt, und jeder bediente sich selbst. Zu den Verhaltensweisen der Zweibeiner gehört es, daß sie sich umarmen und küssen, wenn sie sich nach längerer Zeit zum ersten Mal wiedersehen. Allerdings scheinen sie dazu einen Flugplatz zu benötigen, denn ich habe noch nicht beobachtet, daß sie sich um den Hals fallen, wenn sie sich irgendwo sonst auf einer gewöhnlichen Straße begegnen.

Adi und Rosel umarmten Putzi und Edith, während ich sie von unten her in Augenschein nahm, mit einem unbestimmbaren Geruch aber nicht zurecht kam. Etwas eingehender studierte ich den kleinen Kerl, den sie bei sich hatten. Er reichte seinen Leuten gerade bis zum Gürtel und hieß Klausi. Mr. Fred und Edith nannten ihn Wichtel. Wichtel setzte sich gleich auf den Hosenboden, als ich ihn begrüßte. Dann guckte er mich erstaunt an, küßte meine Nase und sagte: „Hund!“

Auf der Heimfahrt saßen Wichtel und „Hund" hinten auf der Pritsche zwischen den Koffern und Taschen und lernten sich kennen, während man vorn über das Wetter sprach, das in Deutschland im Sommer zu kalt und in Florida sogar im Winter noch manchmal zu warm sei.
Denn das Wetter ist nun mal bei Zweibeinern, die Urlaub machen, ein beliebter Gesprächsstoff.
Adi, Rosel und Wichtel bezogen Omas Zimmer, die sich freiwillig im eigentlichen Gästezimmer eingerichtet hatte, das kleiner war. Denn Putzis bester Freund und seine Familie sollten es ja ganz besonders gut bei uns haben.
„Ich freue mich ja auch so, daß Müllers da sind", erklärte sie und zählte dabei die aus Deutschland für sie mitgebrachten Rätselhefte. Nur Nobbi blieb von der allgemeinen Begeisterung unberührt. Nach einem freundlichen „Hallo, wie geht's?", auf das er weder eine ausführliche Antwort erwartet noch erhalten hatte, hörte er sich kommentarlos Adis Reisebericht an und zog sich bei der ersten Gelegenheit in seinen eigenen Bereich zurück.
Mau hatte sich überhaupt noch nicht blicken lassen, und so war ich der einzige, der Müllers beim Auspakken zusah. Wichtel, der vergeblich versucht hatte, auf mir zu reiten, spielte dabei mit meinen Ohren und schrie vor Vergnügen, wenn er an meinem Schwanz zog. „Paß auf, er ist ein Hund und kein Pferd!" warnten die Eltern, aber Wichtel hatte keine Angst und probierte gleich noch einmal aus, ob sich sein Vater nicht doch vielleicht irrte.

Jetzt wußte ich endlich, woran mich die Besucher vom ersten Moment an erinnert hatten. Die zweieinhalb Müllers dufteten nach Pferd!

27. Ein Haar auf dem Teller

Am Morgen waren wir zu acht bei Tisch, wir fünf und die Müllerei, die so angenehm nach Pferden duftete, die Adi kleineren Haustieren vorzuziehen schien. Denn er sprach sich beim gemeinsamen Frühstück unmißverständlich gegen die unmittelbare Teilnahme eines Hundes aus.
Seine Begründung, daß er seine Pferde ja auch nicht im Eßzimmer füttere, veranlaßte Nobbi allerdings zu der Bemerkung, daß die sowieso nicht durch die Tür kämen, der Vergleich also irgendwie hinke.
Mau hatte seinen Löffel Frühstückssahne schon in der Küche abgeholt und sich nach einer flüchtigen Begegnung mit Klausi, der ihn absolut in den Swimmingpool mitnehmen wollte, unter einen Azaleenstrauch hinterm Haus gelegt.
Zu Ehren unseres Besuchs und weil der Master Adi als „Fleischesser" bezeichnet hatte, gab es zu den üblichen Rühreiern mit Speck die doppelte Anzahl geräucherte Würstchen und neben den Cornflakes zusätzlich noch Salami, Schinken und kalten Braten.
"Wir kriegen bestimmt wieder einen schönen Tag", versprach Edith, „es sind jetzt schon über 20 Grad. Was wollt ihr denn heute unternehmen?"
„Ich würde gern durch die Mall bummeln und in den

Läden herausfinden, was hier billiger ist als bei uns zu Hause", gestand Rosel, und Adi äußerte die Absicht, sich eine Angelrute mit den dazugehörigen Rollen und Haken zu kaufen, um „endlich einmal wieder in Ruhe fischen zu können."
Oma meldete sich zu Wort. „Warum fahren wir nicht an den Strand? Jetzt sind keine Schulferien, und während der Woche gehört er uns fast ganz allein."
„Beach!" krähte der kleine Müller begeistert und packte Brausepulver, Zuckerbonbons und Schokoladetäfelchen aus, die er sich zum Frühstück mitgebracht hatte. Ein Stückchen Hershey's brach er in der Mitte auseinander, steckte die eine Hälfte in den eigenen Mund und wollte mir die andere hineinschieben. „Keine Süßigkeiten für Barzi!" mischte sich Nobbi ein. Und da sich Fünf am Tisch dazu der Stimme enthielten, meine persönliche Meinung hier nicht zählte und Wichtel sich gegen den kleinen Master nicht durchsetzen konnte, klappte ich den Mund halt wieder zu.
Dafür kam ich wenig später doch noch auf andere Weise zu einem anständigen Imbiß. Adi teilte uns mit, daß ein Hundehaar auf seinem Teller liege. Zwar meinte Rosel: „Du findest ja immer ein Haar in der Suppe!" und empfahl ihm, sich nicht so anzustellen. Und der Master riet: „Blase es doch einfach herunter!" Aber da hatte die gute Lady bereits einen frischen Teller geholt und vor Putzis besten Freund gestellt. Ich bekam den mit dem Gegenstand des Anstoßes, der für mich, wie Sie verstehen werden, natürlich keiner war. Zumal der Geschmack von Räucherwürstchen und Braten dadurch überhaupt nicht beeinträchtigt wurde.

Und da wir nach dem Frühstück und einem morgendlichen Verdauungsspaziergang, bei dem der Master und sein Spürhund vergeblich eine erfolgreiche Schlangenpirsch demonstrieren wollten, alle zusammen an den Strand fuhren – Strandliegen, Badetücher, Proviant, Wichtel und ich im Gepäckraum des Wagens verstaut – war mein Glück vollkommen.
Den Strand von Daytona Beach dürfen Sie nicht nach den bunten Werbeprospekten beurteilen, mit denen die für den Fremdenverkehr verantwortlichen Zweibeiner Touristen anlocken wollen. Auf den Plakaten steht, daß hier „The World's most famous Beach" zu finden sei. Ich finde jedoch die Behauptung, daß dieser dreißig Meilen lange flache Sandstreifen an der Ostküste Floridas zwischen St. Augustine und Edgewater der „berühmteste Strand der Welt sei, vorsichtig ausgedrückt, fragwürdig.
Es sei denn, Sie akzeptieren die Behauptung, weil hier eine Zeit lang der berühmteste autobiografische Hund der Erde herumlief.
In der Nähe von Leuchtturm und Fischerhafen parkte Putzi das Auto. Während Badetücher, Liegestühle und Proviant ausgeladen und zwischen Strandhafer und Bajonett-Büschen aufgestellt wurden, tummelten Wichtel und ich uns bereits in den Wellen, die an diesem windstillen Tag sachte ans Ufer rollten.
Als die großen Müllers mit der Arbeit fertig waren und nach ihrem Nachwuchs sahen, entdeckten sie ihn bis zum Hals im Wasser sitzen und vor Vergnügen mit seinem hohen Stimmchen ein Kinderlied singen. Offenbar hatten sie aber nicht den gleichen Spaß daran.

Denn Adi stürzte zu ihm hin, zog ihn ans Trockene und verdrosch ihm erst einmal die Stelle, auf der er es sich im nassen Sand bequem gemacht hatte, ohne zu warten, bis seine Eltern ihm die Kleider aus und seine Badehose angezogen hatten.
„Heute ist es aber kalt", behauptete Oma und legte sich mit Mantel und Pantoffeln in ihren Liegestuhl.
„Mindestens 30 Grad in der Sonne", schätzte Rosel, während sie Öl auf Adis Rücken schmierte, damit er keinen Sonnenbrand kriegte.
Dann lief die ganze Gesellschaft mit Ausnahme von Nobbi ins Meer und begann, darin herumzuschöpfen, sich gegenseitig zu bespritzen und zu prusten wie Putzi, als er neulich in den Swimmingpool gefallen war und als Nichtschwimmer Wasser geschluckt hatte. Nobbi und ich gingen zusammen den Strand entlang und sprachen miteinander. Und immer, wenn ich einer der vielen Möwen oder Sandpipers nachjagte, die sich über unseren Köpfen und vor unseren Füßen herumtrieben, wartete er auf mich.
Als wir zu den anderen zurückkehrten, waren sie gerade dabei, sich den Sand von den Füßen zu waschen und die Liegestühle abzukehren. „Für's erste Mal ist's genug", bestimmte der große Master. „Wir, die hier leben, sind daran gewöhnt. Aber ihr werdet heute abend ein ganz schönes Ziehen auf der Haut spüren. Zu Mittag essen wir daheim!"
Beim Einsteigen hätte ich mich gern zu Nobbi gesetzt, um unsere verständnisvolle Unterhaltung fortzusetzen. Aber da war leider kein Platz mehr für mich. Ja, wenn man ein Schoßhündchen wäre! Doch hatte auch

das sein Gutes, denn als ich mich beim Losfahren schüttelte, um den Sand in meinem Fell loszuwerden, bekamen nur Oma, Edith und Rosel etwas davon ab, die vor mir saßen. Und die sagten nichts, weil weibliche Zweibeiner von Natur aus toleranter sind.

28. Der Ausritt

An der Samsula Road lag eine Pferderanch. Sie bestand aus 20 Acres eingezäunten Weidelandes, einem langen flachen Schuppen mit Boxen für ein paar Dutzend Pferde aller Art und einem alten Trailer. In dem hausten Bill und Jane Fox, wenn sie nicht gerade eine Koppel reparierten, ihre Ställe ausmisteten, zusätzlichen Hafer fütterten, Sättel flickten oder auf gekippten Stühlen – den Hut in die Stirn geschoben – vor sich hindösten und dazu Bier aus Dosen tranken. Über der Einfahrt spannte sich ein hohes Tor aus Baumstämmen. Vom querliegenden Balken baumelte ein Schild mit der Silhouette eines Pferdehufs und dem Hinweis „Horses for rent“. Genau das hatten wir vor: Pferde für einen Ausritt zu mieten. Denn Adi wollte unbedingt die amerikanische Reitweise im Western Style kennenlernen. Zwei Stunden sollte der Ausritt dauern, für den wir zwei gescheckte Palominos und zwei Quarter Horses wählten. Edith achtete dabei darauf, daß Putzi eine braune Stute erhielt, die Mister Fox als „Großmutter einer Schildkröte“ bezeichnete. Was alle außer Putzi, der noch nie auf einem Pferd gesessen hatte, sehr lustig fanden.

„Sie brauchen sich nur am Sattelknauf festzuhalten und den Zügel nach der Seite zu ziehen, wo Sie hinwollen; den Rest macht das Pferd allein“, versprach Mister Fox.
Putzi knurrte zwar, da der sogenannte Rancher sein Inventar ohnehin zum großen Teil aus ausgedienten Disney-World-Veteranen rekrutiert habe, könne er ihm ja auch gleich den zu seinem Roß passenden Kutschwagen zur Verfügung stellen.
Aber dann machte er doch gute Miene zum Spiel, zahlte die 40 Dollar, die der ganze Spaß kostete und hielt sich, nachdem er erst mal den Aufstieg geschafft hatte, verbissen oben, als es los ging.
Mein Vergnügen bestand darin, Kreise und Schleifen zu ziehen um die Reiter, die zunächst auf den schmalen Sandschneisen dahintrabten, die das Samsula-Gebiet am Rand von Daytona Beach in nahezu gleiche Quadrate teilten.
Doch bei der schnell zunehmenden Hitze wurde mir das bald zu anstrengend. Von da an lief ich immer ein paar hundert Meter voraus, legte mich nieder und wartete, bis die anderen aufgerückt waren. Auch diese Annehmlichkeit verdankte ich meinem Master, der sich seinem Reittier so wenig wie möglich bemerkbar machte, was in der braunen Stute wahrscheinlich den Eindruck weckte, es sei in Ordnung, wenn sie nach Belieben stehenblieb, um ein paar Blätter am Wegrand zu zupfen.
„Kannst du noch?“ fragte die Lady unser Familienoberhaupt besorgt, als wir eine Böschung hochkletterten, auf der wir im Gänsemarsch weiterzogen.

„Ein Indianer kennt keinen Schmerz“, grinste Putzi, dessen Gesicht inzwischen tatsächlich die Farbe eines eingeborenen Amerikaners angenommen hatte.
Edith hatte eine Idee. „Reite vor mir, ich bleibe hinter dir. Wenn deine Rosinante zwischen den anderen Pferden gehen muß, bleibt sie vielleicht nicht mehr so oft stehen.“
„Mir ist alles recht“, gab Putzi zu und besah sich argwöhnig den Abhang der Böschung, der auf der einen Seite in einen Graben mündete. Auch mir kam die Lage nicht mehr ganz geheuer vor. Da wieherten die Pferde, scheuten und galoppierten davon. Sogar Putzis „Großmutter einer Schildkröte“ hatte sich plötzlich in einen feurigen Renner verwandelt.
Was weiter geschah, beachtete ich nicht, weil ich selbst zu sehr damit beschäftigt war, dem Alligator zu entkommen, der aus dem Graben aufgetaucht war und unverhohlen seinen Appetit bekundete.
Erst ein gutes Stück weiter entfernt sammelten wir uns. Der Master saß auf dem Boden und fluchte auf Deutsch und Amerikanisch. Rosel fragte harmlos, warum er sich denn nicht am Sattel festgehalten habe? Doch die Lady nahm ihn in Schutz.
Mit den Händen festhalten genüge eben nicht bei einem so unverhofft panikenden Gaul. Selbst ein routinierter Reiter rutsche da schon mal herunter. Putzi habe sich für jemand ohne die geringste Ahnung sogar erstaunlich gut aus der Affäre gezogen.
„Du mußt die Beine an den Bauch des Pferdes drükken“, riet Adi, dem unser Abenteuer zu gefallen schien. „Komm, sitz auf, ich zeig's dir.“

Aber Putzi weigerte sich. Lieber gehe er zu Fuß weiter. Auf einem Pferd fühle er sich bloß als halber Mensch, und selbst seinem besten Freund zuliebe verspüre er nicht die geringste Lust, sich sämtliche Knochen zu brechen.

So liefen am Ende der Master und sein getreuer Hund gemeinsam nach Hause, während die Freunde und Edith mit der braunen Stute allein zurückritten.
Als wir dann am Abend alle wieder beisammen saßen und die Familie über unsere Erlebnisse sprach, fragte Rosel: „Gibt es in dieser Gegend eigentlich viele Krokodile?“

„Wilde Krokodile gibt es in Florida überhaupt nicht – höchstens in Farmen als Attraktion für Touristen", erklärte Nobbi. „Was hier in den Swamps und Flüssen lebt, sind Alligatoren. Ihr erkennt sie am runden Schädel und dem breiten Rachen. Wenn ihr Krokodile sehen wollt, müßt ihr nach Afrika oder Indien fliegen."

„Fressen die auch Menschen?" wollte Oma besorgt wissen.

„Wenn sie hungrig sind und man sie ihnen mundgerecht serviert, bestimmt", meinte Mr. Fred. Und Nobbi ergänzte mit einem Blick auf mich: „Auf jeden Fall haben sie schon öfters vorwitzige Hunde verspeist!"

„Man weiß bei ihnen nie so recht, was sie tun werden", berichtete Edith. „In den Everglades sollen sie schon manchem Touristen den Weg zurück ins Auto versperrt haben. Aber im Tomoka River in Ormond habe ich neulich Kinder baden sehen, während nur ein paar Meter weiter zwei Alligatoren am Ufer lagen und schliefen."

„Wie kann man nur so leichtsinnig sein!" regte sich Oma auf. Und dann erzählte der Master, wie nach dem großen Regen im letzten Herbst die Jungen an der Old Bailey Road im Spruce Creek gespielt hätten, der Hochwasser führte.

„Zwischen ihnen schwamm eine Schlange herum, deren dreieckiger Kopf kaum einen Zweifel daran ließ, daß sie giftig war."

„Ihr redet so oft von Schlangen", beschwerte sich Adi. „Wir sind jetzt schon mehrere Tage hier, aber ich habe noch keine einzige gesehen."

Putzi tröstete ihn. „Das kommt schon noch. Ich habe von einem Ehepaar aus New York gehört, die jahrelang den Winter in Florida verbrachten und auch nie einer begegnet waren. Als sie eines Morgens aufwachten, lag eine zusammengerollt auf ihrer Bettdecke. Sie hatte sich aus einem Luftschacht über dem Bett herabfallen lassen."

„Und was passierte?" erkundigte sich Rosel erwartungsvoll. Der Master hob die Schultern. „Ich weiß nicht. Sie wird wohl ungiftig gewesen sein."

Rosels Interesse war noch nicht befriedigt." Wie kam sie denn überhaupt in den Schacht?"

„Das geschieht häufig", mischte sich Nobbi ins Gespräch. „Oft kriechen sie über die Bäume, deren Äste auf die Dächer hängen und von dort in die Kanäle der Klimaanlage bis zu den Austritten in den einzelnen Zimmern. Über euerem Bett ist ja auch so einer!"

Oma stand auf und eilte in ihr Zimmer, um dort nach Schlangen zu suchen. Doch die Müllerei zeigte sich – entweder aus Mangel an Phantasie oder einfach, weil sie keine Angst hatte – unbeeindruckt. Bald darauf zog sie sich mit der Bemerkung zurück, es sei zwar ein schöner, aber anstrengender Tag gewesen, und sie freuten sich aufs Bett!

29. Ein Tag am Teich

Früh am Morgen saß Adi am Teich. In der Nähe des Platzes, an dem einst der graue Heron gestanden hatte,

warf er die Angelleine aus. Neben dem Schwimmer sprangen kleine Sonnenfische hoch. Putzis bester Freund hatte der Familie mitgeteilt, daß mit ihm an diesem Tag nicht zu rechnen sei. Er wollte nämlich ausprobieren, wie sehr die Katzenwels-Kolonie, die der Master vor Jahresfrist eingesetzt hatte, inzwischen gewachsen war. Da er offenbar gewisse Erwartungen hegte, hatte er sich für große Haken entschieden.
Als Köder verwendete Adi Brotstückchen, die er zu Kügelchen knetete, ehe er sie auf seinen Haken spießte. Dann warf er die Leine im weiten Bogen bis in die Mitte des Teiches. Bleigewichte sollten dafür sorgen, daß Haken und Brotkügelchen die richtige Tiefe erreichten und an einem hungrigen Katzenwels vorbeischwammen, wenn sie anschließend von Adi wieder eingezogen wurden.
Dieser Vorgang wiederholte sich eine Zeitlang, ohne daß sich viel ereignete – außer daß der Schwimmer manchmal auf der Wasseroberfläche zuckte und der Angelhaken anschließend mit einem neuen Brotkügelchen bestückt werden mußte. Wobei für Hund und Wichtel, die rechts und links von dem Fischer Platz genommen hatten, gelegentlich ebenfalls ein Stückchen trockenes Brot abfiel. Kostproben, die wir beide gewiß abgelehnt hätten, wären sie uns unter gewöhnlichen Umständen angeboten worden.
Endlich hatte der beste Freund Erfolg. Gerade waren Edith und Rosel erschienen, um sich zu erkundigen, wieviel Fische wir schon gefangen hatten, da tauchte der Schwimmer unter, und Adi zog die schwer an der Angel hängende Beute ans Ufer.

Klausi krähte: „Fisch!" – wenn's auch nur ein verrosteter Eimer war. Doch Adi meinte: „Wenigstens ist's kein alter Schuh", bestellte für uns drei was zu Essen und Trinken und machte sich unverdrossen wieder ans Werk.
Zwischendurch steckte er die Rute in den Boden, und wir kräftigten uns mit dem, was man uns zum Teich gebracht hatte. Das heißt, Wichtel entschied sich für meine Portion und überließ mir dafür die seine. Als er seinen Hamburger dann aber doch zurückhaben wollte, weil ihm der Hundekuchen nicht so gut schmeckte, war es allerdings zu spät. Und zwar nicht aus böser Absicht, sondern weil unsereins nun mal nicht Stückchen für Stückchen abbeißt, sondern selbst Delikatessen auf einen Satz verschlingt.
Während wir drei so auf den ersten richtigen Fang warteten, ließ sich aus einer Palme in der Nachbarschaft ein hellgestreifter beiger Strick herab – so lang, daß das eine Ende noch in der Krone der Cabbagepalme steckte, als das andere schon den Boden berührte. Ich meldete meine Entdeckung natürlich sofort an, und Adi vergaß sämtliche Fische im Teich. Wichtel lief neugierig herbei, doch Adi riß ihn zurück. „Schlange beißt Klausi, wenn Klausi zu nahe kommt!" Dann nahm er seinen Knirps unter den Arm und rannte so schnell er konnte zum Haus. Ich sorgte inzwischen dafür, daß das Reptil nicht wegkroch, nachdem es vollends auf der Erde gelandet war.
Jetzt kamen alle aus dem Haus herbeigeeilt, und der Master hatte das Gewehr in der Hand. Doch als er die Schlange sah, lachte er. „Nur eine Chicken Snake. Die

Farmer nennen sie so, weil sie ihnen die Hühner wegfrißt. Aber sonst ist sie harmlos und im Gegenteil sogar selbst ein Giftschlangenjäger. Übrigens sind Hühnerschlangen die größten in Florida und werden bis zu drei Meter lang."

Adis Frage, ob die Schlange denn unter allen Umständen ungefährlich sei, beantwortete Putzi auf seine Weise. Er ergriff einen herumliegenden trockenen Palmenzweig und scheuchte sie auf. Sie entringelte sich und schlängelte in schnellen Vorwärtswindungen davon, ohne uns weiter zu beachten.

Am Nachmittag fing Adi seinen ersten Fisch, einen zwei Pfund schweren Barsch, und gleich darauf noch einen mittelgroßen Wels. „Ich habe eigentlich mehr erwartet", gab er zu. „Sie beißen heute schlecht. Und außerdem scheint Brot doch nicht der richtige Köder zu sein. Man müßte es einmal mit Würmern versuchen."

„Wenn du das nächste Mal kommst, habe ich auch Würmer für dich", versprach der Master. „An der Tomoka Farms Road kann man in einer Wurmfarm Red Wigglers kaufen, die sich schnell vermehren. Ich hab' mich halt bis jetzt nicht dafür interessiert, weil mir am Fischen nichts liegt."

„Dann möchte ich aber wissen, warum du überhaupt welche eingesetzt hast!"

„Wegen der Moskitos. Ist dir denn noch nicht aufgefallen, daß wir so gut wie keine haben? Höchstens ein paar Stubenfliegen. Die Leute von der Moscito Control sprühen zwar im Frühsommer und Spätherbst vom Hubschrauber aus, aber damit erledigen sie nur das Gröbste. Nein, daß wir überhaupt nichts von ihnen zu spüren kriegen, liegt an unseren Fischen. Was an Brut dem Spray aus der Luft entkommt, fressen die Barsche und Welse."

Adi gingen die Würmer nicht aus dem Kopf. „Du solltest wirklich welche züchten – bei den Voraussetzungen hier. Ich bin davon überzeugt, daß man mit ihnen als Köder mehr aus dem Teich herausholen könnte."

Der kleine Müller zupfte den großen am Arm. „Papa, kommst du mal?"

Doch Adi ließ sich nicht so leicht vom Thema abbringen. „Fische beißen am besten, wenn man Würmer verwendet. Die fressen sie sogar noch lieber als Käse."

„Papa, komm doch endlich!" drängte Wichtel.

„Ich kann mir natürlich auch welche kaufen. Im Angler-Laden unten in der Beach Street haben sie Würmer abgezählt in Büchsen."

„Papa!"

„Ja, was ist denn, du Quälgeist?"

„Angel in Wasser gefallen", gab Klausi bekannt.

„Hab ich dir nicht gesagt, du sollst nicht damit spielen, weil du noch viel zu klein dafür bist?" polterte sein Vater und stieg bis zum Bauch in den Teich, um die Angelrute herauszuholen, die weggeschwommen war und sich an einer Zypressenwurzel festgeklemmt hatte.

Als er an der Leine zog, hing der Fang des Tages an ihr. Der Master bescheinigte dem vier Pfund schweren Wels anhand des herbeigeholten Zollstocks eine Länge von fast fünfzig Zentimetern. Und sein dicker Kopf wurde zur Hauptingredienz einer Fischsuppe, die Adi und sein bester Freund noch am selben Abend kochten und als „einfach köstlich“ bezeichneten. Ein Urteil, mit dem sie übrigens ziemlich allein blieben, nachdem die Lady die Küche bereits während der Zubereitung der Köstlichkeit naserümpfend verlassen und den Tisch für die beiden außerhalb des Hauses gedeckt hatte. Nur Wichtel löffelte tapfer mit und erklärte von Zeit zu Zeit stolz: „Klausi Fisch gefangen!“

30. Waschbären und Gürteltiere

Wer wie ich das Glück hatte, in Florida geboren und aufgewachsen zu sein, für den sieht die Welt ein ganzes Leben lang anders aus als für jemand, der in seiner Jugend mehr Frost als Sonnenschein erfahren hat. Wer darüber hinaus auch noch seine Spaziergänge außerhalb der großen Städte wie Miami, Orlando oder Jacksonville machen durfte, die sich – von der höheren Temperatur und ein paar Palmen abgesehen – kaum von den ungastlichen Metropolen im Norden unterscheiden, der hat doppelt Grund, zufrieden zu sein. Die Persönlichkeit eines Hundes wird vom unmittelbaren Umgang mit der Natur und der damit verbundenen Freiheit günstiger beeinflußt als in einer Umgebung aus Beton, Pflastersteinen und Mauern, zwischen denen man Mühe hat, einen anständigen Baum zu finden.
Ich hatte zudem den Vorteil, am Rand der sogenannten menschlichen Zivilisation groß zu werden. Dort,

wo ich frühzeitig erkannte, daß meinesgleichen und Artverwandte eigentlich in der Überzahl sind und daß wir auch hinsichtlich unserer Vielfalt denen haushoch überlegen sind, die in der Überzeugung leben, sie seien höher entwickelt als wir.

Nachdem Adi seine Enttäuschung über die geringe Anzahl ihm zu Gesicht gekommener Fische, Schlangen, Alligatoren und Reiher mehrfach geäußert hatte, die man ja nach Meinung vieler Europäer in Florida überall auf der Straße antrifft, kam der letzte Tag seines Besuchs. Und der brachte dann doch noch ein paar zusätzliche drastische Einblicke.

Am frühen Morgen begann es damit, daß ihm die Teetasse aus der Hand fiel, als ich urplötzlich meinen Stammplatz unterm Frühstückstisch verließ und gegen sein ausgestrecktes Bein stieß. Dabei wollte ich nur darauf aufmerksam machen, daß die Waschbärenfamilie, die sich lange Zeit nicht mehr bei uns gezeigt hatte, draußen vorm Fenster stand und uns beim Essen zusah.

Als wir alle miteinander hinausstürmten – nur Mau blieb in Nobbis Kleiderschrank, weil er grundsätzlich an unserer Art, den Tag zu beginnen, wenig Gefallen fand und außerdem etwas gegen laute Aufregung hatte – zogen sich die Waschbären etwas zurück. Ein paar Yards weiter blieben sie stehen und warteten. Ich hätte sie gern ein bißchen gejagt, aber die Erfahrung hatte mich gelehrt, daß ihre Zähne und Krallen für einen einzelnen Hund zu schnell und zu scharf waren.

Klausi meinte wohl, sie seien so etwas wie Teddybären und zum Anfassen. Vor allem deswegen, weil sie sich, in gewohnter Weise um Essen bettelnd, aufgerichtet hatten und – über einen halben Meter hoch – possierlich dastanden wie ausgestopft. Aber als er ihnen näher auf den Pelz rücken wollte, gaben sie ihm durch ihr Fauchen zu verstehen, daß es ratsam sei, einen gewissen Abstand zu wahren.

Der Master hatte ein paar Brotstücke mitgenommen, die er ihnen zuwarf. Sie nahmen sie mit ihren Pfoten, die sie benutzten wie die Zweibeiner ihre Hände, liefen damit zum Teich und tauchten das Brot ins Wasser, bevor sie es aufaßen.

„Vor einigen Monaten sind sie aufgetaucht", erzählte Putzi. „Damals waren sie noch zu zweit, ohne das Junge. Morgens fanden wir unsere beiden Mülltonnen umgekippt und den Inhalt ausgeräumt. Wir dachten zuerst an ein paar Buben in der Nachbarschaft. Aber als sich die Geschichte wiederholte, legte ich mich die halbe Nacht auf die Lauer und beobachtete, wie die Waschbären kamen und sich aus dem Abfall die Essenreste herausholten."

„Und hast du sie davongejagt?"

„Warum sollte ich? Sie tun doch keinem was! Ich hab' halt am nächsten Tag die Mülltonnen in die Garage gestellt und die Überbleibsel vom Abendbrot an ihre Stelle gelegt. Mit der Zeit sind sie dann zutraulicher geworden und sogar am hellen Morgen erschienen. Doch irgendwann sind sie einfach weggeblieben – bis heute." "Streicheln lassen sie sich wohl nie?" fragte Rosel. Putzi schüttelte den Kopf. „Nur, wenn man sie ganz jung an sich gewöhnt. Dann werden sie zahm wie Haustiere."

„Daß Barzi ihnen nichts tut!" wunderte sich Adi. Ich ärgerte mich schon, denn sicher würde der Master jetzt zum besten geben, wie ich mich blamiert hatte, als ich beim ersten Mal versucht hatte, mich mit ihnen anzulegen.
Aber Putzi zeigte wieder einmal Takt. „Er ist vorsichtig und macht einen Fehler nie zweimal", war eine Antwort, mit der ich zufrieden sein konnte, weil sie zwar einiges andeutete, aber nichts enthüllte.
„Kommt doch mal her!" rief Nobbi, der mit seinen Schulbüchern unterm Arm neben der Garage stand und sich den Rasen neben dem Haus betrachtete.
„Ach du lieber Gott!" hörte ich gleich darauf Ediths erschrockenen Ausruf. „Sie haben unseren Rasen umgegraben!" „Nanu, wer war denn das?" fragte Adi. Und Rosel meinte: „Waren es vielleicht Maulwürfe?"
„Die werfen bekanntlich Erdhügel von unten nach oben hoch und graben nicht den Rasen von oben her um!" dozierte der kleine Master. „Natürlich sind das Armadillos."
„Armadillos?" „Gepanzerte Gürteltiere, die bis zu einem halben Meter lang werden, in Südamerika noch größer. Sie kommen meist in der Nacht und graben nach Termiten und Käfern."
„Verdammte Schweinerei!" schimpfte Mr. Fred. „Wie krieg' ich die wieder los?"
„John's Spray Service", schlug Nobbi vor. „Ruf ihn an und laß' ihn ringsum alles gegen die Bugs sprühen. Wenn die Armadillos keine Käfer mehr finden, bleiben sie von selbst weg. Übrigens ist da drüben noch einer."

Tatsächlich war da jemand, so groß wie Mau, weiter hinten noch damit beschäftigt, einen Graben durch unser schönes Bahia-Gras zu ziehen. Diese Tätigkeit nahm ihn so sehr in Anspruch, daß er uns erst bemerkte, als ich bereits bei ihm war und zubiß.
Leider hatte ich mich verschätzt. Seine Haut war in Wirklichkeit nämlich ein harter Schuppenpanzer, und mir taten nachher sämtliche Zähne weh. Immerhin: feige war der Kerl nicht, denn gleich darauf versuchte er zur Abwechslung mich zu beißen. Dafür war er aber einmal nicht schnell genug, und zum anderen fand ich bald heraus, daß er so gut wie kein Gebiß hatte.
Der Master kam mit seinem Gewehr gerannt, und ich zog mich wie gewohnt zurück. Aber als es knallte, fiel das Gürteltier keinesfalls wie erwartet um. Die Kugel – und auch die folgende zweite – waren an seinem Panzer abgeprallt. Adi versuchte, den Rasenkiller mit den Händen zu fangen, rutschte aber aus und hatte ebenfalls das Nachsehen.
„Ich wüßte, wie ich ihn erwischen kann", sagte Putzi und resignierte. „Morgens sehe ich sie immer wieder auf der Tomoka Farms Road liegen: überfahren. Aber mit Absicht. Nein, das kommt nicht in Frage! Soll er von mir aus entkommen."
„Außerdem würdest du wahrscheinlich mit dem Auto gleichzeitig ein paar Sprinklerköpfe demolieren, wenn du auf dem Rasen eine Armadillojagd veranstalten wolltest", rationalisierte Nobbi den Fall abschließend, ehe er sich von seinem Dad in die Schule fahren ließ.

31. Aller schlechten Dinge sind drei

„Das stinkt ja fürchterlich", klagte Oma, als John's Spray Service das Gras sprühte. Auch der Master schnüffelte. „In dem Teufelszeug scheint Schwefel zu sein. Aber Hauptsache, daß es hilft. Noch eine Woche weiter so, und unser englischer Rasen wäre eine Mondlandschaft."
„Der Mann sieht mit seinem Schutzanzug, der Maske und dem Spraygerät auf dem Rücken auch aus wie vom Mond", sagte Edith. „Wenn Adi noch da wäre, hätte er was zum Fotografieren. Warum läßt du eigentlich nur ums Haus herum spritzen?"
„500 Dollar für zweitausend Quadratmeter sind gerade genug. Unser ganzes Grundstück ist zehnmal so groß. Denk bloß, wieviel das kosten würde! Zum Glück haben wir die Sauerei bis jetzt nur hier."
„Der, dem die Firma gehört, macht kein schlechtes Geschäft. Das Zeug mixen sie doch sicher selbst zurecht, und der Tankwagen sieht auch nicht aus, als hätte man in letzter Zeit Geld in ihn hineingesteckt."
„Uns kann's egal sein, solange der Service in Ordnung ist. Und das scheint er zu sein. Jedenfalls habe ich noch nicht gehört, daß er bei seinen Spraymitteln spart oder mehr Fläche berechnet als er sprüht – wie das andere tun."
Ich hatte mich neben Mau in die offene Garage gelegt und die ganze Aktion aus sicherem Abstand verfolgt. Als der Mondfahrer endlich mit seinem Auto verschwunden war, beeilte ich mich, den immer stärker gewordenen Druck loszuwerden. Doch Putzi kam

wieder einmal dazwischen und hielt mir einen Vortrag über Rasenschonen und daß er mich an die Kette legen würde, wenn ich nicht lerne, mich besser zu benehmen.
Den Vortrag hätte er besser den Armadillos halten sollen. So ein Theater zu machen wegen eines kleinen Geschäfts!
Überhaupt wurde bei uns an diesem Tag mit zweierlei Maß gemessen. Als wir am Mittag beim Heckenschneiden waren, segelten zwei große Vögel über unsere Köpfe und ließen sich am Teichrand nieder. Den grauen Heron hatte ich zwar toleriert, alles andere aber stets vertrieben und dafür auch Putzis Billigung gehabt.
Doch als ich jetzt schon halb auf dem Weg war, pfiff mich der Master zurück und rief seine Lady herbei. „Ein Wildentenpärchen, das wahrscheinlich auf dem Weg von Kanada nach Südamerika ist. Um diese Zeit ziehen sie, und wir liegen auf ihrer Flugroute."
Edith fand die fremden Vögel pflichtschuldigst „wunderhübsch" und gebot mir ebenfalls, „ein lieber Hund" zu sein und sie in Ruhe zu lassen.
Als es Abend wurde und wir unsere übliche Runde drehten, dabei in völlig unnötiger Rücksicht einen weiten Bogen um die ungebetenen Gäste schlagend, hatten die sich ungeniert im Uferschilf eine Mulde gebuddelt.
Am meisten ärgerte mich, daß sie so taten, als gäbe es keinen Jagdhund, der kurzen Prozeß mit ihnen gemacht hätte, wenn sein Herr gewußt hätte, was er wollte.

Wenn aber schon mal was schief geht, kommt's gewöhnlich gleich mehrfach. Gerade hatte ich meine unterdrückten Jagdinstinkte beruhigt, als ich ein Geräusch wahrnahm, das nicht hergehörte. Dieses Mal verbiß ich es mir, meinen Verdacht mitzuteilen und rannte im Schutz der Dämmerung schweigend los.

Dort, wo an unseren Zitrusbäumchen die ersten reifen Orangen hingen, lief mir ein Zweibein in den Weg, das nach Cloe roch. Wahrscheinlich hätte ich ihn sogar schweifwedelnd begrüßt, wenn Joe nicht plötzlich Reißaus genommen hätte. Und das ist ja bekanntlich das Dümmste, was man tun kann, wenn man unerwartet einem Hund gegenübersteht. Denn wer davonläuft, der wird gejagt.

Ich hörte Putzi pfeifen und rufen, war aber so damit beschäftigt, Joe zu fassen, daß ich erst innehielt, als der Verfolgte über den Zaun geklettert war, ein Stück Hose und ein paar Apfelsinen zurücklassend. Zufrieden begann ich damit, mir ein Stück der Beute einzuverleiben, mußte dabei jedoch feststellen, daß ungeschälte Orangen bei weitem nicht so gut schmecken wie ihr Inneres, das mir Edith sonst scheibchenweise in den Mund zu schieben pflegte.

Leider war dann auch noch der inzwischen herangekommene Master der Meinung, daß ich keinen Anspruch auf die zurückeroberten Orangen hätte. Statt seinen Hund zu loben, der seine Pflicht getan und für Recht und Ordnung gesorgt hatte, behandelte er mich wie einen, den man nicht frei herumlaufen lassen durfte, wollte man nicht riskieren, daß englischer

Rasen, kanadische Wildenten und amerikanische Orangendiebe zu Schaden kamen.
Manchmal verstehe ich wirklich die Welt nicht mehr!
Gut daß der Tag vorüber war und es noch eine Oma gab, die von alledem nichts wußte und mich ihr „gutes Hundchen" nannte, nachdem ich an ihrer Tür gekratzt und mich neben sie gelegt hatte.

32. Kam ein Vogel geflogen

Putzi hatte mich mitgenommen zur Gärtnerei, um frische Pflanzen für den Gemüsegarten zu holen. Edith zog Karotten, Bohnen, Gurken und Melonen aus Samen, setzte aber Eisberg-Salat, Kopfsalat, Broccoli und anderen Kohl als schon wochenalte Stecklinge in die Beete, damit sie eine bessere Chance hatten, die Mittagshitze zu überstehen.

Unser Verbrauch besonders an gelben Rüben und grünen Gurken war enorm, was nicht zuletzt mit meiner Vorliebe für diese Gemüsearten zusammenhing. Gurkensalat, mit saurer Sahne angemacht, schmeckte einfach apart und noch besser als Orangenscheibchen. Vor allem, wenn man ihn mit viel Sauce aus der Schüssel schlappern konnte, nachdem die Familie ihre Mahlzeit beendet und Nobbi keine Gelegenheit mehr hatte, sich über meine angeblich falsche Ernährung zu mokieren.

Karotten indessen, um die ich einen Bogen schlug, wenn sie mir gekocht angeboten wurden, besaßen in rohem Zustand fast den Reiz eines gegrillten Steakknochens. Und darum nutzte ich auch jeden günstigen Augenblick, um unbemerkt welche auszugraben. Das Hauptproblem bestand dabei darin, daß die liegengebliebenen Strünke deutliche Hinweise auf meine geheime Tätigkeit gaben.

Zuerst hatte Putzi alle möglichen Leute verdächtigt – Gürteltiere, Joe und sogar Oma nicht ausgenommen. Auf mich, der harmlos dabeisaß, kam er zum Glück nicht, weil er meine Abneigung gegen Karotteneintopf kannte. Doch dann ertappte mich Edith beim Buddeln, behielt aber ihr Wissen für sich und versorgte mich von da an persönlich.

Als wir von der Gärtnerei zurückkamen, lief uns Edith aufgeregt entgegen. Ihre Hände steckten in den dicken Lederhandschuhen, die sie jetzt immer trug, wenn wir die Linanen im Walddickicht ausrissen. Doch dieses Mal hatte sie sich gar nicht mit dem „Gift-Efeu" beschäftigt.

„Komm doch bitte gleich. Im Stacheldraht hat sich ein Raubvogel verfangen. Ich versuche schon seit einer halben Stunde, ihm zu helfen, krieg' ihn aber nicht los. Zuerst hat er noch nach mir gehackt, doch jetzt ist er schon ganz schlapp."

Wir eilten zum Graben am Grundstücksrand. Es war ein großer Milan, der im Stacheldraht hing und der nur noch müde flatterte, als der Master ihn näher anschaute.

Mir hatte man befohlen, diesseits des Grabens zu bleiben, weil man mir wohl das nötige Verständnis nicht zutraute oder gar befürchtete, daß ich das Problem mit meiner eigenen Methode lösen würde.

„Halte du ihn fest, und ich versuche, durch die Federn abzutasten, wo er hängt", sagte Putzi zu Edith, nachdem er sich ebenfalls einen Lederschutz für die Hände besorgt hatte. Die beiden beugten sich über das Federvieh, das jetzt mehr einem zum Trocknen aufgehängten Bündel Zwiebeln glich als einem aggressiven Raubvogel.

„Er muß sich in seiner Angst um den Draht gedreht und die Stacheln dabei selbst noch tiefer in die Haut

gedrückt haben", erklärte Putzi. „Halt ihn doch still. Wenn er sich bewegt, krieg ich überhaupt nicht raus, wo er festhakt." Dabei gab der Milan kaum noch ein Lebenszeichen von sich.
Putzi zog vorsichtig, gab den Versuch aber gleich wieder auf, als der Vogel noch einmal versuchte, mit dem scharfen Schnabel nach ihm zu hacken. „Was sollen wir bloß tun?" fragte Edith verzweifelt. Wo es doch nach meiner Meinung nur um einen Räuber ging, zu dem wir nicht einmal engere Beziehungen unterhalten hatten!
„Ich werde das Gewehr holen und der Qual ein Ende machen."
„Muß das denn sein? So ein schönes Tier! Nimm ihm nicht das Leben. Versuch's doch noch mal. Vielleicht können wir ein Stück Draht mit abschneiden."
„Das hätte keinen Sinn. Mit dem Stacheldraht im Balg würde er elend zugrunde gehn."
„Bitte. Mir zuliebe!" bat die Lady noch einmal. Putzi, der sich schon abgewandt hatte, drehte sich um. Ich beobachtete sein Gesicht, das fremd und starr aussah. Dann griff er unvermittelt mit beiden Händen zu. Es knirschte, wie wenn Omas Messer am Steakknochen abglitt. Edith gab einen Ruf der Freude von sich, denn Putzis letzter Versuch hatte Erfolg gehabt.
Dabei war er selbst davon so überrascht, daß er den befreiten Vogel losließ. Worauf etwas Erstaunliches geschah. Der Milan, der vorher schon so gut wie tot schien, erwachte augenblicklich zu neuem Leben, richtete sich auf, schlug mit den Flügeln und setzte zum Flug an.

Zuerst torkelnd und schwankend hob er auf und schwang dann in einem weiten Bogen hinüber zu den Baumkronen jenseits unseres Grundstücks. Am Stacheldraht blieben nur Hautfetzen und ein paar flaumige Federn zurück. Und nicht einmal ein einziger Tropfen Blut, wie Putzi und Edith befriedigt feststellten.
Ihre gute Stimmung hielt bis zum Nachmittag, als unser Telefon klingelte. „Es ist Joe's Vater", sagte der Master, die Hand auf der Sprechmuschel, mit bedeutungsvollem Blick auf mich.
Aber dann nickte er ernst und versprach, ohne das erwartete Plädoyer für den die eigenen Orangen verteidigenden Wachhund zu halten: „Gut, ich komme!"
„Cloe ist von einem Alligator gefressen worden. Wahrscheinlich war es der, der auch hinter uns her war. Ich gehe rüber. Die anderen Nachbarn kommen ebenfalls. Wir wollen besprechen, was wir tun."

33. Edith hat Angst um mich

Als Putzi zurückkam, erzählte er Edith, daß die Männer beschlossen hätten, den Alligator zu erlegen. „Aber das dürft ihr ja gar nicht", gab die Lady zu bedenken. „Diese Tiere sind doch schon seit den siebziger Jahren geschützt."
„Das wissen wir auch", antwortete der Master. „Nur gilt diese Regel nicht für gefährliche Exemplare, die sogar Menschen angreifen. Wenn einer von den Burschen einmal damit angefangen hat, hört er nicht auf –

und keiner in der Gegend ist seines Lebens mehr sicher."
„Gibt es nicht eine Behörde, der ihr das melden müßt? Die sollte sich darum kümmern."
„Du meinst „Wildlife Preservation Board". Daran haben wir gedacht. Die Palmieris schreiben nach Ocala. Aber zu warten, bis die reagieren, wäre purer Leichtsinn. Wahrscheinlich schicken sie erst mal irgendwann einen Inspektor, der feststellt, daß niemand unmittelbar gefährdet ist.
Und selbst wenn sie sich zum Abschuß entschließen, kann es bis dahin schon zu spät sein. Nein, wir wollen kein Risiko eingehen."
„Könnte man ihn nicht einfangen und nach St. Augustine in die Alligatorfarm bringen?"
„Erstens sind wir keine Alligatorenfänger. Wir haben nicht die Ausrüstung dafür und auch keine Erfahrung. Und zweitens würde die Farm ein wild aufgewachsenes Tier, das seine Gefährlichkeit bewiesen hat, gar nicht annehmen."
Überzeugt war Edith damit allerdings immer noch nicht. „Wenn das herauskommt, kostet es eine hohe Strafe."
„Paah! Schlimmstenfalls tausend Dollars. Und da mehr als zehn von der Partie sind, wär's zu verkraften. Oder hättest du lieber, eines der spielenden Kinder wäre das nächste Opfer – oder auch nur Barzi?"
Das „nur" fand ich höchst unpassend. Aber daß Putzi mich ins Gespräch gebracht hatte, schien die Lady zu überzeugen.

„Wie wollt ihr um Himmelswillen den Gator aus dem Sumpf herauslocken?" Ihre Frage beinhaltete schon ein gewisses Einverständnis. „Wenn so viele Leute anrücken, wird er sich in den Swamp zurückziehen, wohin ihr nicht folgen könnt."
„Wir werden eine Ziege als Köder an derselben Stelle festbinden, wo er Cloe geholt hat. Und wir nehmen auch die Hunde mit."
Ich wurde hellhörig.
„Aber doch nicht unseren Barzi! Wenn ihm was zustößt!"
Liebe Edith! Sie hatte Angst um mich, den sie am Anfang nicht einmal haben wollte!
Oma meldete sich zu Wort. „Wir könnten eigentlich mal wieder nach St. Augustine fahren. Ich habe lange keine Schlangen-Schau mehr gesehen. Die Krokodile in der Farm interessieren mich ja nicht. Aber wenn sie die Rattle Snakes melken, ist mir immer so schön unheimlich."
„Alligatoren, Omi, Alligatoren. Krokodile gibts keine in Florida!" berichtigte Nobbi, der auf dem Weg zum Kühlschrank bei uns vorbei gekommen war.
„Ihr mit eueren Krokodilen. Als ob es nichts anderes gäbe", wehrte sich Oma und kraulte dem designierten Alligatorjäger die Ohren.

34. Auf Alligatorjagd

Am nächsten Tag fuhren wir mit mehreren Kleinlastwagen zu der Stelle, an der aus Putzis lahmer Stute ein galoppierender Satan geworden war und der Master die Reiterei aufgegeben hatte. Die Zweibeiner hatten es sich in den Kabinen bequem gemacht und die Gewehre hinter sich am Rückfenster festgeschnallt, während wir auf den offenen Pritschen standen und den Fahrtwind genossen.
Außer mir waren noch zwei Schäferhunde und ein Dackel dabei, jeder auf einem Wagen für sich. Bei der Begrüßung hatte ich mit Befriedigung festgestellt, daß ich der einzige Rüde war, wenn auch nicht mehr Manns genug, das günstige Verhältnis zu nutzen.
Dafür befand ich mich in Gesellschaft der Ziege, nachdem der Master auf meinen guten Charakter hingewiesen hatte und mußte mir gefallen lassen, daß sie mich in ihrer Verwirrung für einen Bock hielt.
Sie können sich vorstellen, daß ich als erster vom Truck heruntersprang, als wir am Ziel angekommen waren. Die Männer parkten die Wagen, nahmen ihre Gewehre und führten die Ziege auf den Damm am Rand des Swamps.
Meine Artgenossen wurden von ihren Herren an die Kette genommen und vollführten einen Heidenlärm, der wahrscheinlich sämtliche Gators im Umkreis von zehn Meilen vertrieb.
Als vernünftiger Hund hielt ich meinerseits den Mund – und mich selbst auch ohne Leine neben meinem Master.

Meine Kollegen, die geglaubt hatten, gleich gäbe es etwas zu hetzen, hatten sich gewaltig geirrt. Wer die Zweibeiner in Florida kennt, vor allem die männlichen auf dem Land, der weiß, was er in einem solchen Fall zu erwarten hat.

Die Ziege wurde angepflockt, Schäferhunden und Dackeln befohlen, sich hinzulegen. Dann packten die angehenden Alligatorjäger ihre Bierdosen aus und stärkten sich erst mal für die bevorstehende Arbeit, während ich die Gelegenheit zu einem Schläfchen nutzte.

Putzi weckte mich, als er mich an die Leine nahm. Es schien endlich loszugehen. Die Männer teilten sich. Ein paar blieben in der Nähe der schreienden Ziege und versteckten sich diesseits des Damms. Die anderen gingen in entgegengesetzte Richtungen.

Der Master und ich, Joe's Vater und ein Fremder, der zu dem Dachshund gehörte, bildeten eine Gruppe. Weiter weg, so daß wir die Meckerliese gerade noch erkennen konnten, ließen wir uns nieder und warteten.

Die Leute behaupten, zum Fischen gehöre vor allem viel Zeit und noch mehr Geduld. Wer das sagt, war noch nie mit auf Alligatorjagd – vor allem nicht mir Leuten, die selbst zugeben, daß sie keine Ahnung davon haben.

Es gibt nämlich nichts Langweiligeres, als an einer Leine stundenlang darauf warten zu müssen, daß etwas passiert, von dem keiner weiß, wie es passieren wird, wann und ob überhaupt. Und das bei 45 Grad in der Sonne, also dem genauen Gegenteil von sogenann-

tem Hundewetter! Da ist auch ein Schluck warmes Bier aus Putzis hohlen Händen anstelle des brackigen Swampwassers kein ausreichender Trost.
Ich weiß nicht, wieviel Zeit verstrichen war, ehe die Ziege, die sich zuletzt müde gewimmert hatte, wieder zu rufen begann. Anders als zuvor, voller Angst.
„Aha, es scheint soweit zu sein!" meinte Putzi und blickte angestrengt hinüber. Leider stand die Sonne inzwischen so ungünstig, daß wir, halb geblendet, nicht genau sehen konnten, was geschah.
Wir hörten das Geheul der Schäferhunde und sahen gleich darauf Silhouetten auf dem Damm. Der Dachshund riß sich los und wetzte davon. Die Ziege schrie auf und verstummte dann. Mehrere Schüsse knallten, und die Jäger riefen sich gegenseitig Warnungen und Ratschläge zu.
Wir waren dem Dachshund nachgestürmt und erreichten den Tumult gerade, als die Echse einen der Schäferhunde mit einem einzigen Schlag ihres Schwanzes niederstreckte. Danach drehte sie sich uns zu und sperrte den Rachen mit dem mörderischen Gebiß auf, wobei ihr Hinterteil weiter über das Gras peitschte.
Die Szene wirkte gespenstisch, weil die mindestens drei Yard lange Bestie dabei keinen Laut von sich gab und nur die Hunde, die Zweibeiner und ein paar Raubvögel über uns mit ihrem Lärm die Stille zerrissen.
Die übrigen Hunde umkreisten den Gator in achtungsvollem Abstand, und die Männer versuchten, ihn in den geöffneten Rachen zu treffen.

„Zielt in die Augen", rief der Master und ließ sich von einem der Nachbarn dessen schwere Flinte geben. Dem Alligator tropfte Blut aus dem Maul, aber seine Wunden schienen ihn nicht sehr zu behindern. Denn mit einem blitzartigen Satz, den keiner dem unförmigen Koloß zugetraut hatte, schnellte er nach vorn – und verfehlte Putzi, der sich zur Seite warf, nur um Haaresbreite.

Mein eigener Angriff, mit dem ich dem Master zu Hilfe eilte, blieb natürlich nur ein Ablenkungsmannöver. Selbst der stärkste und klügste Hund kann gegen einen Alligator nichts ausrichten und wird, wenn er sich auf den ungleichen Kampf einläßt, diesen Größenwahn am Ende stets mit seinem Leben bezahlen. Immerhin erregte ich die Aufmerksamkeit des Biestes, und es ließ von Putzi ab. Der hatte Zeit, um ruhig zu laden und zweimal abzudrücken. Der Gator brüllte vor Schmerz, warf sich herum und verschwand im Swamp.

Seine Blutspur vermengte sich mit dem Rinnsaal, das aus dem offenen Leib der zerrissenen Ziege geflossen war und in der heißen Sonne gerann, ehe es im Gras versickern konnte.

Einer der Nachbarn versuchte, seinen Hund hinter der Bestie herzuschicken. Aber mein Artgenosse war schlau genug, den Gehorsam zu verweigern, und die anderen Zweibeiner hielten den Mann davon ab, auf seinem Willen zu bestehen.

„Sie würden ihn auch noch verlieren. Im Sumpf hätte er sowieso nicht die geringste Chance. Wir können nicht mehr tun. Laßt uns heimfahren."

Und so geschah es. Erst zu Hause bemerkten wir, daß mein Fell feucht verklebt war. Eine der Kugeln mußte mich versehentlich gestreift haben, aber in der Hitze des Gefechts hatte niemand etwas bemerkt, nicht einmal ich selbst. Doch da es nur ein kleiner Kratzer war und er mir zudem noch die ungeteilte Fürsorge der ganzen Familie einbrachte, war ich's zufrieden.
Nach einer Woche kamen zwei Inspektoren von der „Wildlife Preservation"-Behörde, besichtigten den Schauplatz, sprachen mit dem Master und den Nachbarn, nahmen ein Protokoll auf und erklärten, wir würden noch von ihnen hören.
Wir bekamen aber weder sie noch den Alligator jemals wieder zu Gesicht. Und Putzi meinte, wahrscheinlich sei das Biest irgendwo im Swamp verendet oder gar von seinesgleichen aufgefressen worden. Die Bürokraten in Ocala könnten ohnehin keine Strafe aussprechen, weil nicht zu beweisen sei, daß wir die unter Naturschutz stehende Echse überhaupt erschossen hatten.

35. Würmer und Bergziegen

Putzi und Edith kehrten mit dem Station-Wagen zurück, brachten ein paar Bretter, eine Rolle Maschendraht, einen Ballen Torf und einige leere Säcke mit.
„Was habt ihr denn jetzt wieder vor?" erkundigte sich Nobbi skeptisch. „Ihr wollt doch nicht etwa endlich eine Hütte bauen, damit die Hundeflöhe draußen bleiben?"

„Seit wann stören die dich, solange sie Oma bevorzugen?“ fragte Mr. Fred hintergründig. Aber Edith unterbrach den sich anbahnenden Disput. „Wir bauen ein „Worm Bin“. Wir haben uns in der Wurmfarm erkundigt, wie man eine Wurmzucht anfängt. Was wir für den Anfang brauchen, haben wir gleich mitgebracht.“

„Ihr habt wohl noch nicht genug Arbeit!“ stellte Nobbi fest und verlor fürs erste das Interesse an dem Projekt, eine Einstellung, die sich von der meinen, wie Sie sich denken können, wesentlich unterschied.

Zuerst wurde im Wald auf einer kleinen Lichtung ein Stück Erde glattgeschaufelt. Leider unterband der Master meine durchaus freundschaftlich gemeinte Mitarbeit schon hierbei mit der undankbaren Behauptung, ich grabe Löcher und halte das ganze Unternehmen nur auf.

Dann nagelten sie die Bretter zu einer Art langer Kiste zusammen – ohne oben und unten. Ein Stück Maschendraht wurde auf der geebneten Stelle ausgerollt und der Kastenrahmen draufgesetzt.

„Warum legt ihr denn Draht darunter?“ fragte Oma, die sich auf ihrem täglichen Filzpantoffel-Spaziergang befand, „Damit keine Maulwürfe von unten an die Würmer heran können, die in der Kiste leben werden“, erklärte Putzi.

„Was für Würmer?“ wollte Oma wissen.

„Die wir züchten wollen, damit Adi beim nächsten Mal mehr Fische fängt.“

„Aha“, sagte Oma und setzte ihren Rundgang kopfschüttelnd fort. Edith lachte. „Jetzt hat sie wieder mal einen Grund, uns für übergeschnappt zu halten. Was tun wir als nächstes?"

„Wir füllen den Torf in den Kasten und wässern ihn gut durch. Dann holen wir Pferdemist, darin fühlen sich Red Wigglers am wohlsten und werden groß und fett, haben die Leute von der Wurmfarm behauptet."

Putzi zog den Schlauch vom Haus herüber, und Edith spritzte den Torf, bis er schwarz war von der Nässe. Dann luden sie eine leere Mülltonne in den Wagen, und wir fuhren zur Pferdefarm, wo Mr. Fred Jim Fox zwei Dollar dafür zahlte, daß er die Tonne mit dem Abfall der Hochbeiner füllen durfte.

„Macht es Ihnen etwas aus, wenn wir öfters kommen?" fragte er vorsorglich den Pferdehändler, als wir uns verabschiedeten. Der machte eine einladende Handbewegung, ohne sich von seinem halb an die Stallwand gelehnten Stuhl zu erheben oder auch nur den Hut aus dem Gesicht zu ziehen.

„Bedienen Sie sich nur. Wir haben ja genug davon."

Was er darüber hinaus von Leuten hielt, die seinen Mist wegräumten und dafür auch noch Geld bezahlten, behielt er für sich.

„He!", rief er hinter uns her, als wir gerade beim Einsteigen waren, „ich habe ein paar hübsche Bergziegen. Hätten Sie Interesse?"

Putzi und Edith überlegten. „Wir können sie uns ja mal ansehen, Ziegen sind lustig", meinte Edith, worauf sich Mister Fox aus seinem Stuhl erhob und uns an eine Box im Stall führte.

Dort standen zwei komische kleine Figuren mit langen Bärten und meckerten uns aus ihren Altmänner-

gesichtern erwartungsvoll an. „Ich gebe sie Ihnen für 50 Dollar. Es ist ein Pärchen", bot Mister Fox an.
„Wir sollten ihm den Gefallen tun", sagte Putzi, und Edith, deren Finger von den Ziegen offenbar als Milchzitzen angesehen wurden, stimmte zu. „Sie sehen auch so dekorativ aus, und wir haben ja schließlich Platz genug."
So fuhren wir am Ende mit einer vollen Tonne und Ediths beiden neuen Dekorationsstücken heim, die während der Fahrt nicht nur die Autowände beschnupperten und das Polster der hinteren Sitzbank anknabberten, ohne dabei für einen Moment ihre Redseligkeit zu verlieren, sonderen auch noch ungeniert ihren eigenen Dreck fallen ließen, dessen Duft sich mit dem der warmen Pferdeäpfel zu einem Geruchmix ganz eigener Art vereinigte.
Das einzig Angenehme war, daß ich zwischen Putzi und Edith vorn im Wagen sitzen durfte, weil man wohl mit Recht vermutete, daß so ungleiche Temperamente auf engem Raum zusammengedrängt Folgen für die eine Seite gehabt hätten.
Daheim ließ Edith die unruhigen Gäste laufen und reinigte erst mal unser Auto. Putzi mengte währenddessen den Pferdemist mit Wasser und einem weißen Pulver. Das Wasser, um die Hitze aus dem Mist zu kriegen, Calcium gegen die Säure, an der die Würmer kaputtgehen würden, wie er an den folgenden Tagen all denen klarmachte, die gekommen waren und Einzelheiten der Operation erfahren wollten.
Inzwischen hatten die Bergziegen damit begonnen, die unbekannte Umgebung zu erforschen. Als ich ent-

deckte, wie gut ihnen Ediths Rosen schmeckten, war es fast schon zu spät. Auf der Flucht machten sie zuerst Halt auf unserem Rotholztisch am Teich und sprangen dann, als ich ihnen dorthin aufs Fell nachrückte, hinüber zum Station-Wagen, den sie als echte Bergsteiger leicht erklommen und regungslos, aber lautstark, auf dem Dach verharrten, bis Edith mich wegholte.

„Wir werden ein Gatter für sie bauen müssen", äußerte Edith, die das Schicksal ihrer Rosen dieses Mal leichter hinnahm als damals im Hurrikan. Aber Putzi war dagegen und gab zu bedenken, daß sie dann ja extra gefüttert werden müßten, obwohl ringsum genügend frisches Gras wachse und solche Tiere auch viel Freiraum benötigten.

Die Diskussion wurde bei Tisch noch fortgesetzt, ohne daß sich die Familie einig werden konnte. Den besten Vorschlag machte nach meiner Meining Nobbi. „Bringt sie doch einfach wieder zurück!" Aber davon wollten die anderen nichts wissen.

„Dann würde ich sie aber an eurer Stelle wenigstens anbinden", schlug Nobbi vor und deutete aus dem Fenster. Worauf das Essen sehr plötzlich unterbrochen wurde. Ich jagte die beiden Plagegeister aus dem Gemüsegarten, in dem sie mit ihrer eigenen Ernte begonnen hatten, hinüber aufs Grundstück des Nachbarn. Wie sie es fertigbrachten, den ziemlich hohen Stacheldraht zu überspringen, ohne bleibenden Schaden davonzutragen, war mir unerklärlich, konnte mir aber eigentlich egal sein – zudem sich die Familie keine Gedanken darüber zu machen schien.

Als wir wieder am Tisch saßen, rief der Nachbar an und forderte Mr. Fred auf, die trächtige Ziege und ihren Bock abzuholen und die Wäsche zu ersetzen, die von den beiden auf der Leine angefressen worden sei. „Das reicht", erklärte der Master. „Ich bringe sie tatsächlich zurück."
„Wir habens ja", räsonierte Oma, nachdem wir die Unruhestifter wieder los hatten und unser Familienoberhaupt erzählte, daß Mister Fox die beiden Bergziegen samt sich ankündigendem Nachwuchs – von dem wir nicht einmal was bemerkt hatten – freundlicherweise wieder zurückgenommen hätte. Wenn auch nur zum halben Preis.
Aber Nobbi verhielt sich dieses Mal nobel und tröstete seinen Dad: „Wir machen alle mal einen Fehler, sogar die Größten unter uns. Vielleicht hast du mit deinen Würmern mehr Glück!"

36. Gefahr am Swimmingpool

Wieso uns das Zeug überhaupt Glück bringen sollte, das Putzi dann in einem Karton anschleppte und über den Zuchtkasten kippte, würde ich wohl auch nie herauskriegen. Die Würmchen erinnerten mich mehr an das Knäuel herausgequollenen Ziegengedärms als an das, was sie angeblich darstellten – nämlich zehn Pfund stecknadelgroßer Red Wigglers, aus denen in den nächsten vier Monaten saftiges Fischfutter vom fünffachen Gewicht und bereits die nächste heranwachsende Wurmgeneration entstehen sollten.

Auch Putzis weitere Behauptung, daß das Gewimmel zu Dreivierteln aus reinem Protein bestehe und man in kalifornischen und New Yorker Feinschmeckerrestaurants gegrillte Regenwürmer delikat zubereitet serviert bekomme, hielt ich für ziemlich idealisiert. Denn als ich die angebliche Köstlichkeit probierte, bevor sie sich im auf dem Torf ausgebreiteten Pferdemist verkriechen konnte, mundete mir das Mastfutter für die künftigen Fischköder bei weitem besser als die Würmer, die Putzi so gepriesen hatte.

Torf und Mist wurden mit den Säcken abgedeckt, damit es schön dunkel blieb im „Wurmbett". Doch gerade, als der Master abschließend den schützenden Sperrholz-Deckel drüberlegen wollte, kam Edith angelaufen. „Mau hockt vor der Swimmingpool-Pumpe und knurrt. Irgendwas stimmt nicht. Kommst du schnell mal mit?"

Immer wenn die Familie sich aus einem bestimmten Grund aufregt, spürt das ein sensibler Hund auf der Stelle. Und so zeigte auch ich in diesem Fall sofort durch alarmierendes Bellen an, daß ich auf der Hut war und bereit, einzugreifen, was immer es sein mochte. Denn die Erfahrung lehrt, daß die Menschen schnelles Reagieren bei uns besonders schätzen.

Wir rannten also alle drei ums Haus herum zur Pumpe, die das Wasser im Swimmingpool umwälzte und dafür sorgte, daß die verdunstete Menge immer wieder aus unserer Quelle ersetzt wurde. Sie war mit Backsteinen ummauert und wie der Wurmkasten mit einer Sperrholzplatte abgedeckt. Mau saß immer noch regungslos davor und beachtete uns überhaupt nicht.

Putzi hob den Deckel, konnte aber nichts erkennen. „Wahrscheinlich ist es eine Schlange. Ich hole schnell die Taschenlampe und mein Gewehr."
„Und ich den Schlangenfänger", fügte Edith hinzu. „Wenn eine dazwischensitzt, kannst du das Gewehr doch nicht benutzen, ohne die Pumpe zu beschädigen. Und zieh' Stiefel an. Wir sind keine Inder, die barfüßig auf Schlangenjagd gehen!"
Aber auch als Putzi und die Lady wiederkamen, sahen sie nicht aus, als ob sie einer Schlange so gefährlich werden könnten wie zum Beispiel die vereinigten Sprungkräfte, Krallen und Gebisse von Wildkatzen und Labrador-Pointern.
Das Familienoberhaupt trug seine ausgefransten Shorts, die Lady immer noch ihren kleinen Bikini – und beide hatten kniehohe Gummistiefel an. Ediths „Schlangenfänger" bestand aus einer langen Stange mit einer Schlinge an einem Ende.
„Da unten liegt sie", bestätigte der Master, nachdem er mit der Taschenlampe hineingeleuchtet hatte. „Es scheint sogar eine Korallenschlange zu sein!"
„Hast du den Kopf erkennen können? Vielleicht ist es nur eine harmlose Kingsnake."
„Nicht genau. Aber wenn es eine Königsschlage wäre, hätte sie schwarze und rote Ringe, und ich glaube, die hier hat schwarze und gelbe."
„Wir bringen am besten zuerst die Tiere ins Haus. Ich trau der Sache nicht. Der Biß von so einer Giftspritze ist sogar meist für erwachsene Menschen fatal, obwohl sie so klein ist und das Maul kaum aufkriegt. Mau und Barzi hätten keine Chance."

Und so durften wir beide von da an durch die Glastür von Ediths Schlafgemach zusehen, wie Herrchen und Frauchen versuchten, mit dem Schlangenfänger aus dem Pumpenblock zu fischen, was Putzi als „Giftspritze“ bezeichnet hatte.
„Du bist wieder viel zu närrisch, laß’ mich mal“, forderte Edith Putzi nach einer Weile erfolglosen Versuchens auf. Und prompt dauerte es nicht mehr lange, bis sie rief: „Ich hab’ sie!“
„Vorsicht!“ warnte der Master – meiner Meinung nach völlig überflüssig, denn die Lady war ja nicht dumm. Langsam hob sie die Schlange aus dem Versteck, die Schlaufe fest um ihren Leib gezogen. Dann trug sie sie, dabei ständig auf sichere Distanz achtend, hinaus auf den freien Rasen, wo ihr der Master das schwarz-gelbe Haupt abschoß.
Der sich selbst kopflos noch krümmende und ringelnde gefährliche Wurm erinnerte uns an die Winzlinge, die Putzi vor einer Stunde in ihr neues Bett gesetzt hatte. Und wir machten uns daran, herauszufinden, was in der Zwischenzeit aus ihnen geworden war. Denn wenn es um etwas Neues geht, sind Hunde und Zweibeiner gleichermaßen neugierig.

37. Regenzeit

Langeweile, meinen die Zweibeiner, sei ein Zustand, den nur sie allein kennen. Dabei haben sie uns, seit wir von ihnen domestiziert wurden, damit angesteckt. Als unsere unverbildeten Vorfahren noch in Rudeln umherstreiften, war das sicher anders. Und auch wer von uns heutzutage das Glück hat, in einer Umgebung zu leben, in der er respektiert und geliebt wird, bleibt davon verschont. Vor allem dann, wenn man ihn selbst dazu beitragen läßt, daß es der Familie nicht langweilig wird.

Katzen und ähnliche Gesellschafter der Menschen gelten zwar als stimmungsvoll und gemütlich. Sie sind aber nun einmal nicht jedermanns Geschmack. Und vor allem dienen sie eher der Beruhigung und weniger der Unterhaltung wie ein treuer Familienhund.

Mau gab in dieser Zeit ein gutes Beispiel dafür ab. Wann nahm er schon an einer interessanten Familienrunde teil? Seitdem er dem Brotkörbchen entwachsen war, in das ihn Putzi manchmal gesetzt hatte, weil er das besonders „putzig" fand, zog der Katzert bei uns ein und aus, wie es ihm gerade in den Sinn kam.

Immer suchte er sich seine eigenen Wege. Manchmal verschwand er einen halben Tag lang oder eine ganze Nacht. Dann lag er unvermittelt wieder unter einem Elefantenohrblatt am Haus und schlief. Oder er störte uns in unserer Nachtruhe, wenn er von einem seiner Ausflüge zurückkehrte und Einlaß begehrte.

Seine Beiträge zur Unterhaltung beschränkten sich darauf, mit den Pfoten nach uns zu schlagen oder uns zu beißen, wenn er es sich auf Nobbis Bett bequem gemacht hatte und man in seine Nähe kam. Hätte sein lautes Schnurren dabei nicht den Grad seiner Behaglichkeit verraten, wären seine Krallen nicht eingezogen und sein Biß verhalten geblieben, wäre selbst dieses Spiel wenig amüsant gewesen.

Es war wieder Regenzeit. Putzi hatte die Sprinkler schon seit Wochen nicht mehr angestellt. Die Gräben liefen bald über, und der Teich sah aus wie nach dem Hurrikan. Mau hatte sich auf Nobbis Wäscheregal eine Art Nest gebaut und kam nur zum Essen und Entleeren herunter. Oma war glücklich, weil niemand von ihr erwartete, daß sie sich Bewegung machte und sie bei ihren Rätselheften bleiben konnte. Nobbi saß sowieso in seinem Zimmer bei seinen Büchern und vermißte nichts.
Und Putzi schimpfte zwar, weil er nicht mehr zum Rasenmähen kam und jedes Mal tropfnaß wurde, wenn er die Würmer füttern mußte. Aber er und seine Lady hatten wenigstens noch ihren Spaß im Regen. Der war nämlich so warm, daß sie ihn als Dusche benutzten, nachdem sie sich gegenseitig eingeseift und dabei herumgealbert hatten wie im Kindergarten.
Der einzig Leidtragende war ich. Bei Streifzügen wurde man bis unters Fell naß, aber wenn man sich einmal danach auf die gebräuchliche Art trocknen wollte, wurde man von der Lady ein „Unflat" und von Mr. Fred eine „Flohschleuder" geschimpft. Dabei ließen sich die Schlammflecken auf den Möbeln ganz leicht abwischen. Wenn man sich nicht einmal mehr schütteln durfte, machte das Herumtoben und Hochspringen an Putzi und Edith auch keinen richtigen Spaß – und wenn sie noch so schön seifenglitschig waren.
So begrüßte ich Eliot, den Nobbi nach der Schule mitbrachte, als willkommene Abwechslung. Und auch das kohlenschwarze Zweibein, mit einem Gebiß wie

Ediths Orgeltastatur, das Nobbi der Familie als seinen Coach vom Sportunterricht vorstellte, wurde von mir bevorzugt behandelt. Doch das nahm mir der kleine Master wieder übel. Bei Edith und Putzi beschwerte er sich darüber, daß ich immer zuerst die fremden Gäste willkommen hieß und ihn kaum beachtete.
„Er meint's sicher nicht so", beschwichtigte sein Dad. Und die Lady empfahl ihm, in solchen Fällen besonders nett zu mir zu sein. Dann käme ich schon von selbst auf ihn zu. Aber wenn Nobbi nicht wollte, konnte er ein ausgesprochen sturer Hund sein. So weigerte er sich, um die Gunst von jemandem zu buhlen, der so deutlich zeige, daß er sowieso nichts für ihn übrig habe. Meinen schweifwedelnd vorgebrachten Einwand übersah er schlicht.
Dafür steckte mir der so gut nach Hündin riechende Eliot ein Stück Sahnetorte zu, das es zur Kaffeestunde gab. Und das Zweibein mit der Orgeltastatur im Gesicht bewunderte mein gutes Aussehen und meinte, Black sei eben beautiful – auch bei einem Hund.
Es sollte Jahre dauern, bis Nobbi einsah, daß ich nicht nur ein recht hübscher Hund bin, sondern ihn sogar gern habe. Ich kann doch nichts dafür, daß mich Fremdes immer zuerst fasziniert und Vertrautes erst an zweiter Stelle drankommt!

38. Gewitter-Würmer und Weihnachtslieder

Wie so oft endet die Regenzeit mit einem Gewaltakt der Natur. Was ihr an Energie noch verblieben war,

entlud sich am letzten Abend. Aus dem Gießkannenspray der vergangenen Wochen wurde ein Wolkenbruch, und was unter Blitz und Donner auf uns herunterkam, glich mehr der Wasserwalze eines geborstenen Damms als einem Herbstgewitter. Fast eine Gallone fiel auf einen Quadratfuß, wie Putzi am nächsten Tag aus dem News Journal vorlas, und er erklärte Oma, daß das über 30 Liter pro Quadratmeter gewesen seien.
Unser Leithund war mitten im dicksten Schlamassel unruhig geworden und mit der Bemerkung hinausgegangen, er wolle nach den Würmern sehen. Gleich darauf hörten wir ihn zurückkommen und in der Garage herumkramen. Als die Lady und ich nachschauten, erklärte er: „Das Volk ist vom Gewitter so durchgedreht, daß es aus dem Kasten kriecht. Ich hole Schaufel und Handbesen; damit kann ich sie am schnellsten einsammeln."
"Zieh' was drüber, du bist ja schon klatschnaß!" verlangte Edith. „Und warte einen Moment. Ich komm' mit und helfe dir." Beide trugen Gummistiefel, Badeanzüge und Plastikhauben auf dem Kopf, als ich ihnen ergeben folgte, obwohl ich die eigene Schnauze nicht vor Augen sah und mir schon nach den ersten Schritten vorkam wie ein vollgesogener Schwamm.
Über dem Wurmbett schaukelte eine Glühbirne, die eigentlich dazu da war, daß die das Licht scheuende Brut in ihrer Kiste blieb und sich nicht davon machte. Jetzt blieb sie allerdings wirkungslos, denn Adis Fischfutter befand sich in hellem Aufruhr und auf dem Weg über die Ränder und Kanten hinweg ins Ungewisse.

Während ich mit hängendem Schwanz dabeistand und mich fragte, warum ich mich der unnötigen Tortur überhaupt aussetzte, kehrten die beiden Züchter das Gewürm mit Schaufel, Besen und bloßen Händen zusammen und warfen es zurück ins „Bin“. Eine zusätzliche Ladung Pferdemist und ein paar trockene Säcke sollten verhindern, daß sich das Malheur in der nächsten Stunde wiederholte. Der Sperrholzdeckel, sonst einen Spalt breit offen, wurde dicht aufgelegt.
Dann kämpften wir uns zum Haus zurück, wo wir drei uns erst einmal ausgiebig schüttelten. Ich, um das Wasser aus dem Pelz zu kriegen, Putzi und Edith vor Lachen, als sie sich gegenseitig betrachteten.
„Ob Adi weiß, was wir für ihn auf uns nehmen?“ prustete Putzi. Und seine Lady schlug vor, erst einmal gemeinsam ein warmes Bad zu nehmen. Was dann kam, können Sie sich denken.
Als ich dem Vorschlag nämlich folgen wollte, erklärte der Master: „Hunde bleiben draußen!“ und schlug mir die Tür vor der Schnauze zu.
Wenn ich vorher gewußt hätte, wie man meine Loyalität vergalt, wäre ich erst gar nicht mit rausgegangen. Aber damit muß man sich wohl abfinden. Denn irgendwo ziehen die Menschen eben doch eine Grenze zwischen sich und uns. Und wir wissen nie so genau, wo sie anfängt.
”Elektrizität!“ erklärte Nobbi. „Reine Elektrizität, die bei einem solchen Gewitter in der Luft liegt, hat deine Würmchen so nervös gemacht. Wenn wieder ein Gewitter kommt, würde ich es an eurer Stelle vielleicht einmal mit dem Zunageln des Deckels versuchen oder

die lieben Tierchen mit ins Haus nehmen. Wir haben ja drei Badewannen."
„Werd' bloß nicht frech", antwortete sein Dad, aber er grinste dabei. Die Sonne war zurückgekehrt, und wir saßen endlich wieder alle beisammen auf der Terrasse. Sogar Mau hatte sich eingefunden und schnurrte im Schlaf. Putzi reichte den Brief herum, in dem Adi seinen erneuten Besuch für Dezember ankündigte und versprach, dieses Mal auch Uli und Martina, seine beiden Töchter, mitzubringen.
„Wir werden eine richtige Großfamilie sein", stellte Nobbi fest und machte dazu sein Pokerface. „Genau das, was du dir immer gewünscht hast."
„Quatsch", antwortete sein Dad. „Wir haben Adi und Rosel doch selbst eingeladen. Sollen sie ihre Kinder vielleicht an Weihnachten allein lassen? Schließlich sind es ja liebe Mädchen."
„Au fein!" sagte Oma. Aber Nobbi entgegnete geringschätzig: „Weiber!" Er hatte gerade seine männliche Phase und bereits die Erklärung abgegeben, daß er niemals heiraten werde, weil erstens Mädchen nur Ärger brächten und zweitens er eine Frau wie seine Ma ja doch nie fände. „Wie die Zeit vergeht", sann Oma vor sich hin. „In fünf Wochen ist schon Heiliger Abend."
„Nächste Woche hole ich die Lichterketten und den Fensterschmuck vom Dachboden", versprach Edith. „Es wird ja schon um fünf Uhr dunkel. Wir können wie die Nachbarn die bunte Beleuchtung anstecken. Wie romantisch das aussehen wird. Dabei hab ich früher immer gedacht, ich würde unsere deutsche Adventszeit vermissen."

„Mir gefällt das alles hier viel besser", betonte Nobbi. „Von mir aus können sie es in Europa Kitsch nennen, ich finde die bunt dekorierten Häuser, Straßen und Einkaufsplätze einfach schön. Und auch die Sitte, den Baum schon viel früher aufzustellen und die verpackten Geschenke drunter zu legen."
„Aber die Bescherung soll am Heiligen Abend sein wie in Deutschland", wünschte sich Oma. „Daß die Amerikaner dafür den Weihnachtsmorgen nehmen, gefällt mir gar nicht."
Putzi gab ihr recht. Am Abend sei es wirklich viel familiärer, wenn man nach dem Geschenkeauspacken gemütlich zusammensitzen, essen, trinken, erzählen und Weihnachtslieder spielen könne.
Die Unterhaltung hatte Edith so angeregt, daß sie aufstand und sich an ihre Orgel setzte. Und so erklangen Mitte November auf einem Urwaldgrundstück in Florida bei strahlendem Sonnenschein die Melodien von der Stillen Nacht und dem leise rieselnden Schnee.

39. Ein Sprichwort findet seine Bestätigung

„Man soll den Tag nicht vor dem Abend loben" ist ein Sprichwort, das nicht nur für Menschen gilt, obwohl sie es für sich allein erfunden haben. Dabei fing dieser Tag so verheißungsvoll an.
Nobbi hatte sich gerade entschlossen, Doktor zu werden. Zwar wich er damit Putzis Wunschvorstellung vom Tierarzt in der Familie aus. Aber sein Argument, es gäbe ja sowieso schon mehr Veterinäre als Haustiere

und beinahe an jeder Ecke ein „Animal Hospital", überzeugte seinen Dad halbwegs. Zudem die Lady dem kleinen Master zu Hilfe kam.
„Der Bub muß schließlich auch Freude an seinem Beruf haben. Wenn ihn Kanarienvögel, Meerschweinchen und Hausschlangen nicht interessieren und er auch mit Pferden und Kühen nichts im Sinn hat, nützt das schönste und beste Studium nichts."
„Du hast Hunde und Katzen vergessen!" Bei Putzis Einwand kam mir sogleich der Gedanke, daß Edith keineswegs etwas oder irgendwen vergessen hatte. Sie hatte sie nur – zartfühlend wie sie nun einmal ist – mit Rücksicht auf Mau und mich nicht erwähnt.
Im Grunde waren wir alle aber doch recht zufrieden mit der von Nobbi offerierten Aussicht. Und ich selbst hatte absolut nichts gegen die Weiterbehandlung durch meinen alten Tierarzt einzuwenden. Doktor Nobbi hätte mich mit Sicherheit strenger angepackt als der freundliche Dr. Rawls, der immer ein Kompliment bereit hatte.
Meine Stimmung erhielt weiteren Auftrieb durch die liebe Margot, die am Nachmittag kam und für ihren „Sauhund" außer dem erwarteten Freßpaket auch eine neue Medizin mitbrachte.
Gewiß gibt es kaum einen normalen Hund, der gern Tabletten schluckt, die aus unbegreiflichen Gründen meist bitter oder anderweitig eklig schmecken. Aber ich bildete da wohl eine Ausnahme, wenn auch mit gewissen Einschränkungen.
Margot berichtete nämlich, daß diese Pillen der Flohplage ein Ende bereiten würden. Eine Konsequenz, für

die ich gern auf die tägliche Lese, das Knacken, Einpudern und Abspritzen verzichtete.
Dr. Rawls hatte ihr die kleinen weißen Dinger eigentlich für ihre Katze gegeben und ausdrücklich gesagt, daß sie ganz neu auf den Markt gekommen und auch für Hunde gut seien. Und die gute Seele hatte sofort an den „armen Hund“ gedacht!
Der künftige Menschendoktor reagierte auf seine spezielle Weise. „Kann Oma das Zeug auch nehmen? Vielleicht bekämen wir unser Haus dann flohfrei.“
Worauf die friedliebende Edith ausweichend die Hoffnung äußerte, daß nicht Oma das Ungeziefer eingeschleppt habe sondern wir Tiere und daß – wenn wir nicht mehr bevölkert seien – auch Oma wahrscheinlich in Frieden gelassen werde.
Was wiederum allgemeine Zufriedenheit auslöste und die Hälfte der Familie am Abend in bester seelischer Verfassung ins „Peabody Auditorium“ fahren ließ, wo irgendwelche kleinen Vögel aus Germany singen sollten. Nur Mau, ich und der Hausherr blieben daheim. Putzi mit der Begründung, Domspatzen interessierten ihn noch viel weniger als die Seifenoper im TV, egal ob sie aus Miami oder Regensburg kämen.
Daß seine Lady ihn daraufhin einen „Banausen“ nannte, schien er gar noch als Kompliment aufzufassen, denn er bedankte sich und ließ sich mit einem gemütlichen Seufzer in seinen Sessel am Kaminfeuer fallen – vor dem ich schon vorsorglich Platz genommen hatte.
Einem harmonischen Tagesausklang schien somit nichts im Wege zu stehen. Wenn nicht...

Ja, wenn ich nicht mal wieder einem dringenden Bedürfnis hätte nachgeben müssen. Und das sollte dramatische Folgen haben.
Auf dem Rückweg von meinem Baum spürte ich plötzlich einen scharfen Einstich in eine Vorderpfote. Der Schmerz war so beißend, daß augenblicklich meine Ohren zu dröhnen und mein ganzer Körper zu zittern begann. Auf drei Beinen erreichte ich mühsam die Haustür.
Der Master mußte meine Wehlaute gehört haben, denn er öffnete, ohne daß ich mich durch Schaben oder das für diesen Fall gebräuchliche kurze Bellen bemerkbar zu machen brauchte.
„Was ist denn um Himmelswillen?“ fragte er mich erschrocken, als ob ich hätte antworten können. Ein Hund wie ich versteht ja schon sehr viel. Doch sind dem Verstehen unserer eigenen subtilen Sprache auf seiten unserer Herren natürliche Grenzen gezogen. Außerdem wußte ich selbst nicht, warum es so wahnsinnig weh tat.
So hielt ich ihm halt die Pfote hin und jammerte ihn an. Und das genügte, weil er mich eben doch gut kannte. Er betrachtete sie und sah dabei offenbar etwas, das ihn in höchstem Grade erregte.
Er stürzte ans Telefon und wählte hastig eine Nummer. Als er keine Antwort erhielt, weil Dr. Rawls wahrscheinlich gar nicht daheim war, griff er zu dem dicken Buch, das immer neben der Sprechmaschine lag und ohne das die Zweibeiner in vielen Situationen hilflos zu sein scheinen.

Ich hatte mich auf dem Boden ausgestreckt und hielt die schmerzende Pfote hoch.
Endlich fand Putzi jemand, der seinen Anruf beantwortete. „Doktor. Mein Hund! Er scheint von einer Schlange gebissen worden zu sein! Ich kann Dr. Rawls nicht erreichen, der ihn sonst behandelt."

Und nach einer Pause: „Seine Pfote ist bereits dick angeschwollen, und die Schwellung nimmt von Minute zu Minute zu!"
Pause.
„Nein, ich kann die Wunde nicht erkennen. Er hat aber starke Schmerzen."

Pause.
„Gut. Ja, wir sind in etwa zwanzig Minuten da."
Pause.
„Mason, Ecke Palmetto. Ich weiß schon. Danke!"
Dann schrieb er schnell etwas auf einen Zettel, legte ihn auf die Küchentheke, wo er gut zu sehen war und lief hinaus. Ich hörte, wie er die Garagentür öffnete. Gleich darauf kam er wieder, hob mich auf wie damals als Puppy bei Mister Slough und trug mich zum Wagen, wo er mich auf eine weiche Decke bettete.
Als er mit jaulenden Reifen anfuhr – genau wie die Raser in der Stadt, über die er sich sonst so aufregte – fiel mir ein, daß er völlig vergessen hatte, die Garage wieder zu schließen, so daß jeder durch sie ins Haus gelangen konnte.
Als wir anhielten und Putzi den Steiß des Wagens hochklappte, wollte ich aufstehen, denn ich fühlte mich etwas besser, wenn auch das Bein noch unten wie Feuer brannte und oben taub war. Aber Herrchen bestand darauf, seinen 50 Pfund schweren totkranken Hund hineinzutragen.
Drinnen erwartete uns ein Mensch im weißen Mantel, der aussah wie eine jüngere Kopie von Dr. Rawls. Putzi wollte mich gleich auf den Tisch im Sprechgefach legen, damit mich der Doktor untersuchen und vielleicht noch retten konnte, ehe es zu spät war. Aber der winkte ab und hieß Mr. Fred, mich auf die Beine zu stellen.
Dann beugte er sich zu mir herunter und tastete meine Pfote ab. Die Schwellung reichte inzwischen übers Gelenk. Aber drüber hinaus spürte ich nichts.

„Sehen Sie!" Der Tierarzt deutete auf meine Pfote. „Hier ist die Wunde. Ein einzelner Einstich. Ich werde ihm sofort die Injektion geben."
„Sind Sie auch ganz sicher, daß es das richtige Gegengift ist?" fragte der Master besorgt. „Wir wissen doch überhaupt nicht, was für eine Schlange es war!"
„Schlange?" Der Veterinär sah ihn erstaunt an. „Ich weiß zwar nicht genau, wem er das verdankt. Aber eine Viper war es bestimmt nicht. Wahrscheinlich eine Pferdewespe. Und für die reicht ein Antibiotikum."
„Gott sei's gedankt!" sagte Putzi, der in keine Kirche ging und drückte dem Doktor beide Hände, als hätte er mir gerade das Leben gerettet.
Doch der hatte wohl Erfahrung mit solchen Fällen und meinte bloß, das sei „all right", es bestehe wirklich kein Anlaß zu irgendwelchen Befürchtungen. Dabei entleerte er so nebenbei den Inhalt einer Ampulle in meinen Nacken, quittierte die 40 Dollar Honorar und geleitete uns zur Tür.
„Bringen Sie ihn noch mal vorbei, wenn die Geschwulst morgen früh nicht zurückgegangen ist!" rief er uns nach.
„Mach ich bestimmt!" versprach Putzi, der in seiner Begeisterung nicht mehr daran zu denken schien, daß sein Hund vor ein paar Minuten noch im Sterben gelegen hatte und mich hinterher humpeln ließ, ohne mir zu helfen.
Aber so sind sie nun einmal, unsere zweibeinigen Gebieter: sobald eine Gefahr überstanden ist, beeilen sie sich, sie zu vergessen!
Wen sollte es da noch erstaunen, daß unser Oberhaupt

bei unserer Ankunft daheim souveräne Überlegenheit demonstrierte. Als die mittlerweile ebenfalls vom Domspatzen-Konzert zurückgekehrte andere Familienhälfte uns in großer Erregung entgegeneilte und wissen wollte, wie groß meine Chance sei, zu überleben, konnte sich der große Master nicht genug wundern über so viel Übertreibung.
Und nur Edith erinnerte ihn später, als wir allein waren, daß er in seiner Nachricht ja selbst geschrieben habe, es gehe um Leben oder Tod.

40. Mau sichert Nobbis Nachtruhe

Morgens beschwerte sich Nobbi in letzter Zeit darüber, daß er immer wieder durch anhaltendes Rascheln vor dem Fenster beim Schlafen gestört werde. „Wenn ich das Licht anknipse und aufstehe, um nachzusehen, bleibt es weg. Aber kaum liege ich im Bett und es ist dunkel, fängt es von neuem an."
Edith untersuchte daraufhin das Fenster und entdeckte ein Loch im Moskitonetz vor der Scheibe. In den folgenden Nächten erweiterte es sich zusehends und hatte bald eine Größe, daß Mau hätte leicht durchschlupfen können. Der Master brachte ein neues Stück Fliegendraht an – nur um festzustellen, daß damit das gleiche geschah.
„So geht es nicht weiter", entschied er nach ein paar Tagen. „Ich werde eine Nacht opfern und aufpassen müssen!"
Und so rollte er die Rotholz-Liege draußen in die

Nähe von Nobbis Fenster, besorgte sich eine Decke, in die er sich einwickelte, weil es Ende November vor Sonnenaufgang doch schon ganz schön frisch werden konnte, nahm Taschenlampe und Gewehr auf den Schoß und harrte, nachdem die Familie schlafen gegangen war, der kommenden Dinge.
Selbstverständlich leistete ich ihm bei seiner Wache Gesellschaft. Nachts allein vor dem Haus zu liegen, ist etwas völlig anderes als zusammen mit Putzi und der Aussicht auf ein neues Abenteuer. Außerdem verbindet Herr und Hund nichts so sehr wie eine gemeinsame Aufgabe und ein gelegentliches persönliches Wort.
Zwei oder auch drei Stunden mochten vergangen sein. Wir waren ein wenig eingeschlummert, weil das Quaken der Ochsenfrösche und das Gezirpe der Riesenheuschrecken auf die Dauer unwiderstehlich einschläfernd wirken, als ich wach wurde. Ich stieß den Master an, der einen Moment brauchte, um zu sich zu kommen und dann die Taschenlaterne einschaltete. Der Strahl erfaßte eine braune Riesenmaus mit langem dünnen Schwanz, die sich am Moskitonetz von Nobbis Fenster gütlich getan hatte und blitzschnell aus dem Lichtkegel huschte.
Ich sprang ihr nach, als sie am Haus entlang um die Ecke in Richtung Garage lief. Als ich sie beinahe erreicht hatte, kletterte sie an der Wand neben Ediths Rosenspalier hoch und verschwand unterm Dach.
Putzi, der hinterher kam, fluchte wieder einmal auf Deutsch, weil er sich die halbe Nacht umsonst um die Ohren geschlagen hatte, gab sich jedoch fürs erste

zufrieden. „Eine Baumratte. Komm' rein, Barzi. Die kriegen wir heute doch nicht mehr."

Und auch in der folgenden Nacht warteten wir vergeblich auf den ungebetenen Gast mit dem ausgefallenen Appetit.. „Sie ist sicher längst ausgezogen. Ratten sind genau so scheu wie Schlangen", tröstete die Lady ihre Männer.

Doch darin irrte sie sich.

Die meisten Häuser in Florida sind Bungalows und in die Breite gebaut, weil das Land wenig kostet. Und selbst die schönsten unter ihnen haben wegen des hohen Grundwassers nur ganz selten einen Keller. Wer es sich leisten kann, läßt sich deshalb ein hohes Dach bauen und verstaut dort, was er nur gelegentlich braucht oder noch aufheben will, selbst wenn er es nicht mehr benötigt.

Je größer das Dach ist, als desto wohlhabender gelten seine Bewohner, obwohl denen meist nur zehn Prozent davon wirklich gehören und der Rest der Bank, die die Hypothek dafür gegeben hat. Nur die wirklich armen Leute, die in Hütten hausen und diejenigen Zweibeiner, die sich mit Trailern begnügen, besitzen kein richtiges Dach.

Nach Putzis Darstellung hatte das Dach unseres Hauses zwei Vorteile. Es gehörte uns ganz. Und es besaß genau die richtigen Ausmaße. Das heißt, es war nicht zu protzig und doch hoch genug für ausreichenden Lagerraum – zum Beispiel für die gesamte Weihnachtsdekoration einschließlich einer immergrünen Edeltanne mit nichtschmelzendem Schnee.

Zu meinem Bedauern fehlten mir die anatomischen Voraussetzungen, mich am Ausräumen dieser Utensilien, die Nobbi als „herrlichen Kitsch" bezeichnet hatte, zu beteiligen. Die Leiter, über die man durch eine Luke in der Garagendecke unters Dach gelangte, war für mich einfach zu steil.
Nicht dagegen für Mau, der schon die Vorbereitungen mit ungewöhnlicher Aufmerksamkeit verfolgt hatte. Das Klettergerüst war kaum angelegt, da sauste er auf ihm hoch – alle anderen hinter sich lassend.
Was danach geschah, ließ sich nur vermuten. Das Poltern, Quietschen, Krachen über unseren Köpfen deutete auf einen Kampf hin, dem auch der eilig nachgekletterte Master vom Lukeneinstieg aus hilflos zusah. Erst als Stille herrschte, betrat auch Putzi den Dachboden.
Kurze Zeit später erschien sein Gesicht in der Luke. „Du kannst hochkommen, Edith. Mau hat ein ganzes Rattennest ausgeräumt. Nobbi wird Ruhe haben."
Doch wäre es sicher besser gewesen, dem Kater die Gelegenheit dazu schon früher zu geben. Denn dann hätten Putzi und Edith nicht einen neuen Christbaum kaufen müssen, weil die Baumratten offenbar nicht wußten, daß es keine echte Tanne war, von der sie sich ernährt hatten.

41. Die besten Nerven der Welt

Seit Tagen stand Adi wieder mit seiner Angel am Teich – in Jeans und sonst nichts, obwohl es kurz vor

Weihnachten war und die Einheimischen, deren Blut sich im warmen Floridaklima längst verdünnt hatte, bei 17 Grad im Schatten über das kalte Wetter schimpften.

Klausi und seine beiden Schwestern schienen dagegen die Temperatur bei uns als ebenso mild zu empfinden wie ihr Rudelchef. Mit derselben Ausdauer, mit der Adi unseren Wurmbestand dezimierte und dafür sorgte, daß der Gefrierschrank im Vorratsraum sich mit filettierten Katzenwelsen füllte, plantschten sie im Swimmingpool.

Die Freunde hatten ihre Lieblingsbeschäftigung nach ihrer Ankunft nur einmal unterbrochen, um mit einem Kutter vom Hafen am Leuchtturm zu einer Hochsee-Angelfahrt auszulaufen. Daß alle zusammen dabei nur einen einzigen Snapper aus dem Atlantik fischten, hatte seinen Grund, wie Putzi, der dabeigewesen war, nachträglich schmunzelnd erzählte.

Adi war es nämlich auf hoher See so hundeelend geworden, daß sich ihm der Magen schon umstülpte, wenn er nur aufs Wasser blickte. So hatte Putzi seine Angelrute übernommen. Und damit war garantiert, daß die ganze Gesellschaft nichts mehr fing. Denn dem Master hätte man nach Adis Aussage schon einen Fisch an die Leine binden müssen, und er hätte ihn trotzdem nicht an Bord gekriegt. Vielleicht wäre Klausi der Held des Tages geworden, wenn er nur die Angel hätte halten können.

Jedenfalls wurde so wenigstens die Kapazität unserer Frostbox nicht überfordert, auch wenn die auf dem eigenen Besitz angelandeten Köderfresser dafür sorg-

ten, daß sie uns bald aus den Ohren kommen würden, wie es Nobbi in Ignoranz von Putzis stolzen Zuchterfolgen und Adis Fangkunst despektierlich formulierte.
Am Mittag vor dem Heiligen Abend bot sich das gewohnte Bild. Müllers Wurf setzte das Swimmingpooldeck unter Wasser. Adi war darauf aus, das Ertragsergebnis zu verbessern und das Dutzend voll zu machen. Oma saß bei Nobbi und Mau und hörte Weihnachtsmusik. Edith und Rosel bereiteten das Essen vor, das auf Adis Wunsch in der Nähe seiner Fischgründe eingenommen werden sollte.
Putzi und ich hatten eine Tonne voll Pferdemist auf Jim Foxens Pferdefarm gesammelt, dann die verbliebenen Würmer gefüttert und schließlich den Freund mit frischem Fischfutter versorgt. Jetzt warteten wir auf das Picknick im Freien, das Festtagsessen, das nach deutscher Sitte aus Gänsebraten, Kartoffelklößen und viel Soße bestehen würde statt gebratenen, gesottenen oder salatierten Welsen. Der Rotholztisch wurde gedeckt, Töpfe und Schüsseln wurden herbeigetragen, wobei jetzt auch die beiden Mädchen halfen. Nobbi tauchte mit Oma auf. Adi unterbrach seine Tätigkeit, setzte sich aber so, daß er die Angelschnur im Auge behielt. Putzi schenkte „Liebfraumilch" aus dem Supermarkt ein und für sich selbst „Anheuser-Busch" in seinen vorgeeisten Bierkrug, der halbwegs breit genug war, damit eine schlanke Hundezunge den Grund erreichen konnte. „Fröhliche Weihnachten!" wünschte Edith einen halben Tag zu früh und hob ihr Glas – als Adi einfiel, daß Klausi nicht da war.

„Er wird noch im Swimmingpool spielen“, vermutete Rosel. „Martina, geh und hol’ ihn.“
Die Gesellschaft hatte sich gerade über den Braten hergemacht und Edith mir heimlich ein Stück knusprig-fette Gänsehaut zugeschoben, als Martina zurückkam.
„Wo ist der Klaus?“ fragte ihre Mutter.
„Er hat im Swimmingpool gesessen!“
„Hast du ihm gesagt, daß er zum Essen kommen soll?“
„Er hat hinten im Tiefen gesessen. Auf dem Boden.“
„Wie ist er denn dorthin gekommen?“
„Er wird aus dem Schlauchboot gefallen sein, und er kann halt noch nicht schwimmen.“
„Hast du ihn rausgeholt?“
„Ja. Er hat wohl Wasser geschluckt.“
„Und? Wie geht es ihm?“
„Ich hab’ ihn ins Badetuch gewickelt und in den Liegestuhl gelegt. Wollte euch nur erst Bescheid sagen, daß es noch einen Moment dauert, bis wir kommen.“
„Gut“, mischte sich jetzt auch Adi in die Unterhaltung ein. „Aber beeilt euch. Die Klöße werden sonst kalt!“
Später, als das Weihnachtsessen vorüber war, Adi wieder seine geliebte Angel in der Hand hatte und wir anderen uns schon auf die Bescherung freuten, meinte Edith, daß unsere Freunde aus Germany sicher die Menschen mit den besten Nerven der Welt seien.
Aber das war eine Behauptung, mit der ein Hund nicht viel anfangen kann, der die Welt aus einem anderen Winkel sieht!

42. Stille Nacht...

„Weihnachten in Florida, das ist vielleicht komisch!" Die kleine Uli Müller zog ein Mäulchen, um zu zeigen, wie sehr komisch sie es fand.
„Florida ist aber schön!" widersprach Klausi, der wieder völlig trocken war und das mittägliche Sitzbad im Swimmingpool gut überstanden hatte.
„Ich find's auf jeden Fall schöner als Weihnachten in Deutschland, auch wenn hier kein Schnee liegt!" stellte ihre größere Schwester fest. „Hier sieht's wenigstens noch nach Weihnachten aus mit all den geschmückten Häusern. Und auch im Fernsehen bringen sie die ganzen Tage vorher schon lauter richtige Weihnachtssendungen."
„Genau", sagte Putzi. „Bei euch drüben kommt doch überhaupt keine Stimmung mehr auf vor Hektik."
Adi gab ihm recht. „Es liegt wohl daran, daß die deutsche Weihnacht, wie wir Älteren sie in unserer Kindheit noch erlebt haben, bei vielen jetzt als Geschäftemacherei verteufelt wird. Im günstigsten Fall gilt sie noch als altmodisch. Mancher, der es gern anders hätte, getraut sich nicht, weil er denkt, man könnte ihn für sentimental halten."
„Weihnachten unter Palmen! Wer hätte vor ein paar Jahre daran zu denken gewagt", begeisterte sich Edith.
„Unter Palmen mit Kerzen," ließ sich Nobbi vernehmen. „Sogar auf dem Halifax River schwimmen Inseln mit beleuchteten Christbäumen aus Plastik."
Adi hatte einen ungewohnten Anzug angezogen. Selbst Putzi lief ausnahmsweise rasiert und in langen

Hosen herum. Nobbi trug seine seidene Krawatte. Edith, Oma und Rosel waren von Kopf bis Fuß in eine neue glänzende Haut gehüllt, die sie als „Abendkleid" bezeichneten. Dazu rochen sie so intensiv nach Maiglöckchen, Flieder und Rosen, daß sich Mau irritiert hinter dem Berg aus Geschenkpäckchen unterm Christbaum versteckte.
Kerzen brannten am Baum. „Echte wären mir lieber als elektrische", gestand Edith. „Aber hier im Süden sind sie ja verboten wegen der Brandgefahr."
„Ist auch für uns besser so", sagte Nobbi. „So ein Baum fällt leicht um, wenn ein ungescheiter Hund dranstößt."
Da sah man wieder einmal, wie wenig Nobbi mich kannte! Als ob ich nicht gewartet hätte, bis meine Leute die Wurst, die an einem Zweig hing, für mich gepflückt hätten! Über Mau verlor er kein Wort. Aber dessen Sahneschälchen hatte ja auch auf dem Boden gestanden und besaß keine Anziehungskraft mehr, nachdem ich seinen Inhalt als Vorspeise für einen verwöhnten Hundegaumen betrachtet hatte.
„Wie schön das alles ist", freute sich auch Oma, als Nobbi sich an die Orgel setzte, Edith ihre Gitarre von der Wand genommen hatte und die Müller-Mädchen ihren Blockflöten so intensive Töne entlockten, daß ich einfach nicht anders konnte als mitzujaulen.
Am schlimmsten aber trieb es der große Master, der so falsch "O Tannenbaum" sang, daß Edith ihr Spiel unterbrach und ihn bat, lieb zu sein und in der Küche schon mal die Flasche zu öffnen, damit wir auf eine „Fröhliche Weihnacht" anstoßen könnten.

Als dann auch noch Margot eintraf, ebenfalls ganz feierlich gedresst und ohne naß geworden zu sein, weil Putzi in seiner versöhnlichen Heiligabend-Stimmung die Sprinkler abgestellt hatte, die sonst um diese Zeit für die Berieselung des Rasens sorgten, war mein Glück vollkommen.

Denn da sie zur Dämpfung meiner lauten Begeisterung gleich als erstes den halben Truthahn vor mich hinlegte, zu dessen Verzehr der um seinen Teppich fürchtende Hausherr mich vor die Tür bat, fiel mir das Warten auf die Wurst am Baum nicht mehr schwer.

Hausmusik und Turkey-Mahlzeit waren etwa zur selben Zeit beendet. Und so konnten sich die beiden Familien gemeinsam dem Auspacken der Geschenke widmen. Was den Unterschied in Temperament und Geschmack zwischen einer noch so häuslichen Wildkatze und einem Labrador-Pointer erneut verdeutlichte.

Denn während Mau beim ersten vereinten Rascheln der verwendeten Folie fauchend aus seinem Versteck sprang und damit die Glocken am Baum zum Klirren und die Kerzen zum Flackern brachte, verhielt ich mich recht gesittet. Ich trug sogar durch systematisches Zerkleinern der lose auf dem Boden herumliegenden Verpackung dazu bei, daß der Papierberg nicht zu hoch wurde.

So war es alles in allem ein friedliches Weihnachtsfest, bei dem auch Mau nicht zu kurz kam. Denn Nobbi sorgte dafür, daß sein Sahneschälchen neu gefüllt und ihm in einer Höhe vor die Nase gestellt wurde, die für mich unerreichbar blieb.

Erst in der Nacht wurde unsere beschauliche Ruhe gestört, als die Sirenen zu heulen anfingen. Wir liefen aus dem Haus, um nachzusehen. Der Horizont war purpurrot. Und das kam weder von den Lichtern des nahen Airports noch von der Sonne, die noch lange nicht mit dem Aufgehen an der Reihe war.

43. Das Weihnachtsfeuer

Die lokale Fernsehstation, die rund um die Uhr sendete, weil viele alte Leute in Florida leben, die nachts schlecht schlafen, meldete gegen Morgen, daß die Landkreise Flagler und Palm Coast in Flammen stünden. Die Büros der Sheriffs äußerten den Verdacht, daß nicht nur Leichtsinn sondern auch Brandstiftung die Ursachen seien. Man habe zur selben Zeit mehrere Brandherde an verschiedenen Stellen festgestellt.
Die Flammen fanden in den trockenen Wäldern schnelle Nahrung. Die Freiwilligen, die Schutzschneisen schlugen, mußten sich immer wieder zurückziehen, um nicht von der Feuerwalze überrannt zu werden. Dazu drehte der Wind ständig, und die Löschtrupps hatten die Brände, denen sie sich gerade noch gegenübersahen, plötzlich auch im Rücken.
„Das darf doch nicht wahr sein!" rief Putzi, nachdem sein braver Hund die neueste Nummer des News Journal vom Tor apportiert hatte. „Der größte Teil der Feuerwehr war nach Orlando gefahren, um in der Disney World Weihnachten zu feiern. Als die Schweinerei losging, hatten sie nicht genug Leute."

Margot rief vom Winston Park aus an und erzählte Edith, dicke Rauchwolken zögen heran, und die Bewohner der Siedlungen an der Nova Road seien aufgefordert worden, sich für die Evakuierung bereitzuhalten. Außerhalb der Häuser könne man stellenweise schon nicht mehr richtig atmen.
Im TV gaben sie bekannt, daß Armee-Einheiten angefordert und die Nationalgarde alarmiert worden seien. Die Brände hätten bereits jetzt über hundert Häuser zerstört, und viele hätten alles verloren.
„Wir sind doch nicht gefährdet?" fragte Oma.
„Ich hoffe nicht." Putzi versuchte sie zu beruhigen. „Zwischen der nächsten Feuerzone und uns liegen ja noch der Flugplatz und die Rennbahn mit ihren großen freien Flächen – und außerdem der breite Highway nach Jacksonville. Die bilden natürliche Sicherheitsbarrieren."
„Ich wäre da nicht so sicher", warnte Nobbi, der gerade von der Schule zurückkam und Putzis letzte Worte gehört hatte. „Neben der Taylor Road müssen sie schon an verschiedenen Stellen löschen." Die Taylor Road befand sich auf unserer Seite des Highways und diesseits vom Airport.
„Schöne Bescherung", meinte Oma, die wohl daran dachte, daß immer noch Weihnachten war. „Die armen Leute. Hoffentlich bleiben wir verschont!"
Von der Tomoka Farms Road her stieg dunkler Rauch auf. „Mir gefällt das überhaupt nicht", sagte Putzi zu Adi und Edith, als wir uns draußen umsahen. „Es fliegen zu viele Funken in der Luft herum. Laßt uns sicherheitshalber die Sprinkler anstellen."

Er versuchte es. Aber seine technischen Kenntnisse reichten dazu wieder einmal nicht aus. Er forderte seinen besten Freund auf, ihm zu helfen. So arbeiteten am Ende beide unter Ediths wohlgemeinten Ratschlägen im Pumpenhaus und bemerkten deshalb nicht, wie das dürre Gras zum Urwaldrand hin zu schwelen begann. Ich wurde durch das Gezeter der Reiher aufmerksam, die über den Bäumen aufstiegen. Doch die Drei waren so sehr in ihre Arbeit vertieft, daß sie nicht auf meine Warnung hörten.

Endlich klickte es in der Pumpe, und die Zitterrohre begannen sich zu drehen und Regen zu sprühen. Da erst sahen die Lady und ihre Männer die unmittelbar drohende Gefahr. Es gelang ihnen, den Regler auf den Bereich zu schalten, der den züngelnden Flämmchen am nächsten war. Aber das Wasser reichte nicht bis an die Stelle heran.

Putzi rannte zum Haus und schrie „Feuer", damit die übrigen Familienmitglieder herauskamen. Über uns erschien ein Hubschrauber mit einem Wassersack, wie sie ihn überall in Amerika gegen Waldbrände einsetzen. Wir winkten und bellten wie toll. Aber natürlich beachtete uns die Riesenlibelle nicht und verschwand in Richtung der Rauchsäule an der Tomoka Farms Road.

Währenddessen hatte die praktische Lady den Gartenschlauch herangezogen, mit dem Putzi sonst Torf und Pferdemist naß machte, damit die Würmer schön saftig blieben. Mit Hilfe eines langen Verbindungsstücks kam sie damit bis zum jetzt bereits lodernden Brand.

„Dreh' lieber den Hahn auf!" rief sie unserem Oberhaupt zu, das mit seiner Hose wild auf das brennende Gras einschlug. Doch Nobbi hatte schon dafür gesorgt. Sein „Wasser marschiert!" kam allerdings erst, als der Strahl den nur noch notdürftig bekleideten Master auf's Hinterteil getroffen hatte.
In die allgemeine Aktivität hinein schallten Omas verzweifeltes „Ach Gott, ach Gott!" und Klausi's jauchzendes „Feuer. Es brennt!" – während die übrige Müllerei mit Schaufeln und Spaten gelaufen kam, um bei den Löscharbeiten zu helfen.
Zum Glück blies der Wind nicht, und so gelang es den vereinten Kräften, die Gefahr zu bannen. Als wir naß von der Anstrengung und vom Spritzwasser zum Haus zurückkamen, sagte Nobbis Dad vorwurfsvoll zum kleinen Master, der gemütlich an der Hauswand lehnte: „Dich scheint das Ganze ja nicht sehr aufzuregen."
Nobbi deutete auf Mau, der neben der Haustür schlief. „Ich hab mich auf seinen Instinkt verlassen. Er hat die ganze Zeit über hier gelegen ohne das geringste Zeichen von Unruhe. Außerdem habe ich die Feuerwehr angerufen, an die sonst keiner gedacht hat."
„Jetzt kannst du sie wieder abbestellen."
„Nicht nötig. Der Mann von der Halifax Fire Station hat gesagt, sie hätten niemand übrig. Wir sollten uns selbst helfen."
„Seht ihr, das ist Amerika!" triumphierte Martina. „Den nächsten Urlaub verbring' ich wieder hier – oder in Kalifornien."

„Wo es noch öfters brennt", ergänzte Nobbi und folgte Mau ins Haus.
Im übrigen behielten er und unser Kater recht. Das Feuer wütete zwar noch tagelang in den benachbarten Bezirken und kam auch bis an die nächste größere Straße heran. Aber als Putzis Freunde wieder abflogen, erinnerten nur einige kleine schwarze Flecken in der Nachbarschaft daran, wie knapp wir einer Katastrophe entgangen waren.

44. Neue Ereignisse und ihre Schatten

Sally und Bob sorgten für neue Unruhe. Als sie überall herumliefen, Edith sie in sämtliche Räume blicken ließ und sie so taten, als gehöre ihnen alles, ahnte ich Schlimmes.
Oma hatte schon am Abend zuvor „unser schönes Haus" bejammert. Nobbi hatte erklärt, daß es ihm egal sei, wenn es verkauft werde, weil er vom Sommer an sowieso auf dem College in Atlanta sei. Und die Lady hatte davon gesprochen, daß sie eigentlich auch ganz gern mal wieder in Deutschland wohnen würde, zumal dort ja auch Hildchen, ihre Schwester, lebe.
Der Master hatte berichtet, daß Bob und Sally einen hohen Geldbetrag für ihren zu Weihnachten abgebrannten Bungalow erhalten hätten und gemeint: „Sie gehören zu den wenigen, die nicht unterversichert waren!"
Aber als der fremde Besuch eintraf, war Putzi hinaus-

gegangen zu Adis Würmern im Wald, hatte sich dort ausgiebig zu schaffen gemacht und es Edith überlassen, sich um die Gäste zu kümmern.

Als sie dann zu ihm hinauskamen, um ihn zu begrüßen, zeigte er sich so griesgrämig, daß sich die Lady verpflichtet fühlte, ihn zu entschuldigen. Es falle ihm halt schwer, das Grundstück aufzugeben. Dabei sei er es eigentlich, der das untätige Leben in Florida nicht mehr aushalte und darum nach Deutschland zurück wolle.

Dafür wiederum bekundeten die fremden Zweibeiner freundliches Verständnis, und die Dame nannte sogar Beispiele für Leute, die sich zu früh zur Ruhe gesetzt hatten und buchstäblich vor Langeweile eingegangen waren. Auf die Dauer genüge es eben nicht, den ganzen lieben langen Tag nur Golf zu spielen oder Shuffleboard oder am Strand zu liegen.

Dann verabschiedeten sie sich und versprachen, sich bald wieder zu melden.

„Ob sie es ernst meinen?“ dachte die Lady laut nach.

„Hoffentlich nicht!“ antwortete unser Oberhaupt voller Widersprüche. Und ich bellte zustimmend.

Margot nannte es am folgenden Sonntag, als sie zum Kaffeeklatsch kam, einen „Wahnsinn“, das wundervolle Haus herzugeben. Doch bestätigte sich wieder einmal die alte Wahrheit, daß Hunde und Schwiegermütter eben doch nur geringen Einfluß auf den Lauf der Dinge haben.

Putzi stimmte ihr zwar grundsätzlich zu, als sie behauptete: „Ein so herrliches Anwesen kriegt ihr nie wieder, in Deutschland müßtet ihr für was Vergleichbares mindestens eine Million zahlen – wenn es überhaupt so etwas gibt!“

Aber am Entschluß der Familie, unser Paradies für ganze 119.000 Dollar Sally und Bob zu überlassen, wenn sie es haben wollten, änderte sich dadurch nichts. Außerdem konnte Margot schlecht etwas gegen Putzis Vermutung einwenden, sie sei in der ganzen Angelegenheit sowieso nicht objektiv, weil sie natürlich ihre Tochter in der Nähe behalten wolle.

An diesem Tag sollte aber aus einem ganz anderen Grund meine leidvolle Zeit beginnen. Sie hatten mich mit Oma allein gelassen. Und so beschlossen wir, einen unserer Rundgänge auf unserem schönen Land zu unternehmen, solange wir noch die Gelegenheit dazu hatten.

Unter Spurenriechen, Kreiseziehen, Beineheben und Erdlöcherkratzen näherten wir uns dem Zaun vorn an der Straße, die – wie Sie sich erinnern werden – eigentlich gar keine richtige Straße war sondern eine festgefahrene Sandbahn.

Normalerweise blieb das große Tor geschlossen. Es wurde nur geöffnet, wenn jemand herein wollte oder hinaus. Ich durfte überall auf dem Grundstück herumlaufen, es aber nicht verlassen. Doch heute dachte Oma sicher nicht daran. Vielleicht hatte sie auch einfach Lust, sich die Gegend von draußen zu betrachten, oder sie wollte die Pantoffeln auf dem sonnenheißen Sand anwärmen.

Ich lief die Straße entlang und beschnüffelte die unfamiliären Düfte. Oma pflückte währenddessen wilde Blumen, die sie zwischen Schilf und hohen Gräsern

entdeckt hatte. Nun ist Mensch und Hund gemeinsam, daß sie auf ihre Umgebung nicht mehr so genau achten, wenn sie die Nase auf dem Boden haben. Nur wenn man sie dabei erschreckt, verhalten sie sich ein bißchen verschieden.
Wir nahmen den entnervenden Knatterkasten erst wahr, als er mit einem Affenzahn auf uns zukam. Oma fiel vor Schreck in den Graben. Ich jedoch ließ meiner Empörung über so viel Rücksichtslosigkeit augenblicklich freien Lauf. Sicher kennen Sie das Bild vom ruheliebenden Hund, der vorbeilärmende Blechkarossen attackiert. Ich war also bestimmt nicht der erste meiner Art, der darauf allergisch reagierte.
Leider rechnete ich nicht mit der Gemeinheit dessen, der am Lenkrad dieses Monsters saß und es plötzlich aus der Spur steuerte, als ich nebenher sprintete und ihm meine Meinung bellte. Ich wollte ausweichen, aber es reichte nicht mehr. Vom Zusammenprall mit dem Hinterreifen wurde ich zur Seite geschleudert.
Als ich wieder zur Besinnung kam, kniete Oma weinend neben mir, rief dauern „Ach Gott, ach Gott“ und versuchte verzweifelt, mich hochzuheben. Um uns herum herrschte Stille: das mörderische Monster war verschwunden.
Mein Instinkt riet mir, mich heimzuschleppen, obwohl ich Schmerzen hatte und nur noch drei Beine benutzen konnte. Die vierte Pfote hing wie von einem Gummiband angezogen oben am Bauch. Oma meinte es ja gut, erschwerte mein Vorwärtskommen aber immer wieder, wenn sie mich stützen wollte und mich dabei umstieß oder sogar selbst vornüber kippte.

So erschien es mir wie eine Ewigkeit bis zur Haustür, wo ich stehen blieb, um auf Putzi zu warten. Oma, die nicht begriff, daß mich das kaputte Bein in dieser Haltung am wenigsten störte, wollte mich absolut ins Haus auf den weichen Teppich ziehen. Als ich sie anknurrte, weil sie mich nicht in Ruhe ließ, war sie beleidigt.

Ich weiß nicht mehr, wie lange ich so dastand. Zwischendurch mußte ich mich allerdings doch ein paar Mal hinsetzen, obwohl das scheußlich wehtat. Endlich fuhr Ediths Auto vor. Als Putzi ausstieg, überfiel ihn Oma mit einem Wortschwall.

Der Master eilte an ihr vorbei zu seinem Hund, dem auch als dreibeinige Kreatur mitleiderregende Schauspielerei fremd blieb und der deswegen nur mit einem verhaltenen Schweifwedeln seine stumme Hoffnung andeutete.

Nach einem prüfenden Blick auf meine Armseligkeit lief Putzi ins Haus, wo ich ihn telefonieren hörte. Edith ließ inzwischen ihr Auto stehen, wo es stand, und holte ‚meinen' Kombi aus der Garage. Als Herrchen erschien, hoben sie mich gemeinsam mit liebevoller Vorsicht auf die Transportpritsche, und unser Leithund hockte sich neben mich, mein demoliertes Hinterteil stützend.

Auf dieser Fahrt bat ich meiner Lady vieles ab, was ich früher über ihre Fahrkunst gedacht hatte. Denn sie kutschierte uns so zartfühlend zum Tierhospital, als ob ich mit Nitroglyzerin gefüllt wäre.

Der Parkplatz vor Dr. Rawls' Klinik war leer. Um sieben Uhr abends gibt es selbst im tierliebenden Florida

keine reguläre Sprechstunde mehr. Doch als meine Pfleger, mich auf den Händen tragend, gegen die Tür drückten, gab sie nach.
Dr. Rawls hatte seinen weißen Kittel an und wartete bereits am Operationstisch. Den Einstich der Injektionsnadel spürte ich kaum. Gleich darauf wurde ich angenehm müde und erhob mich schwerelos auf einer grünen Wolke.

45. Böses Erwachen

Ich kam nicht zu mir wie sonst, erwachte nicht aus einem leichten Schlaf. Es war nicht so wie wenn Edith die Vorhänge zur Seite zog, und dahinter war sofort der helle Tag. Die grüne Dämmerung um mich wich nur zögernd einem fahlen Licht, das in nebelhaften Wellen heranschwappte, sich zurückzog und wieder näherrückte.
Als mir so – gleichsam in Stößen – bewußt wurde, daß es mich gab und ich mich bewegte, flammte der Schmerz in mir auf, zogen eisig die Zähne einer Säge durch mein Bein, brannten die entferntesten Stellen meines Körpers.
Ich schmeckte das Blut auf der Zunge, weil ich mich gebissen hatte. Und aus meinem Innersten quoll die Übelkeit so übermächtig, daß ich mich aufrichten wollte, um herauszuwürgen, was in mir war.
Da spürte ich die Enge. Das Gefängnis.
Wohin ich auszuweichen suchte, waren Wände. Nur vorn, wo Fetzen eines fahlen Schimmers in meinen

Käfig fielen, verhieß ein Maschengitter trügerisch mehr Freiheit. Dort versuchte ich, mich durchzubeißen, mußte aber bald die Sinnlosigkeit des Versuchs einsehen.
So begann ich zu rufen.
Die Antwort bestand aus einem leisen Wimmern, und ein Artgenosse in der Nähe fing an zu heulen. Unsere Stimmen vereinigten sich zu einem traurigen Terzett, das sich an seiner eigenen Erbarmungswürdigkeit erregte und darüber anschwoll zu einem einzigen Ruf ohne Echo.
Irgendwann erfaßte mich, der ich die Zusammenhänge ja nicht kannte, die ganze Verzweiflung der verlassenen Kreatur, die nicht von Geburt an auf sich allein gestellt und im Kampf um die nackte Existenz abgehärtet war.
Meine Familie, alles, was mein Leben ausmachte, hatte mich im Stich gelassen.
Ich war so allein wie noch nie und wußte nicht, was mit mir geschah. Nichts Tröstendes gab es, nichts, das mich hätte hoffen lassen können. Die Furcht wuchs in mir als ein unbekannter und darum um so erschrekkenderer Feind.
Als Dr. Rawls in der Nacht noch einmal nach seinen Patienten sehen wollte, fand er mich. Ich hatte in besinnungsloser Raserei Nase und Lefzen am Draht meines Käfigs aufgerissen und war mit dem frisch operierten Bein zwischen den Maschen hängen geblieben.
Später hörte ich in der Benommenheit meiner erneuten Narkose die Stimmen meines Masters und der Lady. Der Tierarzt hatte sie gerufen, damit sie helfen

konnten, als er die Wunde noch einmal öffnete und den nunmehr doppelten Bruch wieder einrichtete.
Es genügte mir, ihre Nähe zu spüren. Ich war beruhigt. Jetzt war alles wieder so, wie es sein mußte.
War es das wirklich? Konnte es überhaupt wahr sein, daß ich bei meinem erneuten Aufwachen vor dem Kaminfeuer zuhause gebettet war – auf Putzis Matratze, die auf dem Boden lag? Träumte ich nicht nur, daß der Master neben mir lag und eine Hand unter meinen Kopf hielt, während er mit der anderen das Zeitungspapier zwischen meinen Beinen gegen ein trockenes Stück auswechselte?
Ich konnte meinen Harn riechen. Aber der Master warf mich nicht aus dem Haus sondern streichelte sogar mein Gesicht. Wie gerne überließ ich mich dieser zärtlichen Hand – und der sich wieder über mich breitenden Dunkelheit.
Es war nicht das Brennen im Bein, das Pochen und Schlagen in der Wunde, die mich nach einiger Zeit hochtrieben. Putzi hatte vergessen, daß wir nicht in Alaska lebten sondern in den Subtropen und daß man auch Tierkrankenzimmer nicht überheizen soll.
Noch benommen versuchte ich der drückenden Hitze zu entkommen. Denn auch einem Patient mit mehr als zwei Beinen tun frische Luft und ein kühlender Untergrund gut. Im Gegensatz zu Oma verstand Putzi schnell, was ich wollte. Schrittweise humpelte ich zur Tür – auf drei Pfoten und manchmal auf zwei, wenn Herrchen mich in seinem Übereifer hinten zu sehr anhob wie eine Schubkarre und mich dabei in bedenkliche Schräglage brachte.

So erreichten wir auf insgesamt fünf Füßen die Stelle, die ich im Sinn hatte. Am Fuß einer Wassereiche, zwischen deren Wurzeln das Gras nicht geschnitten war und zusammen mit hingewehten Blättern ein weiches Polster bildete, scharrte ich mir eine Mulde. Wobei mich unser fürsorglicher Leithund kräftig unterstützte.

Und weil er wußte, was ein frisch operierter Hund außer seiner Ruhe am nötigsten brauchte, nachdem er in der Betäubung noch stundenlang wie ein alter Küchenhahn getropft hatte, brachte er mir auch noch meine Wasserschüssel. Erst dann zog er sich zurück.

Es war eine jener milden Winternächte, in denen die Brise gelegentlich nicht vom Meer sondern vom Landesinnern her weht und damit das Aroma der Orangenblüten zur Küste trägt. Auf mich wirkte die Luft einschläfernd wie ein süßlich duftendes Narkotikum.

Bei Tagesanbruch bemerkte ich im Halbschlaf, wie Mau zu mir kam, an meinem Bein schnupperte und sich etwas weiter abseits niederließ.

Er tat das manchmal; aber man wußte nie im voraus, wann er Lust dazu verspüren würde. Meist legte er sich nach einigen zarten Kopfstößen möglichst dicht an mich heran und schlief sofort ein. Jetzt hielt er einen größeren Abstand.

Auch ein zur Abwehr unfähiger Hund, der nicht gerade bewußtlos ist, nimmt noch warnende Signale wahr. Darum war ich schon wach, als Mau's angriffslustiges Fauchen zum Kampfschrei anschwoll. Ich hatte Mühe, mich zu erheben und mußte außerdem vermeiden, in die Nähe des Knäuels aus Wildkater

und Schlange zu geraten, das sich unmittelbar neben meinem Lager wälzte.
Mau hatte den gezackten Schlauch des Reptils nicht an der richtigen Stelle hinterm Kopf zu fassen gekriegt und ihm deswegen nicht den Halswirbel durchtrennen können. So wand sich der Schlangenleib um den Körper meines Verteidigers, und der geöffnete Rachen versuchte im Fell den tödlichen Biss anzubringen.

Ein Hund läuft entweder vor der Gefahr davon oder er stellt sich ihr. Kommt wie in meinem Fall beides nicht in Frage, kann er nur mit aller ihm verbliebenen Kraft Alarm schlagen. Und wenn ihm der Zufall eine Familie beschert hat, die auf ihn hört und auch sofort das Richtige tut, dann ist die Gefahr gleich nur noch halb so groß.

Sie kamen zu dritt aus dem Haus gerannt: der große und der kleine Master und die Lady. Putzi hatte das Gewehr in der Hand. Doch Mau und die Schlange waren so ineinander verwickelt, daß ein Schuß zusammen mit dem Feind auch den Freund getroffen hätte. Einen Augenblick lang blieben sie ratlos und starrten auf den gefährlichen Kampf, an dessen Schluß einer der beiden Beteiligten nicht mehr leben würde – wenn er nicht gar das Ende für beide bedeutete. Dann eilte Nobbi davon.

Sicher konnte er es nicht mit ansehen, wie sein Lieblingstier das Opfer der Klapperschlange wurde. Doch da erschien er bereits wieder. Er hatte nur die lange schwere Schere geholt, mit der Putzi und Edith die Hecke am Haus trimmten.

„Bleib' weg, das ist zu gefährlich!“ rief der große Master dem kleinen zu. Doch stur wie gewöhnlich reagierte der nicht auf die Warnung. Mit derselben Kaltschnäuzigkeit, die er sonst für meine kleinen Schwächen an den Tag legte, wartete er den Moment ab, als sich der Kopf der Schlange von Mau abhob und schnitt ihn mit einem einzigen Zuschnappen ab.

„Gut gemacht!“ lobte Putzi. Aber der kleine Master winkte gelassen ab und meinte: „Einer muß ja klaren Kopf bewahren.“

„Frecher Hund!“ antwortete sein Dad und lachte dabei. „Im übrigen hatte ich ja keine Ahnung, daß du das Vorhandensein eines Arbeitsgeräts im Haus jemals überhaupt zur Kenntnis genommen hast.“

Doch Nobbi hatte wieder einmal das letzte Wort. „Laß' gut sein, Papi. Wenn's drauf ankommt, kannst

du auf mich zählen. Übrigens – die Schere könnte schon ein bißchen schärfer sein. Beinahe wäre ich stekkengeblieben!"
Dann beugte er sich zu mir herunter – nicht zuerst zu ‚seinem' Kater – fragte mich, wie es mir gehe und wünschte mir gute Besserung!
Vielleicht hat er mich doch lieb und zeigt's sonst bloß nicht, weil er glaubt, es komme nicht so drauf an!

46. Immer noch ein lieber Hund

Nach Nobbis guten Wünschen folgten trotzdem schwere Tage. Vor allem, weil der Fremdkörper in meinem Hinterbein bei der geringsten Bewegung am rohen Fleisch rieb und ein gesplitterter Knochen nicht von heute auf morgen zusammenwächst.
Putzi hatte die Röntgenbilder herumgezeigt, die Dr. Rawls vor und nach der Prozedur gemacht hatte. Die Familie hatte nachgemessen, daß der Nagel, auf dem ich durch die Gegend hinkte, an die 25 Zentimeter lang war und so dick wie ein Kinderfinger.
Sicher verstehen Sie etwas von Hunden und wissen, daß unser Beingerüst hohl ist. Röhrenknochen haben unter anderem den Vorteil, daß man bei einem Unfall wie dem meinigen einen Metallstift in sie einführen kann. Er hält die auseinander gebrochenen und zusammengefügten Teile beisammen, bis sie neu verwachsen sind und sich die Stütze wieder herausschrauben läßt.
Für Unbeteiligte hört sich das recht einfach an, denn

ihnen tut's ja nicht weh. Für den Tierarzt ist's nur ein Klacks, weil er nicht viel dabei riskiert. Unmittelbare Lebensgefahr besteht sowieso nicht. Und wenn er gepfuscht hat und der Patient hinterher das geflickte Bein nicht mehr ordnungsgemäß gebrauchen kann, zieht das keine besonderen Konsequenzen für den Operateur nach sich außer – vielleicht – einen schlechteren Ruf.

Wenn dagegen so ein Kunstfehler am Menschen passiert, hat der betreffende Doktor in Amerika gleich einen Schadenersatzprozess am Hals, der ihn hunderttausend Dollars oder noch mehr kosten kann. Insofern konnte ich Nobbi einfach nicht verstehen, der das größere Risiko wählte.

Als mein Verband immer wieder von neuem blutdurchtränkt war und ich auf die Vorlage selbst der schönsten Wurstscheiben und Fleischstücke mit Abscheu reagierte, wurde die Familie unruhig.

Aber Dr. Rawls beruhigte sie. Das sei ganz normal, die Heilung brauche eben ihre Zeit. Und das muß so überzeugend geklungen haben, daß der große und der kleine Master sich ins Auto setzten und für ein paar Tage nach Atlanta fuhren.

Sie wollten dort ein Haus suchen. In dem sollte Nobbi wohnen, während er auf der Universität Menschendoktor lernte. Sicher würde er dabei auch herausfinden, was er tun muß, um Zweibeiner wiederherzustellen, die mit einem Lastwagen zusammengeprallt sind. Wenn nur die Schmerzen nachgelassen hätten! Ob es nicht eine Medizin dafür gab wie gegen Hautjucken, Herzwürmer und Flöhe? Doch wenn Edith darauf nicht von selbst kam, wie sollte ich armer Hund sie auf die Idee bringen, daß unsereiner zwar geräuschloser leidet, aber nicht weniger dabei empfindet als Menschen!

So blieb's beim Streicheln und Gutzureden und gelegentlich einem erhobenen Zeigefinger, wenn ich eben doch gar zu deutlich mit Jaulen auf meinen desolaten Zustand aufmerksam machte.

Problematisch wurde es erst, als Edith sich mit Oma im Freien an den Tisch setzen wollte. Während ich nämlich den kühlen weichen Rasen als wohltuend für mein heißes Bein empfand, versuchte sie, mich mit dem Hinterteil auf die extra für mich ausgebreitete rauhe und dazu warme Decke zu schieben.

Stellen Sie sich bloß vor, wie Ihnen zumute wäre, wenn Sie sich hundeelend fühlten. Wenn Ihnen von vorn bis hinten alles weh täte. Wenn Sie sich am liebsten in eine dunkle Ecke verkriechen möchten, wo Sie nichts sehen und hören. Und dann käme jemand und schubste Sie irgendwo hin, wo Sie zu allerletzt sein wollten. Würden Sie sich nicht wehren?

Ich tat es. Was sicherlich zu verstehen, aber wahrscheinlich falsch war. Denn ein Hund sollte sein Frauchen auch dann nicht beißen, wenn ihm ihre Fürsorge in hohem Maße mißfällt!

Die Lady schrie „Au!“ und leckte sich die Hand. Oma fragte ahnungslos: „Hast du dir weh getan?“ Und mir tat es sofort wieder leid, aber ich konnte es ja nicht mehr ungeschehen machen.

Als dann der Master aus Atlanta anrief, erfuhr er natürlich die ganze Geschichte. Edith kam vom Telefo-

nieren zurück und berichtete Oma, was Putzi gesagt hatte. „Wenn der Unfall einen solchen Schock verursacht hat, daß der Hund jetzt seine eigenen Leute angreift, muß ich ihn einschläfern lassen – und wenn ich ihn auch noch so gern habe!"
Die Lady sah mich so sonderbar an, daß ich zu ihr hin humpelte und meinen Kopf in ihren Schoß legte. Da fiel ein Tropfen aus ihrem Gesicht auf meine Nase. Als ich mit der Zunge drüberfuhr, schmeckte er salzig.
Daß später noch Bob und Sally mitteilten, daß sie unser Haus kaufen würden, machte alles nur noch schlimmer. Oma, der es hier so gut gefiel, ging traurig ins Bett, so daß ich mit Edith allein zurückblieb. Vorsichtig, als hätte sie plötzlich Angst vor mir, nahm sie meinen Kopf in ihre Hände und sagte leise: „Wenn du doch ein lieber Hund bleiben könntest, damit ich dich nicht auch noch verliere!"
Hätte ich ihr doch erklären können, daß alles nichts weiter was als ein Mißverständnis und daß ich ja nie aufgehört hatte, ein lieber Hund zu sein!

47. Können Hunde fliegen?

Wenn man uns Hunde lobt oder tadelt für etwas, an das wir uns überhaupt nicht mehr erinnern, hat das weder einen erzieherischen Effekt, noch dient es dem besseren Verstehen zwischen uns und der Familie. Da bei den meisten von uns das Erinnerungsvermögen keine halbe Stunde anhält, kommt es dann zwangsläufig zu Mißverständnissen.

Zweibeiner, die das Gegenteil behaupten, verwechseln Instinkt und Gewohnheit beim intelligenten Hund mit Gedächtnis, so wie sie es kennen. So laufen wir hundert Meilen, um unser verlorenes Herrchen oder Frauchen wiederzufinden. Aber mit Gedächtnis hat das nichts zu tun, weil wir die dabei zu bewältigende Strecke ja noch nie gesehen haben.

Wenn uns beispielsweise am Abend ein Lob zuteil wird, weil wir uns am Mittag angeblich besonders wohlverhalten haben, so freuen wir uns zwar darüber, haben aber natürlich keine Ahnung, weshalb man uns krault und „Guter Hund" nennt.

Mit Sicherheit ungerecht behandelt fühlen wir uns und verlieren das Vertrauen in unsere Vorgesetzten, wenn man uns bei Herrchens Heimkehr anschreit oder gar mißhandelt, weil wir irgendwann einmal zu längst vergessener Stunde etwas angestellt haben sollen, das man uns nachträgt.

Merke: Es geht uns wie unserer geliebten Familie. Streicheleinheiten sind immer willkommen, Nichtbeachtung oder Schimpf niemals. Lassen sich nach Meinung der Stärkeren im Rudel Bußübungen nicht umgehen – dann bitte sofort und ohne Verzögerung, damit man weiß, woran man ist und warum man leidet.

„Barzi war wieder schön brav", empfing die liebe Edith ihre beiden anderen Männer bei der Rückkehr. „Das mit dem Zuschnappen hat er bestimmt nicht so bös' gemeint!"

Ich hatte zusammen mit Mau vor der Haustür gelegen und gewartet, nachdem mir die Lady verraten hatte,

das Herrchen zurückkäme. Um den guten Eindruck zu verstärken, lief ich ihnen auf meinen drei gesunden Pfoten entgegen und begrüßte sie – den großen Master zuerst, wie's die Rangordnung gebot.
Nobbi umarmte seine Ma, hatte ein freundliches „Hallo“ für mich und ging ins Haus, nachdem er den vergipsten Hundeteil kritisch gemustert hatte.
Putzi aber setzte sich vor mich und machte von seinem Recht Gebrauch, seinem Labrador-Pointer aus nächster Nähe in die Augen zu sehen. „Was soll ich nur mit dir machen, du Frauchenbeißer?“ fragte er mich überflüssigerweise und zog mich an den langen Ohren.
Meine Antwort fiel wohl besänftigend aus, denn er ließ meine Ohren los und ergriff die hingehaltene Pfote. Was mir zugleich half, das Gleichgewicht zu wahren. Denn man kann noch so geschickt sein: mit zwei Beinen fällt man um, wenn man für vier gebaut ist.
„Mir paßt auch manchmal was nicht“, erklärte der Master, „aber deshalb kann ich doch nicht gleich um mich beißen!“ Womit das unerquickliche Kapitel zum Glück beendet war und nur noch vom Haus geredet wurde.
„Wir haben eins gefunden, eine halbe Fahrtstunde von der Uni entfernt. Drei Schlafzimmer, zweieinhalb Badezimmer. In einer wunderschönen Parksiedlung. 45.000 Dollar. In Deutschland würde es das Vierfache kosten.“
„Hast du schon was angezahlt?“
„Fünfhundert Dollar – wie üblich. Es ist eine Hypo-

thek drauf von 40.000 Dollar. Ich müßte also nur noch 4.500 Dollar nachzahlen und könnte den Rest auf Lebenszeit abtragen."
„Ich verstehe die Amerikaner nicht", meinte Edith. „Bei dieser Finanzierungsmethode wird das Haus doch mindestens dreimal so teuer. Sally will für unser Grundstück bei der Bank auch einen Kredit von Hunderttausend aufnehmen!"
„Haben sie was gesagt, wann sie einziehen wollen?"
„Vorläufig überhaupt nicht. Sie haben ein Penthaus am Strand und wollen unser Anwesen zunächst nur als Kapitalanlage. Wie geht's denn bei uns weiter?"
Und während Mau, der von alldem doch eigentlich genauso betroffen war, sich desinteressiert streckte, ungeniert gähnte und Nobbi folgte, versuchte ich mir meinen Reim auf das zu machen, was Mr. Fred seiner Lady berichtete. Auch wenn ich auch nicht alles verstand, so wurde mir doch klar, daß sich mein Leben von Grund auf verändern würde.
„Wir machen's wie alle hier, nehmen uns einen Möbelwagen und transportieren selbst alles nach Georgia. Dann fliegen Barzi und ich nach Deutschland voraus und kümmern uns um eine Wohnung. Du bleibst mit Oma und Mau bei Nobbi in Atlanta, und wenn drüben alles bereit ist, kommt ihr nach."
„Ich wollt', wir hätten den ganzen Umzug schon hinter uns!" seufzte die Lady. „Gut, daß wir wenigstens unsere deutschen Möbel noch drüben haben."
„Alles halb so schlimm", beruhigte sie der Master. „Ich habe in der Zeitung gelesen, daß jeder Amerikaner im Lauf seines Lebens fünfeinhalbmal umzieht."

„Erstens sind wir keine Amis", entgegnete Edith, „und zweitens möchte ich gern wissen, was die wohl mit dem halben Mal meinen!"
Darüber zerbrach ich mir nun wieder nicht den Kopf. Ich hätte viel lieber gewußt, was Putzi damit gemeint hatte, er wolle mit mir voraus fliegen. Denn wenn ich auch nur ein Hund bin, so weiß ich doch eins ganz sicher: daß weder der Master noch ich Flügel haben.

48. Räumen und Laden und was dazu gehört

Im Frühling – der in Daytona Beach fast wie ein Sommer ist, nur daß die Temperaturen bei etwa 24 Grad statt bei 30 liegen – kutschierte Edith eine hohe Kiste auf sechs Rädern vors Haus. Putzi öffnete ihre beiden hinteren Türen und zog eine Treppe heraus, über die man in den Bauch der Kiste gelangte.
Mau war natürlich als erster zur Stelle und inspizierte das Innere des riesigen Behälters, in dem man ohne Schwierigkeit einen halben Trailer hätte unterbringen können. Aber da er leer war, würdigte ihn unser Kater keiner längeren Beachtung.
Das änderte sich erst, als Nobbi und Putzi damit begannen, das Ding mit dem Inhalt von Nobbis Zimmer zu füllen. Nachdem Mau Edith eine Weile beim Saubermachen der geräumten Stellen zugesehen hatte und ihn die Staubsaugerschnur zu langweilen begann, erschien er wieder draußen bei uns und spielte Verstecken zwischen den gestapelten Möbeln.
Ich lag neben dem Möbelwagen und verfolgte die La-

dearbeiten ohne besonderes Verlangen, die Stufen hochzuklettern, obwohl nach acht Wochen die Folgen meines Unglücks ausgestanden waren. Nur noch ein kahler Fleck dort, wo der Tierarzt den Stütznagel herausgezogen hatte, erinnerte daran. Und der Nagel selbst, den sich Putzi hatte geben lassen und überall herumzeigte.

Klettern war jedenfalls – mit oder ohne Unfall – nicht meine spezielle Sache. Katzen mögen dazu besser geeignet sein, obwohl ich schon ein paar Mal erlebt hatte, wie sie von einem Baum oder Dach auch nur mit Hilfe der Zweibeiner wieder herunter kamen.

Mau hatte sich zwar noch nie in eine solche Situation gebracht, wahrscheinlich weil er dazu noch nicht degeneriert genug war. Aber an diesem Tag bewies auch er, daß es mit der Intelligenz selbst von Katzen seiner Qualität nicht zum Allerbesten bestellt sein kann.

Wir waren beim schönsten Teil des Umzugs. Edith hatte Tisch und Stühle herausgestellt, und wir erholten uns am Arbeitsplatz von der anstrengenden Tätigkeit bei etwas, das der Master „eine ordentliche Brotzeit" nannte. Nur Oma hielt sich deutlich zurück und behauptete, das sei alles zuviel für sie, und die ganze Aufregung schlage ihr auf den Magen.

Die ordentliche Brotzeit bestand wieder einmal fast nur aus Delikatessen: gebratenen Eiern und Schinken, Wurst und Käse, Bier und Limonade, von denen nur die Limonade wegen mir hätte wegbleiben können. Dafür erwies sich die besondere Art Hundekuchen als höchst angenehme Überraschung. Edith bezeichnete ihn als „Makrönchen", Nobbi als „alt gewordenes

Weihnachtsgebäck". Aber für meinen kräftigen Kiefer hatte das Zeug genau die richtige Härte.
„Wenn man ordentlich arbeitet und nicht den ganzen Tag nur faul herumlungert, hat man gleich einen ganz anderen Appetit", freute sich Putzi. Und er biß herzhaft in eine Rindswurst, die er unter Mißachtung von Messer und Gabel in der Hand hielt, während er mit der anderen nach amerikanischer Manier dafür sorgte, daß aus einem Loch in der Dose die nötige Spülung erfolgte.
„Hat da nicht Mau gerufen?" unterbrach Edith.
Nobbi konnte es einfach nicht lassen. „Das war Daddy's Magen, als er aus der Dose getrunken und dabei zusammen mit dem Bier Luft geschluckt hat!"
Aber ich hatte es auch gehört. Es war Mau.
Mein einstiges – inzwischen von Nobbi adoptiertes – Geburtstagsgeschenk hatte sich in einer Kommode verkrochen, die ganz hinten in der Ecke des Möbelwagens stand. Der Master erinnerte sich, daß beim Absetzen eine Tür aufgegangen war, die er geschlossen hatte, als er das nächste Stück davorstellte.
Natürlich hatte sich Mau nicht gleich gemeldet, als plötzlich die Klappe zuging. Mit dem Resultat, daß Putzi, Nobbi und Edith Salami und Tilsiter stehen ließen, die Rühreier kalt und das Bier warm wurden, weil selbstverständlich unser dusseliger Kater befreit werden mußte.
Nur die Rindswurst gab Putzi nicht auf. Während er damit begann, den Weg zu Mau's Versteck freizulegen, hielt er den angebissenen Zipfel wie einen Knebel im Mund. Erst als er sich beim Heben beinahe an ihm

verschluckte und einen Hustenanfall bekam, überließ er den Rest seinem Hund, der damit leichter fertig wurde als sein Herr.
Bis sie sich zu Mau vorgearbeitet hatten, war die gemütliche Brotzeit-Stimmung natürlich fortgewischt. Zum Glück ließ Oma beim Abräumen wenigstens den Teller mit dem Käse fallen. Bei den übertriebenen Hygiene-Ansprüchen der Lady war ich alleiniger Nutznießer dieses Malheurs. Denn Mau, der mir einen Teil davon hätte streitig machen können, war am Morgen mit prallem Bauch von einem längeren Streifzug zurückgekehrt und zeigte eine für Katzen ungewöhnliche Apathie gegenüber den herumliegenden Köstlichkeiten.
So fischte mir nur Putzi ein Stück vor der Nase weg, weil ihn die Erdkrümel nicht sonderlich störten. Für den nächsten Tag und die lange Fahrt nach Atlanta kaufte die Hausfrau allerdings trotzdem neuen Brotbelag im Supermarkt.

49. Die Fahrt nach Atlanta

Putzi hatte Frauchen überzeugt, daß ein Hund in einer Möbelwagenkabine besonders stimmungsvoll sei und für alle Beteiligten ein probates Mittel gegen Langeweile. Auch Nobbis Einwand, daß ich das stundenlange Durcheinanderschütteln wahrscheinlich nicht störungsfrei überstehen würde, brachte ihn nicht von der Idee ab, daß wir Drei es uns auf der breiten Bank des Fahrerhauses schön gemütlich machen würden und

viel Spaß miteinander hätten.
Edith hielt das Ganze zwar nach wie vor für eine Schnapsidee, gab aber wie gewöhnlich nach, als der Master sie fragte: „Gönnst du deinem Hund denn nicht die letzte Chance, mehr von Amerika kennenzulernen, ehe er nach Europa muß?"
So ließen wir uns im Morgengrauen hinter der Windschutzscheibe nieder, nachdem die Lady dafür gesorgt hatte, daß wir einen ‚festen Untergrund' hatten, wie sie das doppelte Frühstück nannte, zu dem sie uns überredete. Nobbis neue Mahnung, je mehr ich im Magen hätte, desto mehr könnte ich herausspucken, nahm niemand ernst – ich am allerwenigsten.
„Nun, wie fühlst du dich?" fragte der große Master, als wir die erste Stunde hinter uns hatten und auf der Autobahn zwischen St. Augustine und Jacksonville fuhren.
Es traf sich gut, daß ich im selben Augenblick einen gewissen inzwischen eingetretenen blähenden Druck los wurde. Putzis befriedigtes „Na also!" deutete an, daß er das als positive Entgegnung auffaßte. Nur Nobbi hatte wieder etwas auszusetzen und kurbelte ostentativ das Fenster auf seiner Seite herunter.
Vor Jacksonville mußten wir an einer Wiegestation halten, die überall an den amerikanischen Highways dafür sorgen, daß Lastwagen nicht zuviel transportieren und nichts Verbotenes. Ich wäre gern ausgestiegen und hätte mir die Beine vertreten, vielleicht auch das eine oder andere Geschäft erledigt.
Aber unser Leithund meinte: „Du bleibst drin. Wenn du dich hier schlecht aufführst, sind die vielleicht sauer

und lassen uns den halben Wagen ausräumen, um nachzusehen, ob wir Alkohol oder Zigaretten oder noch was Schlimmeres schmuggeln."

Mir war diese Art menschlicher Logik fremd. Und auch der kleine Master fragte, wieso man etwas innerhalb der USA schmuggeln könne? Worauf Putzi ihm erklärte, daß im benachbarten Georgia auf Zigaretten und Bier beispielsweise soviel mehr Steuern lägen als in Florida, daß schon so mancher unter einer Wagenladung harmloser Sachen Kisten davon mitgenommen habe.

„Sechs Dosen Budweiser Bier kosten in Daytona Beach 1.29, in Atlanta aber 3.75 Dollar. Du kannst dir leicht ausrechnen, was dabei zu verdienen ist."

Da wir jedoch keine Schmuggler waren, leuchtete es mir trotzdem nicht ein, weshalb ich im Wagen sitzen bleiben mußte. Immerhin konzentrierte sich die Aufmerksamkeit der Beamten mehr auf mich als auf unsere Ladung. Ein so großer Hund als Beifahrer war ihnen wohl noch nicht begegnet. Und mit den besten Wünschen ließen sie uns schon bald weiterfahren, während andere alles auspacken mußten. Putzi war eben doch der schlauere Hund.

Indessen wurde es höchste Zeit, daß wir an einen Platz kamen, wo wir parken konnten und ich mich in die Büsche schlug, kaum daß Nobbi die Tür geöffnet hatte. Den erschrockenen Schrei einer fremden Person, die für ihre Belange anscheinend dieselbe Stelle gewählt hatte, ignorierte ich diskret.

Im übrigen brauchte sich die Dame nicht zu wundern, selbst wenn ich mich näher mit ihr befaßt hätte. Denn

an den Rastplätzen der US-Highways gibt es ja für sie und ihresgleichen geradezu Luxuspaläste zum Beineheben, die uns Hunden verschlossen bleiben. Und natürlich verschwanden auch meine beiden Begleiter in einer davon, bevor wir alle drei erleichtert weiterfuhren.
„Hol' Brot und Eistee aus der Tasche, ich hab' schon wieder Hunger", bat Putzi nach einer Weile. Und so teilten wir auch das zweite Frühstück mit den kalten Hamburgern redlich unter uns auf, ohne daß Nobbi dieses Mal dagegen protestierte.
Vielleicht hätte er's aber doch lieber tun sollen!
Er putzte mir gerade den Mund ab, damit meine Barthaare keine Fettflecken auf seiner Hose verursachten, als sein Dad auf die Bremse trat und einer Wildsau auswich, die mit ihren beiden Frischlingen seelenruhig über die Autobahn tippelte.
Nun ist ja bekannt, daß unser Oberhaupt ein sehr tierliebender Mensch ist. Und auch ich habe grundsätzlich wenig einzuwenden gegen drei dumme Schweine, die noch nie etwas von Verkehrsregeln gehört haben. Aber hätten sie sich nicht einen anderen Zeitpunkt für ihren Spaziergang aussuchen können – einen, zu dem nicht gerade ein durchgerüttelter Hundemagen an der Grenze seines Haltevermögens angelangt war?
In der Nähe von Valdosta, wo der Bundesstaat Georgia beginnt, mußte Putzi den Möbelwagen anhalten und einen Brei aus Rührei, geräucherten Würstchen und Hamburgern, vermengt mit den Überbleibseln unverdauten Hundefutters, von Armaturenbrett, Sitzbank und seinem eigenen Ärmel abwischen.

Nobbi, der davon so geschockt war, daß er vergaß, seinen Dad daran zu erinnern, daß er ihn ja gewarnt hatte, meinte dazu lediglich: „Gut, daß er nicht hinten bei meinen Möbeln gesessen hat!"
Wir legten den Rest der Strecke im Schneckentempo zurück, weil der Fahrer mir nicht mehr traute. Später entluden der große und der kleine Master ihre Möbelkiste nach unserer Ankunft in Atlanta in eine Hütte von der Breite eines hochkant gestellten Sandwiches. Mich ließen sie in der Zwischenzeit in einer Art Garten warten, der gerade groß genug für einen aufziehbaren Spielzeughund war.
Als wir am Nachmittag zurückfuhren, hatte ich den leeren Laderaum für mich allein. Nobbi war so besorgt um mich gewesen, daß er sogar eine Decke geopfert hatte, auf der ich den größten Teil der Heimreise zubrachte.
Ich verließ meinen rollenden Aufenthaltsraum nur einmal, als der Master die Tür öffnete, damit ich mich der noch vorhandenen Darm- und Blaseninhalte auf ordentliche Weise entledigen konnte. Das Angebot, an einer McDonald's-Mahlzeit teilzunehmen, lehnte ich aufgrund der schlechten Erfahrungen höflich aber bestimmt ab.
Insgesamt betrachtet erging es mir also auf dieser zweiten Hälfte der Reise wesentlich besser. Trotzdem fand ich keine befriedigende Antwort auf die Frage, wieso unser doch so kluger Familienchef behauptet hatte, wir würden zusammen eine vergnügliche Fahrt haben, und ich könnte dabei ein Stück Amerika sehen.

50. Ein Bett für Vier

Als der Tag näherrückte, an dem ich mein Florida-Paradies verlassen mußte, begann unser Haus viel von seiner Gemütlichkeit zu verlieren. Sie wissen ja selbst, wie man sich fühlt, wenn man am vertrauten Platz nicht mehr zu Hause ist, und der neue ist noch nicht richtig eingerichtet.

Glauben Sie mir: ein Hund, der eng mit seiner Familie verbunden ist, empfindet das genauso, wenn auch vielleicht mit anderen Prioritäten.

Putzi, Nobbi und Edith hatten noch eine Ladung Möbel nach Atlanta gebracht. Dieses Mal war mein Name erst gar nicht erwähnt worden. Stattdessen fuhr die Lady mit.

Ohne Couches, Sessel und Kommoden, mit kahlen Böden und Wänden ähnelte unsere Unterkunft seitdem den leeren Scheunen der Nachbarn vor der nächsten Maisernte. Nur die Küche und die Bäder, die in Amerika ja fest eingebaut sind und beim Umzug nicht mitgenommen werden, waren unverändert. Und in den Schlafgefächern von Oma, Herrchen und Frauchen standen noch die Betten.

Sogar die Vorhänge waren weg. Mir gefiel das zwar, weil ich dadurch einen ungehemmten Blick nach draußen hatte. Aber Oma beschwerte sich, jetzt könne ja jeder zu ihr ins Zimmer sehen. Was Putzi mit der Bemerkung abtat, sie solle nicht so zimperlich sein und sich nicht vor Vögeln und Waschbären genieren.

Eines Tages fuhr der Master mit dem Station-Wagen zum Airport und holte eine Kiste mit vergitterten Fen-

stern an drei Seiten und einer Tür. Sie weckte zwar augenblicklich unangenehme Erinnerungen, aber ich war ja gerade weder geschnitten noch genagelt noch genäht worden.
Außerdem trug Putzi das Ding neben Ediths Bett, stellte meine Futterschüssel mit allerlei Leckerbissen hinein und ließ die Tür offen, so daß ich nicht nur rein, sondern auch wieder heraus konnte. Wir wiederholten das Spiel eine Weile, bis ich genug davon hatte und mich bis oben hin satt neben der ungewöhnlichen Futterkrippe ausstreckte.
Edith weckte mich am Abend, als sie mich streichelte und gar nicht mehr damit aufhören wollte. Ich wußte nicht, wie mir geschah: plötzlich lag ich zwischen Herrchen und Frauchen im Bett.
Der große Master wollte etwas dagegen einwenden, aber die Lady legte ihren Arm auf meinen Rücken und meinte: „Laß' ihn, er wird ja vorläufig keine Gelegenheit mehr dazu haben. Und er soll mich doch in guter Erinnerung behalten!"
„Weißt du noch, als er dich in den Finger gebissen hat, und wir überlegten schon, ob wir ihn einschläfern lassen müßten?" fragte Putzi von der einen Seite. Und die Lady antwortete von der anderen:
„Und weißt du noch, als wir spät nach Hause kamen, und du warst mit ihm zum Tierarzt gefahren, um ihn gegen den Schlangenbiß impfen zu lassen, der gar keiner war?"
„Vor einem Jahr hätte er nicht bei uns im Bett liegen dürfen wie der Wolf, der auf Rotkäppchen gewartet hat", überlegte Putzi.

„Meinst du, weil du damals noch nicht so verständnisvoll gewesen bist oder weil Nobbi da noch bei uns war?“
Der Master lachte. „Nein, das nicht. Aber hast du denn vergessen, daß es damals die Pille gegen Flöhe noch nicht gab?“
„Es war eine schöne Zeit. Ob es jemals wieder so werden wird?“
„Solange wir beide zusammen sind, wird es immer so sein“, sagte Putzi und beugte sich ohne Rücksicht auf mich hinüber zu seiner Lady.
Als ich eine gewisse Eifersucht nicht verhehlen konnte, worüber sich Frauchen sehr zu amüsieren schien, versprach Mr. Fred prompt, mich doch noch an die frische Luft zu setzen, wenn ich das Knurren nicht sein ließe.
Als dann auch noch Mau an der Terrassentür schabte und hereingelassen wurde, geschah etwas, das ich bis dahin in meinen wildesten Träumen nicht für möglich gehalten hatte.
Den Rest der Nacht verbrachten wir Vier zusammen in einem Bett. Eine glückliche Familie in schönster Harmonie!

51. Abschied

Ich sprang am folgenden Morgen als erster aus dem Bett. Mau folgte mir. Edith hüpfte erst mal in den Swimmingpool, und Putzi kochte in der Zwischenzeit Kaffee. Vorbei war die Zufriedenheit der letzten

Stunden. Eine knisternde Spannung lag in der Luft. Als mir der Master meine tägliche Pillenration in den Hals stecken wollte, stellte er sich so ungeschickt an, daß er dabei fast meine Zunge zerquetschte. Schließlich mußte die Lady die Arbeit übernehmen, mit der er bis dahin noch nie Schwierigkeiten gehabt hatte.
„Es sind ja drei!“ stellte Edith fest. „Dr. Rawls hat doch nur von zwei gesprochen.“
„Die eine mehr wird er schon vertragen“, bekam sie zur Antwort. „Je länger seine Schläfrigkeit während des Flugs anhält, desto besser. Dafür können wir ja jetzt die anderen Tabletten weglassen. Herzwürmer und Sandflöhe gibt es zum Glück in Deutschland nicht und auch kein Bahia-Gras.“
Oma erschien und teilte mit: „Ich bin so aufgeregt, daß ich Herzschmerzen bekomme. Wenn das nur kein Schlaganfall wird. Dann muß ich ins Krankenhaus und kann nicht mit.“
„Oma, du hast gar keinen Grund, dich aufzuregen“, sagte die Lady. „Du fliegst ja nicht heute, sonden erst mit mir und Mau in sechs Wochen. Bis dahin hat Putzi drüben schon alles so vorbereitet, daß du dich zwischen deinen alten Möbeln gleich wieder wohlfühlen kannst.“
Nachdem die richtigen Möbel längst bei Nobbi in Atlanta waren, frühstückte die Familie am Gartentisch im Wohnzimmer. Als das Telefon in der Küche läutete, nahm Edith den Hörer ab. „Es ist Nobbi. Er will euch einen guten Flug wünschen.“
Oma begann zu weinen, und die Lady mußte sie beruhigen. Putzi kam aus der Küche zurück und stocherte

lustlos auf seinem Teller herum. Auch die anderen hatten offenbar keinen rechten Appetit. Als Oma mir jedoch ihren Teil überlassen wollte, verbot es ihr der Master. „Heute nicht. Er soll nüchtern bleiben für den Flug."

„Der arme Kerl!" empörte sich Oma. Wenn sie Recht hat, muß man ihr einfach zustimmen. Aber die Lady tat es trotzdem nicht. Dabei war ich an diesem Morgen sicher der einzige, der sich über das Frühstück gefreut hätte. Wenn Fliegen hungern bedeutete, dann wollte ich lieber nichts damit zu tun haben.

„Hast du alles eingepackt, was ich unbedingt brauche?" wollte Putzi wissen und deutete auf die beiden dickbauchigen Koffer an der Haustür. Den mysteriösen Behälter, in dem ich am Vortag die Leckereien vorgefunden hatte, holte er neben unserem Bett weg und stellte ihn zu seinem Gepäck.

„Komm' mit, wir gehn noch mal Beineheben!" sagte er dann. Und zusammen mit Frauchen liefen wir ein letztes Mal ums Haus. In den Gemüsegarten, in dem so wohlschmeckende frische gelbe Rüben wuchsen. Unter den Baum, in dem Woody gelebt hatte.

Hinüber zum Teich, in dessen Schilf der graue Heron gestanden und an dessen Ufer Adi gefischt hatte. Zu seinen Würmern, die – ohne Pferdemist allein gelassen – bald das Weite suchen, sich im Wald verteilen würden.

Wir gingen an den Gräben entlang, wo ich und der Master Schlangen gejagt hatte. Und wir kamen an die Plätze, wo wir das Giftefeu herausgerissen hatten, von dem Putzi und Edith krank wurden.

Am Stacheldrahtzaun erinnerte nichts mehr an den Milan, der sich in ihm verfangen und den meine Familie gerettet hatte. Das Tor, durch das Oma mit mir gegangen war an jenem unglückseligen Tag, war geschlossen. Die Weide auf der anderen Straßenseite, auf der Cloe herumgelaufen war, lag still in der Sonne. Vom Spazierengehen wurde ich müde, viel müder als sonst. Am liebsten hätte ich mich unter einen der Bäume gelegt, die ich so gut kannte, und ein bißchen geschlafen. Aber Putzi drängte ins Haus zurück.
Ich wehrte mich nicht, als er mir noch eine weitere Tablette auf die Zunge legte.
Die Tür zu meiner neuen Futterkrippe stand offen. Innen roch es nach meiner alten Schlafdecke und etwas verlockend Süßem. Ich kroch hinein, und Putzi schloß die Tür hinter mir.

ZWEITER TEIL

5 x Deutschland und zurück

52. An Edith …

Am Tag nach der Ankunft schrieb Putzi in einem Brief an Edith:

„… *Die Maschine hatte keine Verspätung. Trotzdem waren mehr als zwölf Stunden vergangen, bis ich unseren Liebling in Frankfurt wieder in Empfang nehmen konnte. Man hatte mir gesagt, daß die beförderten Tiere zuerst ausgeladen würden und auf einem separaten Transportband im hinteren Teil der Halle ankämen.*

„*Sein Käfig war der erste. Er war übrigens auch der größte, ich bin froh darüber, daß wir die paar zusätzli-*

chen Dollar nicht gespart haben! Als ich den Behälter vom Band hob, konnte ich das dunkle Fell zuerst kaum erkennen.

„Er lag zusammengekauert mit dem Gesicht zur Ecke und rührte sich nicht. Ich öffnete die Tür und sprach ihn an. Aber es dauerte eine Weile, bis er den Kopf hob und einen leisen Laut des Erkennens von sich gab. Dann kam er herausgekrochen – zögernd, als fürchte er, Prügel zu bekommen.

„Du mußt es selbst erlebt haben, um es Dir richtig vorstellen zu können. Das Tier brauchte ein paar Minuten, bis es überhaupt wieder normal reagierte. Am Anfang war das gar nicht mehr unser Barzi. Er hockte nur vor mir auf den Hinterpfoten und drückte seinen Kopf an mich. Dabei zitterte er wie im Schüttelfrost.

„Ich hab' ihm gut zugeredet und ihn gestreichelt. Wenn ich jedoch einen Schritt tun wollte, rutschte er sofort nach, um den körperlichen Kontakt nicht zu verlieren. Er zeigte deutlich seine Angst, ich könnte wieder weggehen.

„Dann verwandelte sich sein bis dahin schwaches Winseln in lautes Freudengeheul. In der hohen Halle schallte das wie der Schrei eines Wolfes, und natürlich sahen alle Leute nach uns. Bis zum Gepäckkarussell waren es mindestens hundert Meter. Und die ganze Zeit dauerte das Konzert an, während er abwechselnd an mir hochsprang oder sich an mich drückte. Dich an meiner Stelle hätte er glatt umgeworfen.

„Ein paar Amerikaner, die zusammen mit mir geflogen waren, lächelten verständnisvoll. Einige andere Passagiere schüttelten die Köpfe, und ich fürchte, es waren

unsere eigenen Landsleute. Dabei weiß ich, daß wir Deutschen immer als besonders tierliebend galten. Ob sich das vielleicht mehr auf ‚süße' Pudel, ‚freche' Dackel und Schäferhunde bezieht, die den Eindruck von Autorität vermitteln – und weniger auf Mischlinge, mögen sie auch noch so treu sein?
Barzis Impfzeugnis habe ich beim Zoll nicht vorzeigen müssen. Wenn ich da an die strengen Quarantänebestimmungen von früher denke! In England isolieren sie die eingereisten Tiere ja heute noch wochenlang. Unser Hund würde dabei eingehen.
Fritz und Jakobine haben am Ausgang auf uns gewartet und uns heimgefahren. Wie sich das anhört! In Wahrheit sieht unsere künftige Wohnung bei ihnen im Haus bis jetzt noch wie eine verlassene Räuberhöhle aus. Aber ich wollte Dir ja von Barzi berichten.
„Auf der Fahrt nach Götzenberg saß ich auf dem Rücksitz, der große Kerl auf meinem Schoß wie ein Baby, den Kopf auf meiner Schulter. Als wir ankamen und ich die Koffer die wirklich kriminell steile Treppe hochtrug, kletterte unser Hund, der noch nie im Leben mehr als zwei Stufen hintereinander betreten hatte, mir ohne zu zögern nach.
Und er folgte mir auch wieder hinunter – im halsbrecherischen Winkel, so daß ich befürchte, daß er eines Tages kopfüber unten ankommen wird. Jedenfalls landeten wir beide wohlbehalten in Jakobines kleiner Wohnküche, in der sie eine Wurstplatte als Willkommensgruß auftischte, um die Du uns beneiden darfst. Eigentlich hatte ich erst in diesem Augenblick das Gefühl, daß wir uns wieder an Deutschland gewöhnen könnten.

Ach ja, beinahe hätte ich's vergessen: Den Käfig habe ich einfach in der Ankunfthalle stehen lassen. Brauchen werden wir ihn sicher doch nicht mehr..."

Der Brief an Edith war an dieser Stelle noch nicht beendet. Da im weiteren Verlauf die Hauptperson dieses Buches aber nicht mehr oder nur noch am Rande erwähnt wurde, wird der Leser gewiß Verständnis dafür haben, daß wir hier abbrechen und uns wieder dem eigentlichen Tagebuch zuwenden.

Denn Barzi sollte in der Heimat seiner Familie noch manches Interessante erleben. Erheiterndes und nachdenklich Stimmendes. Freud und Leid, wie alle Hunde und Katzen und Menschen und andere Lebewesen. Vielleicht ein bißchen mehr als manch anderer Vierbeiner und auch mehr Erfreuliches. Denn obwohl er als Mixtur aus Labrador und Pointer auf die Welt kam, stand sein Leben unter einem glücklichen Stern.

53. Das Haus in Götzenberg

Als ich endlich zu Herrchens Füßen lag und der Mensch, den Putzi mit Fritz anredete, mir die erste deutsche Preßsackscheibe gab, fühlte sich ein aus dem Paradies vertriebener Labrador-Pointer wenigstens einigermaßen getröstet.

Als Hund lebt man ja zum Glück viel mehr dem Augenblick als die Zweibeiner – weder belastet vom Vorausdenken, was noch geschehen könnte, noch von detaillierter Erinnerung an vergangenes Ungemach.

Der dicke Mensch, der Jakobine hieß und nach Schweiß roch, schien der Boß des Hauses in Götzenberg zu sein. Denn er verbot Fritz, mir noch ein dickes Stück Schwartenmagen zuzuwerfen. „So alt du bist, so dumm bist du geblieben! Siehst du denn nicht, daß die Wurst Fettflecken auf dem Teppich macht?"
Doch richtig bösartig konnte der Boß nicht sein. Denn anschließend ließ er mich hinaus in den Hof, öffnete das Fenster, warf mir das Fritz abgenommene Stück vor die Füße und sogar noch die Haut vom Preßsack hinterher.
„Dein Hund kann in der Hütte im Garten bleiben, die unserem Hasso gehörte", erklärte Jakobine später. Aber Putzi lehnte ab. „Barzi ist immer bei uns im Haus gewesen. Er ist daran gewöhnt und sauber. Er bleibt bei mir." Und Fritz erlaubte sich die Bemerkung: „Unser Hasso durfte manchmal auch im Korb im Flur liegen." „Von mir aus!" Jakobine gab nach, und Fritz lachte zufrieden. „Mein Bienchen ist nämlich ein guter Kerl. Sie tut nur manchmal anders."
Bienchen, die für mich mehr wie eine Hummel aussah, akzeptierte das Lob schmunzelnd und revanchierte sich, indem sie ihrem Fritz einen hohen Berg schmalztriefender Bratkartoffeln auf den Teller schöpfte. Herrchen, den sie ebenfalls bedienen wollte, lehnte ab. Er sei bereits satt von der guten Wurst. Dabei wußte ich genau, daß er Bratkartoffeln für sein Leben gern aß. Aber vielleicht waren diese hier schon ein bißchen zu lang in der Pfanne gewesen. Dafür sprachen der Rauch in der kleinen Küche und daß sie aussahen wie Kohle.

Fritz schien das allerdings nicht zu stören. Denn zwischen Räuspern und Husten verkündete er stolz: „Du mußt wissen, Fred, daß es keine bessere Köchin gibt als mein Bienchen!" Was nichts daran änderte, daß die Hälfte der schwarzen Spezialität übrig blieb, nachdem auch ich die Schüssel mit dem Rest, die der Boß in den Hof gestellt hatte, verschmähte.

Nach diesem Festmahl ordnete die Herrscherin des Hauses eine allgemeine Besichtigung an. Dazu kletterten wir Vier bis unters Dach, wo „die Mieter" wohnten. Zuerst jedoch zeigten uns Fritz und seine Hummel ihre eigenen Räume, die unten lagen und nur zum kleinen Teil benutzt wurden.

„Die Ölrechnung wäre nicht zu bezahlen, wenn wir überall heizen würden", erklärte Jakobine, die auch Putzi gegenüber auf ihrem doch recht verniedlichenden Kosenamen bestand. „Die anderen Zimmer und unsere gute Stube heizen wir nur zu besonderen Gelegenheiten wie an Geburtstagen und zu Weihnachten.

„Wenn's nach unseren Mietern ginge, könnten wir jetzt im Mai noch die Heizung laufen lassen", fügte Fritz hinzu. Jetzt erst fiel mir auf, daß Herrchen noch immer seine dicken Kleider anhatte. Und in Daytona Beach war er doch fast nur mit nackten Pfoten und in kurzen Hosen herumgelaufen. Aber sicher lag das daran, daß wir in Florida längst Sommer hatten.

Im zweiten Stock wohnten „die Mieter". Der Boß erklomm vor uns die Stiege und klingelte wie jemand, dem alles sowieso gehörte und der sich darüber empörte, daß er im eigenen Haus vor einer verschlossenen Tür stehen mußte.

Es dauerte eine Zeit lang, ehe die Tür geöffnet wurde und ein schmächtiges Zweibein erschien, hinter dem ein zweites von ähnlich bescheidenen Ausmaßen sichtbar wurde. Bienchen stellte uns Herrn und Frau Donatz vor, die beide aussahen, als hätten sie in den letzten Wochen nicht genug zu essen bekommen.

„Der Hund!" rief Frau Donatz erschrocken und versteckte sich hinter ihren Mann.

„Der tut Ihnen nichts!" klärte Putzi sie auf. Doch wie ich sofort erkennen konnte, ohne Glauben zu finden. Ich wußte auch, was jetzt kommen würde, denn der Master hatte es schon zu oft demonstriert – gegen den Willen der Lady, die unser Verhalten „unmöglich" nannte und gewarnt hatte, wir kämen eines Tages an den Falschen.

Putzi gab das Zeichen, meine Friedfertigkeit zu beweisen. Er tippte Herrn Donatz leicht auf die Brust, und ich stellte mich vor ihm auf die Hinterbeine. Meine Vorderpfoten legte ich ihm auf die Schultern. Aufgerichtet war ich fast so groß wie er.

Herr Donatz wankte, aber fiel nicht. Seine Frau flüchtete ins Innere der Wohnung, und Bienchen folgte ihr mit uns, nachdem ich Herrn Donatz freigegeben hatte.

„Man muß sich ja kennenlernen und Bescheid übereinander wissen, wenn man im selben Haus wohnt", bestimmte die Wirtin und lud uns ungeniert zur Besichtigung ein, während Fritz feststellte, daß es an einer Stelle der Dachschräge durchzuregnen und nach Schimmel zu riechen begann.

„Ich werde bei Gelegenheit raufkommen und die Stelle abdichten", versprach er. „Stellen Sie bis dahin lie-

ber einen Eimer drunter, damit's nicht durchtropft in die Wohnung unter Ihnen!"
„Könnten Sie es nicht gleich reparieren?" fragte Herr Donatz. Doch Fritz bedauerte sehr. „In den nächsten zwei Monaten werden ich nicht dazu kommen. Erst muß ich unten alles renovieren für meine Freunde aus Amerika". Worauf er Herrn und Frau Donatz, die andächtig zuhörten, lang und breit auseinandersetzte, wer wir seien, wie weitgereist und bedeutend.
Ich interessierte mich dafür weniger und untersuchte stattdessen das Stoffbündel auf dem Sofa. Es roch säuerlich, entpuppte sich beim näheren Hinsehen als kleiner Mensch und begann zu schreien.
Frau Donatz bekam ebenfalls einen Schreikrampf und riß das Kreischbündel an sich, als sei ich ein wildes Tier und nicht ein zahmer Hund von doppelter Rasse mit verfeinertem Geschmack.
Aber Putzi wurde es jetzt doch anscheinend ein bißchen zu laut. Er schlug vor, wir sollten uns verabschieden. Seine Versicherung, es habe ihn sehr gefreut, und er hoffe, wir hätten nicht gestört, stimmte zwar mit meinen eigenen Beobachtungen nicht ganz überein. Aber die Menschen sind ja bekanntlich anders und halten sich im Zusammenleben nun einmal an bestimmte Formen.
Oder besser gesagt: zumindest manchmal!

54. Die Wohnung

Anschließend beschnupperten wir die Abteilung, die zwischen unten lag, wo Jakobine residierte, und oben, wo „die Mieter" hausten. Was unsere Fremdenführer als „euere Wohnung" bezeichneten, waren vier hohle Löcher, die aussahen wie die verlassenen Neger-Slums in Daytona Beach. Der fünfte Raum, in dem unsere Koffer und das Bett standen, erinnerte mich an ein richtiges Zimmer, wie ich es von zu Hause kannte. Jakobine sagte: „Hier könnt ihr schlafen, bis wir mit dem Renovieren fertig sind."

Wenn sie Putzi besser gekannt hätten, wäre ihnen aufgefallen, daß er trotz seiner Floridabräune blaß geworden war und es ihm die Stimme verschlagen hatte. So aber priesen die beiden unverdrossen den Slum als künftige Luxusbleibe.

Alles, was Putzi dazu hervorbrachte, war ein zögerndes: „Na ja, man braucht halt ein bißchen Phantasie!"

Doch mir persönlich rochs zu sehr nach altem Staub und Mörtel. Und was als Papier an den Wänden klebte, veranlaßte Herrchen am Abend, als wir allein waren, zu dem Stoßseufzer: „Du hast's gut, Barzi, du bist farbenblind." „Und das ist das Badezimmer", versprach Fritz in einem der Löcher, in dem es besonders eigentümlich roch. „Das Wasser wird natürlich wieder angeschlossen, und wir setzen auch eine neue Schüssel hin; die alte rostet ja langsam durch. Irgend jemand scheint hier drin gewesen zu sein. Man müßte einen Eimer Wasser holen."

Putzi begann mir leid zu tun. In unserem eigenen Haus hatte er ein Bad ganz für sich allein gehabt. Jetzt verließ er fluchtartig den Ort, den er in Zukunft mit Edith und Oma teilen sollte, wenn er sich reinigen wollte oder ein anderes Bedürfnis verspürte. Dabei war er zur Abwechslung rot angelaufen, weil er offenbar den Atem angehalten hatte.
„Ein Fenster sollte trotzdem eingebaut werden", gab er zu bedenken. „Vor allem, weil direkt vor der Tür der Eßplatz ist."
Jakobine fand, daß das doch recht praktisch sei. Fritz, der – wie sich herausstellen sollte – ein besserer Handwerker war als der sich mit seinen beiden linken Vorderpfoten behelfende Master, erklärte aber: „Kein Problem, das kriegen wir schon!"
„Wo kommt denn die Spülmaschine hin?" wollte Putzi dort wissen, wo laut Fritz die Küche war.
„Spülmaschine?" Fritz drückte pures Unverständnis aus.
„Spülmaschine", wiederholte Herrchen.
„Die Leute, die bis jetzt hier gewohnt haben, haben keine gebraucht", entgegnete Fritz.
„Das merkt man", entfuhr es Putzi. Was dem Hausherrn allerdings nicht aufzufallen schien, da er nicht das feine Gespür eines Labrador-Pointers für Putzis Spitzfindigkeiten besaß.
Vielleicht hätte Bienchen anders reagiert und sich in ihrem Stolz auf ihr Eigentum sogar gekränkt gefühlt. Sie hatte sich aber inzwischen zurückgezogen, nachdem sie sich ein paar Mal ins Kleid gefaßt und abgewischt hatte, was von Zeit zu Zeit in Strömen aus ihr

herausquoll und sauer roch wie der kleine Mensch unterm Dach.
„Da müßte ich einen Anschluß legen. Das gibt viel Dreck, und den mag Bienchen gar nicht!" mutmaßte Fritz.
„Edith braucht eine Spülmaschine", beharrte der Master. Und damit war die Besichtigung beendet.
Wir kletterten die Stiege hinunter, weil Putzi mit mir etwas unternehmen wollte, das in Florida ein Streifzug gewesen war, hier aber plötzlich mit „Gassi gehn" umschrieben wurde.
Im Grunde waren mir sowieso Tapeten, Badezimmerschüsseln und Spülmaschinen-Anschlüsse ebenso schnauzegal wie der übrige Zustand unseres künftigen Luxusappartements. Mit Ausnahme des Betts, das uns Bienchen zum Schlafen angeboten hatte und das gewisse Assoziationen an meine letzte Nacht mit der Lady, Putzi und Mau wachrief.
Egal wie Putzi einen Ausflug nennen wollte – ich mochte ihn mit allen Bezeichnungen. Vor allem, weil mein geliebter Oberhund mitging – selbst wenn ich ihn dabei an der Leine führen mußte. Zumal mich die Bäume im Wald, der nicht weit vom Haus begann, auch ohne Palmwedel und Orangenblütenduft an mein Florida erinnerten.
Die Bäume und die Büsche dazwischen weckten meine Neugier und animierten mich dazu, immer größere Kreise um Putzi zu ziehen, der sich auf mein Drängen hin von mir und der Leine gelöst hatte. Und während wir so immer tiefer in den Wald hineinliefen, vergaß ich, daß ich ja eigentlich traurig war.

Als wir dann nach einiger Zeit – und einem Zwischenaufenthalt an Bienchens gedecktem Wohnküchentisch – in unser Schlafgemach hinaufkletterten, begnügte ich mich ohne Murren mit dem Kissen auf dem Boden, nachdem Herrchen darauf bestanden hatte, daß die gemeinsame Benutzung des Betts besonderen Anlässen vorbehalten bleiben sollte.

55. Nächtlicher Ausgang

In der Nacht wachten wir beide auf. Über uns schrie der kleine Windelmensch, und das Getrampel seiner Eltern dröhnte hohl durch die dünne Decke. Ich hatte Durst und hätte auch ohne ihn raus gemußt.
Putzi meinte zwar, wenn ich dem Drängen gleich im Nebenraum freien Lauf ließe, fiele das nicht weiter auf. Aber man ist eben zu gut erzogen und braucht außerdem einen Baum oder wenigstens eine Stelle, die vorher ein Artgenosse für sich markiert hat.
Hinzu kam wohl, daß es in Florida bei einem Zeitunterschied von sechs Stunden bereits heller Vormittag war und sich weder Hund noch Herr so schnell umstellen konnten.
„Leise!" sagte der Master, als wir auf behutsamen Pfoten die Treppe hinunterschlichen. Ich hatte auch die beste Absicht, denn man will ja nicht stören. Aber da Putzi das Licht nicht eingeschaltet hatte – entweder weil er unbemerkt bleiben wollte oder in der Dunkelheit den Schalter nicht fand – und sich auch der anpassungsfähigste Hund erst einmal an eine Hühnerleiter

gewöhnen muß, rutschte ich die letzten paar Stufen auf dem Bauch 'runter.
Da ich in der Stille ebenso deutlich zu hören war wie der Lärm unterm Dach und sich mein Ausrutscher gerade vor Bienchens Tür abspielte, wunderte es mich nicht, daß sie prompt erschien. Im wallenden Nachthemd und mit einem Drahtgerüst in den Haaren begehrte sie zu wissen, was es zu nächtlicher Stunde auf der Treppe zu poltern gäbe.
"Wir wollen in den Hof zum Wasserhahn", erklärte Putzi, „bei uns oben läuft's ja noch nicht, wie du weißt." Aber er sagte damit nur die halbe Wahrheit.
„Ihr solltet euch einen Eimer hinstellen", riet Bienchen und zog sich in deutlicher Mißbilligung in ihre Wohnung zurück.
Draußen im Hof überlegten Herrchen und ich es uns jedoch anders. Erstens weil ich einen im Hof stehenden großen Baum ansteuerte und dort folgerichtig gewisse Anstalten traf. Zweitens weil Herrchen es plötzlich ebenfalls eilig hatte und abwechselnd auf verschiedenen Beinen hüpfte. Drittens weil Jakobines Kopf hinterm Küchenfenster im Mondschein zu sehen war, obwohl sie genau wie wir darauf verzichtet hatte, das Licht einzuschalten.
So verließen wir schleunigst Bienchens Terrain und liefen zum Waldrand, wo wir uns an den nächstbesten Baum stellten. Daß wir uns für denselben Stamm entschieden, bewies einmal mehr unseren Gleichklang in wesentlichen Dingen. Auch daß Hund und Herr bei der Gelegenheit gleich noch einen Schritt weitergingen, wird man sich unschwer vorstellen können,

wenn man schon mal selbst an einem fremden Ort war und es keinen für spezielle Bedürfnisse geeigneten Platz gegeben hat.

Danach aber waren wir beide so hellwach und den Umständen entsprechend aufgeräumt, daß wir noch ein bißchen weiterspazierten – ohne Leine versteht sich, denn wir hatten ursprünglich nur Bienchens Hof im Auge gehabt und waren eigentlich für einen größeren Ausflug gar nicht eingerichtet.

Wir schlugen einen Bogen um das Städtchen und traten von der entgegengesetzten Seite in die Hauptstraße ein. „Ist das nicht schön?" fragte mich Herrchen, um dann blödsinnigerweise hinzuzufügen: „Sieht hier nicht alles aus wie in Disney World?"

Als ob er nicht ganz genau gewußt hätte, daß ich keinerlei Vergleich anstellen konnte, weil ich nie dort gewesen bin. Schließlich ist es kein Geheimnis mehr, daß echte Hunde in Disney World nicht zugelassen sind und alle, die dort so aussehen wie ich, nur zur elektronischen Staffage gehören.

Herrchens Schritte hallten in der leeren Straße, die uns allein zu gehören schien. Aber je weiter wir gingen, desto deutlicher zeigte sich, daß dieser Eindruck täuschte. Hinter den hohen Toren zwischen den schmalen Häusern begannen die Hunde zu bellen. Ein zottiger Köter verschwand bei unserer Annäherung in einer Seitengasse und schimpfte aus sicherer Entfernung.

Ein paar Katzen maunzten. Ein Fenster wurde geöffnet, und jemand schrie „Ruhe, verdammt noch mal!" Was mehr Lärm verursachte als alle sonstigen Geräu-

sche zusammen. Ein dicker schwarzer Kater versperrte mir den Weg. Ich schlug mich auf die andere Seite. Er folgte mir fauchend.
Herrchen war so in die Betrachtung der Häuser, Türme und Laternen versunken, daß er sich meiner erst erinnerte, als mir trotz meiner Friedfertigkeit nichts anderes übrig geblieben war, als mich zur Wehr zu setzen. Da hatte ich jedoch schon einige Striemen über der Nase und unterm Auge, und dem Großmaul fehlte ein Stück von einem Ohr.
Später trank ich mich unterm Wasserhahn im Hof voll und kühlte meine brennende Nase. Putzi, der meine Wunden begutachtete, ehe er sich wieder ins Bett und ich mich auf das Kissen vor ihm legte, meinte beruhigend: „Halb so schlimm. Das heilt bald. Gegen Tollwut bist du ja für alle Fälle geimpft."
Gut und schön, aber rauhe Sitten herrschen hier trotzdem. Ich werd's mir merken! Katzen haben jedenfalls von mir keine Rücksicht mehr zu erwarten. Mit Ausnahme von Mau natürlich. Doch der ist schließlich mein Freund!

56. Zuhören und warten wollen gelernt sein

„Hör zu und sag mir, was du davon hältst!" forderte Putzi mich am Morgen auf. Er war nach dem Erwachen noch im Bett geblieben, hatte geschrieben und mich ermahnt, Ruhe zu halten, bis er damit fertig war. Dann las er mir seinen Brief an Edith vor.
Ich glaubte zwar nicht so recht, daß es ihm um meine

Meinung ging. Wahrscheinlich wollte er sich vor allem selbst zuhören und dabei feststellen, ob er etwas Wichtiges vergessen hatte. Trotzdem setzte ich mich vor ihn und ließ durch entsprechende Kopfhaltung die erwartete Aufmerksamkeit erkennen.
Schwer fiel mir das ohnehin nicht, da ich ja in seinem Brief einen gewichtigen Raum einnahm. Und wer hört nicht gern, was andere über ihn zu sagen haben, vor allem, wenn es Leute sind, auf deren Beurteilung er Wert legt!
Dabei muß ich feststellen, daß es mich immer wieder erstaunt, wie sehr sich der Mensch in die Mentalität seines vierbeinigen Kameraden hineindenken kann, wenn er sich ernsthaft bemüht. Freilich, man braucht dazu viel Zeit, Geduld und guten Willen – auf beiden Seiten.
Natürlich sind selbst da hin und wieder Rückschläge nicht auszuschließen, wie Putzi am selben Tag bewies. Trotz seiner Einfühlsamkeit ließ er mich nämlich in der fremden Umgebung wieder allein. Nach einer ausgedehnten Unterhaltung mit dem Hausherrn setzte er sich zu Fritz ins Auto, und sie fuhren davon, um neue Teile für den Slum zu holen. Mich sperrte man auf die Balkonterrasse, die zu unserer künftigen Luxuswohnung gehörte.
Nun weiß man, daß eine solche Aussichtsplattform gerade für einen Hund etwas sehr Schönes sein kann, und mancher würde sich die Lefzen danach lecken. Immerhin bietet ein solch vorgeschobener, meist dazu noch erhöhter Beobachtungsposten mancherlei Abwechslung und vermittelt außerdem wegen des ihn

umgebenden Geländers ein Gefühl unangreifbarer Souveränität.

Der mir überlassene Hausvorsprung hatte seine unbestreitbaren Reize. Er reichte weit über den Hof bis fast in die Krone des Baums, an dem ich mich in der Nacht beinahe erleichtert hätte, wäre Bienchen nicht auf Wache gewesen. Durch die Gitterstäbe am Terrassenrand konnte ich gerade noch den Kopf stecken und so meinen Horizont erheblich erweitern.

Meine Empfindlichkeit gegen Lärm, insbesondere aber gegen den von Motorrädern, hatte sich schon in Florida gezeigt. Auf dem großen Grundstück waren jedoch die hohen Bäume und dichten Sträucher ein guter Schallschutz gewesen. Hier dagegen traf das laute Knattern und Krachen mein unvorbereitetes und ungeschütztes Gehör unmittelbar und in voller Bandbreite. Und natürlich reagierte ich auf meine Weise.

Den meisten Radau verursachten ein paar knatternde wespenartige Raser, auf denen Zweibeiner saßen, die nicht mehr klein und noch nicht groß waren. Sie veranstalteten regelrechte Verfolgungsjagden, ohne daß die sich zwischen ihnen auf ihren eigenen zwei Beinen fortbewegenden Menschen beunruhigt zu sein schienen.

Mich versetzten die Ruhestörer in helle Wut, die noch dadurch verstärkt wurde, daß ich nicht an sie heran konnte. Unverständlicherweise schien das wiederum gewisse Leute mehr aufzuregen als der Lärm auf der Straße. Denn über der Terrasse wurde ein Fenster aufgerissen, und Frau Donatz schrie mit überschnappender Stimme:

„Bist du still und weckst mir mein Kind nicht auf, du verfluchter Misthund!"
Daß unmittelbar neben mir der Inhalt einer Wasserschüssel auf den Boden platschte, womit Frau Donatz wohl ihrem Wunsch mehr Nachdruck verleihen wollte, verbesserte keineswegs den ungünstigen Eindruck, den ich von der Dame hatte.
Kurz darauf hörte ich sie auf der Hühnerleiter mit Jakobine palavern, die anschließend die Terrassentür aufmachte und mich hinunter ließ – zuerst in ihre eigene Diele, die mir ohne Herrchens Anwesenheit aber ebenfalls mißfiel. Und danach in den Hof, wo sie versuchte, mir mit ein paar hingeworfenen alten Wurstzipfeln den Mund zu stopfen.
Daß sie damit mehr Erfolg hatte, glaubte sie zwar, und ich beließ es auch dabei. In Wahrheit blieb ich aber nur deswegen still und legte mich ans Hoftor, um auf Herrchen zu warten, weil sich die Raser mit ihren Krachrädern inzwischen verzogen hatten.
Die Stille hielt eine Weile an. Was vorbei kam, störte mich nicht. Einige Zweibeiner blieben stehen und gaben zu erkennen, daß sie gern gewußt hätten, wer ich war. Vorüberfahrende Autos ignorierte ich, solange sie nicht Sirenen als Hupe benutzten.
Frau Donatz, die mit ihrem Wickelmenschlein in den Hof kam, um es in den hier geparkten Kinderwagen zu legen, machte einen Bogen um mich. Und sogar der Boß bezeugte ungewollten Respekt: Bienchen spannte ein Seil zwischen dem Baum und der Hauswand und hängte Wäsche dran auf. Dort, wo ich lag und mich nicht regte, blieb das Seil frei.

Der Master scheint recht mit seiner Behauptung zu haben, man müsse nur das Maul richtig weit aufreißen, dann käme man am besten durchs Leben. Auch wenn Edith, die ja eine Lady ist, dazu gemeint hat, er solle nicht so ordinär sein, und bei wirklich feinen Leuten falle er damit durch.
Um die Mittagszeit schnüffelte ein weißer Wuschelhund, der vorn und hinten gleich aussah, außen am Zaun herum. Da das eine Ende nach Dame duftete, hätte ich das Ganze unter anderen Umständen toleriert. Von der gegenüberliegenden Straßenecke pfiff jedoch eine zickige Göre anhaltend und rief dazwischen mit denkbar unsympathischer Stimme: „Heidiii!"
Sie werden mir zustimmen, daß man nicht laut pfeift, wenn andere Leute ruhen und nicht über die Straße schreit in der Mittagszeit. Mich macht so etwas in jedem Fall nervös. Und als die betreffende Heidiii (mit den aufdringlichen drei i) sich auch noch geradewegs vor das Tor setzte, hinter dem ich stand, und sich provozierend entleerte, wars mit meiner Geduld vorbei. Ein nicht ständig gedemütigter und deshalb demoralisierter Hund besitzt auch dann noch seinen Stolz, wenn er vorübergehend kein richtiges Zuhause mehr hat und auf eine Notunterkunft angewiesen ist. Solange sich nichts Besseres bietet, verteidigt er eben halt das Vorhandene.
Ein glücklicher Zufall kam mir zu Hilfe. Es wollte jemand ins Haus, der keine Angst vor mir hatte und das Hoftor öffnete. Ich ergriff die Gelegenheit – und das aufdringliche Frauenzimmer die Flucht.

Niemand beachtete die hysterischen Heidiii-Rufe der zickigen Begleitperson. Auch nicht die quietschenden Autoreifen. Ich verfolgte den davon rennenden Wuschelhund bis zum Waldrand. Dann kehrte ich gemächlich zurück, mein kleines Erfolgserlebnis durch gelegentliches Verweilen und Markieren meines neuen Territoriums so richtig auskostend.
Da das Hoftor geschlossen war, setzte ich mich davor und wartete weiter auf Herrchen. Denn ich wollte Putzi begrüßen, bevor weniger Wohlmeinende ihm Dinge erzählten, die sich aus meiner authentischen Sicht ganz anders zugetragen hatten.

57. Gemeinsam ist's am schönsten

Meine Rechnung ging auf. Der Master freute sich sichtbar über seinen treuen Hund, der ihn so sehr vermißt hatte, daß er sogar aus dem Haus gelaufen war und auf der Straße nach ihm Ausschau hielt. Und als die in ihrer Autorität angeknackte Hausherrin erwartungsgemäß nichts Eiligeres zu tun hatte als einen ruheliebenden Emigranten als Störenfried zu verpetzen, brachte das eine ganz andere als die wahrscheinlich erwartete Wirkung.
Putzi hörte sich den einseitigen Bericht zwar an, aber dann kam er zu dem Schluß: „Wenn Barzi so einen großen Spektakel macht, wie du sagst, kann ich ihn eben nicht mehr allein lassen!“
Statt Repressalien also weiterhin unbeschränkte Redefreiheit und dazu die tröstliche Versicherung, daß

Herrchen meinen Herzenswunsch erfüllen wollte. Es ist wirklich wahr: Man muß nur laut genug bellen!...

Den Rest des Tages verbrachte Fritz mit uns. Er schlug auf die Wand im Badezimmer ein, daß der Staub bis ins künftige Eßzimmer wirbelte und ich nießen mußte, während der Handwerkermeister wie ein Mehlwurm aussah. Auch Herrchen hielt tapfer stand, schaufelte und schleppte den abgehauenen Dreck in Säcken hinunter in den Garten, wo noch mehr davon herumlag.

Zwischendurch stand mein Master wie ein Wetterfrosch auf einer Leiter und pinselte an der Decke herum, damit es bei uns ein bißchen heller wurde. Ich paßte in der Zwischenzeit bei offener Balkontür auf, daß draußen nicht so viel Lärm gemacht wurde und drinnen die Arbeiten zügig voranschritten, damit alles fertig war, wenn Edith mit dem Rest der Familie kam.

Der Rhythmus der Reparaturen wurde letzten Endes nur durch Bienchen gestört. Sie kam zu uns heraufgeklettert und erklärte, das Abendbrot sei fertig. Und dagegen hatte ich natürlich nichts einzuwenden, denn wer hart arbeitet, muß auch kräftig essen!

Mir war's sogar recht, als man mich nicht zum Wohnküchentisch komplimentierte, sondern in den Hof umleitete. Denn ich wußte ja inzwischen Bescheid und setzte mich unters Küchenfenster in Positur. Prompt kam nach einer Weile auch die Wurst geflogen und ein Stück Käse dazu.

Und als Herrchen mir schließlich noch einen Nachtisch brachte – in einer Dose, auf der ein besonders schöner Rassehund mir Guten Appetit wünschte –

hätte ich eigentlich mit dem Verlauf dieses Tages rundum zufrieden sein können.
Aber wie so manche Redensart der Zweibeiner hat auch ihre Behauptung, daß man den Tag nicht vor dem späten Abend loben dürfe, manchmal ihren guten Grund. Oder sollte ich sagen, ihren schlechten?
Nach dem Essen hatte ich mich heimlich hinter einen Strauch im Garten verdrückt und mein Geschäft verrichtet, ohne daß es bemerkt worden war. Leider hielt meine Glückssträhne nicht an, als ich mit Putzi wieder oben in der Wohnung an unserer gemeinsamen Zukunft mitbauen wollte.
Der Master, der keinen Abschluß finden konnte und noch weiter nach der Verschönerung der Wohnzimmerdecke strebte, ging recht großzügig mit der Farbe um. Vorsorglich hatte er zwar abgedeckt, was nicht gestrichen werden sollte, dabei aber mich außer acht gelassen.
Als ich mich nun zufällig dort aufhielt, wo gerade eine überflüssige Portion Deckenweiß herunterplatschte, wurde er ungerecht.
„Ich hab' dir doch gesagt, daß du aus dem Weg bleiben sollst, blöder Hund!“
Verleumdungen von Fremden kann ich zur Not ignorieren. Sie wissen's meist nicht besser. Aber wenn der eigene Herr aus der Rolle fällt und sich im Ton vergreift, nehme ich das übel. Wer hatte denn schließlich gespritzt – er oder ich?
Und wer hatte den Schaden? Doch wohl ich. Sein bißchen verschmierte Haut war so glatt, daß er sie leicht wieder sauber kriegte. Und bei seinen alten Sachen, die

er vollmachte, kam's sowieso nicht darauf an. Bei meinem dichten Fell war das etwas ganz anderes.
Jedenfalls versuchte ich sofort, das Weiße aus dem Schwarz wieder herauszuschleudern, um mich anschließend beleidigt zurückzuziehen. Seltsamerweise brachte ihn das aber völlig aus dem Gleichgewicht.
Nicht daß er von der Leiter gefallen wäre. Aber er schrie: „Hör auf, du machst ja alles nur noch schlimmer!" Und dabei rutschte er so schnell herunter, daß er den auf einer Sprosse stehenden Farbtopf umstieß. Ich bekam eine zweite noch größere Ladung ab und glich nun ganz und gar einem schwarzweiß gescheckten Dalmatiner.
Größere Ausmaße nahm die kleine Panne jedoch erst an, als Bienchen erschien, die von der ungewöhnlichen Turbulenz über ihrem Kopf aufgeschreckt worden war und wissen wollte, was da eigentlich im Haus vorging.
Als sie die unverschlossene Tür zu unserer Wohnung aufdrückte, schoß ich an ihr vorbei die Treppe hinunter. Sie erlitt einen Schwächeanfall, nachdem ich einen Teil der Farbe an ihr abgestreift und die weitaus größere Menge auf die Stufen ihrer Hühnerstiege verteilt hatte.
Bis in die Nacht hinein waren wir dann damit beschäftigt, die Folgen zu beseitigen, daß heißt das an den falschen Stellen aufgetragene Deckenweiß abzuwischen. Wobei fairerweise gesagt werden muß, daß sich Jakobine überhaupt nicht nachtragend zeigte. Nachdem sie das frischgestrichene Kleid ausgezogen hatte, kam sie

zurück und reinigte eigenhändig die Hühnerstiege von meinen Pfotenabdrücken.
Und sie schloß sogar den Schlauch ans warme Wasser an, mit dem ich zu mitternächtlicher Stunde auf der Straße so lange und intensiv durchgespült wurde wie nicht einmal nach den schlimmsten Flohinvasionen.
„Hast du ein Glück gehabt, daß es keine Ölfarbe war!“ meinte Putzi, nachdem ich in seinen Bademantel gewickelt in Bienchens Wohnzimmer trocknen durfte.
Ich behielt meine Meinung weise für mich, denn ich war heilfroh, daß endlich wieder Friede eingekehrt war nach all der Aufregung und ich am harmonischeren Ausgang teilhaben durfte.
Fritz, der sich um das ganze Durcheinander nicht gekümmert und stattdessen einen anderen „Bunten Abend“ im Fernsehen erlebt hatte, trug viel zur Gemütlichkeit bei. Er holte eine Flasche aus dem Keller und trank mit Putzi und Bienchen auf „Gutes Zusammenleben!“
Und weil der Wein so gut zu schmecken schien, ließen sie noch eine zweite Flasche folgen. Ich begrub daraufhin meine stille Hoffnung, zum guten Ende eingewickelt wie ich war ins Bett getragen zu werden.
In seinem Zustand wäre Putzi mit mir auf dem Arm bestimmt die steile Treppe rückwärts wieder hinuntergerutscht!

58. Der Antihund

Am dritten Tag kam Gustav Mauser aus Kleindingelshausen. „Er ist der Mann von Ediths Schwester Hilde“, hatte mich Putzi gewarnt. „Wundere dich nicht, wenn du mit ihm nicht warm wirst!“
Ein intelligenter Hund, selbst wenn er aus dem Urwald kommt, kennt die Regeln, nach denen man fremde Zweibeiner einordnet. Zuerst nimmt er ihre Witterung auf, danach hört er ihre Stimme, dann achtet er auf die Hand, und erst zuletzt betrachtet er den ganzen Menschen.
Wer sympathisch riecht, mit dem kann man sich näher befassen. Liebenswerte Zweibeiner haben immer eine angenehme Stimme, die Verständnis und Einfühlungsvermögen signalisiert. Und die Hand kann Zärtlichkeit, Gleichgültigkeit oder Abneigung ausdrücken.
Um den Menschen nach seinem Aussehen zu beurteilen, braucht man mehr Zeit, als in den meisten Fällen bei einer kurzen Begegnung zur Verfügung steht. Doch für den ersten Eindruck genügen, wie gesagt, andere Kriterien.
Frauchens Schwestermann roch so intensiv nach Kaffee und Zigaretten, daß ich mich gleich nach dem Vorstellen umdrehte, damit es mein Magen nicht allein tun mußte. Seine Stimme war viel zu laut und dröhnte wie eine Drohung in der leeren Wohnung.
Seine Hand hing fleischig und gleichgültig herunter und zuckte zurück, als ich bei der Begrüßung versehentlich an sie herangekommen war. Sie hatte bestimmt noch nie ein Tier gestreichelt.

Sofort ins Auge sprang sein ungeheuerer Bauch, den er wie ein Aushängeschild für die betont zur Schau gestellte Jovialität vor sich hertrug. Gemeinsam hatte er mit mir, den er nicht weiter beachtete, lediglich die grauen Kringelborsten auf dem Kopf. Nur sitzen sie bei mir hinten am Schwanz und geben meinem schwarzen Fell dort die besondere Note.

„Hier wollt ihr wohnen?" wunderte er sich. „Da habt ihr euch aber sehr verschlechtert!" Was bewies, daß auch Antihunde einen Blick für die Wahrheit haben können, wenn es nicht um die Beurteilung von Vierbeinern geht.

„In einem Monat wird es anders aussehen", entgegnete Herrchen. „Warte einen Moment, ich wechsele nur schnell die Klamotten. Dann können wir losfahren."

Ich merkte auf. Wollte er mich etwa schon wieder mir selbst überlassen, nachdem er gerade erst das Gegenteil versprochen hatte? Sollte ich doch noch nicht genug gebellt haben?

„Hast du die Maße für die Küchenmöbel?" wollte Frauchens Schwestermann wissen. Herrchen bejahte. Der andere wandte sich zum Gehen.

„Es ist nur eine halbe Stunde Fahrt. Sie haben dort die größte Auswahl, und außerdem ist die Firma ein guter Kunde. Es kann nichts schaden, wenn ich ihnen einen Käufer bringe. Eine Hand wäscht bekanntlich die andere." Der Bauch wackelte jovial beim zufriedenen Lachen.

„Bleibt dein Hund unten bei den Leuten?" fragte Gustav Mauser auf der Treppe.

„Nein", erwiderte Putzi. „Der fährt mit uns."
„Aber doch nicht in meinem Wagen!" erschrak der Antihund.
„Meinen kriege ich erst morgen", gab Herrchen harmlos zur Antwort.
Der Kringelborstenkopf überlegte. „Kann er denn nicht einmal eine Zeitlang allein bleiben?"
„Einmal ist er schon allein geblieben", sagte der Master mit unbewegtem Gesicht.
Widerstrebend öffnete der Dicke sein Auto, holte eine Decke aus dem Kofferraum und breitete sie auf dem Rücksitz aus. Herrchen half mir beim Einsteigen.
„Anschnallen!" ordnete der Schwestermann an.
„Der Hund auch?" fragte Putzi erstaunt.
„Bei mir schnallt sich jeder an", teilte Frauchens Verwandtschaft mit und band sich selbst am Sitz fest. Kommentarlos legte Herrchen mir einen Riemen um Brust und Bauch.
Ich empfand das ungewohnte Korsett als recht störend, fügte mich aber aus Sorge, daß Putzi doch noch nachgeben und mich zurücklassen könnte, wenn ich ernsthaften Widerstand leistete.
Allerdings kamen mir beim Fahren bald Zweifel, ob ich den besseren Teil der beiden Möglichkeiten gewählt hatte. Und das hing mit dem Auto zusammen, das sich anders verhielt als meine bis dahin bescheidenen Erfahrungen erwarten ließen.
Edith war anfangs für meinen Geschmack ein bißchen zu schnell gefahren, hatte sich aber den Bedürfnissen ihres empfindsamen Hundes angepaßt. Putzi und sein Kombiwagen waren nie ein Problem gewesen,

weil man auf der Pritsche sogar als Kranker weich und ohne durchgeschüttelt zu werden dahinglitt.
Die leidige Fahrt zwischen dem großen und dem kleinen Master im Fahrerhaus des Möbeltransportautos war ein einmaliger Sonderfall gewesen und durch übertriebene Schlemmerei zur falschen Zeit zum teilweisen Mißerfolg geworden. Hier erlebte ich indessen eine neue Variante der Fahrkunst.
Wer behauptet, daß korpulente Leute besonders gefühlvoll seien, kennt Gustav Mauser nicht. Er wandte eine ganz eigenwillige Methode an, um seinen Wagen voranzutreiben. Und auch mein Sicherheitsgurt vermochte die Auswirkungen dieser Technik nur teilweise aufzufangen.
Wenn er heftig aufs Gaspedal trat – was in gewissen Abständen und ziemlich oft geschah – wurde ich nach hinten gedrückt. Weil er aber seinen Bremsen nicht zu trauen schien, probierte er sie ständig aus und zwar mit derselben Regelmäßigkeit – wodurch ich jedes Mal nach vorn geschleudert wurde.
Putzis Bemerkung: „Halt dich gut fest, Barzi, du sitzt in einem schnellen deutschen Auto!“ fand ich gar nicht so komisch. Und so lag das Ergebnis des besonderen Fahrrhythmus bei Ankunft am Ziel - von Fahrer und Herrchen unbemerkt - zwischen Vorder- und Rücksitz. Dagegen war die gemeinsame Besichtigung der Möbelausstellung, die der Master gegen die Einwände eines stirnrunzelnden Oberzweibeins durchgesetzt hatte, die reine Erholung. Auch wenn Herrchen und ich durch eine sehr kurze Leine in unserer Bewegungsfreiheit etwas eingeengt blieben.

Über den weiteren Verlauf des Möbelkaufs läßt sich nichts Bemerkenswertes berichten. Vielleicht interessiert es Sie, daß der Verkäufer der Küche ohne Zweifel eine hitzige Hundedame sein eigen nannte. Er war ein durchaus angenehmer Mann, der Haltung bewahrte, als ich an seinem Hosenbein einen kleinen Gruß für besagtes Weibchen plazierte. Entweder er hatte nichts bemerkt – und es war ja auch nicht viel – oder er wollte den Erfolg des Verkaufsgesprächs nicht riskieren.

Jedenfalls kam die Angelegenheit zu einem für alle Seiten befriedigenden Abschluß, und wir ruckelten anschließend im Gas-Brems-Verfahren zurück nach Götzenberg. Dort verabschiedete sich der Antihund von Putzi, ohne noch einen Blick an mich zu verschwenden.

Abends telefonierte Putzi mit Frauchens Schwester. „Es wird wohl nichts mit einem Besuch in Kleindingelshausen", sagte er anschließend zu mir. „Ich hatte geglaubt, sie wollte aus erster Hand erfahren, wie es Edith und Margot geht. Und wir haben uns ja auch schon eine Reihe von Jahren nicht gesehen. Aber sie will dich nicht zu sich ins Haus lassen. Und wer dich nicht haben will, der braucht mich auch nicht zu wollen!"

Als ich die volle Billigung dieser Haltung zum Ausdruck brachte, fragte Herrchen nachdenklich: „Kannst du übrigens verstehen, weshalb sie behauptet hat, wer sich schon auf einer Automatte schlecht benehme, von dem sei auch nichts Gutes auf einem Wohnungsteppich zu erwarten?"

Wer kann's mir verübeln, daß ich darauf die Antwort schuldig blieb. Zumindest die Erklärung von Ursache und Wirkung wäre vielleicht doch etwas zu kompliziert gewesen!

59. Kein Land für Hunde?

Der Wald von Götzenberg unterschied sich von dem in Florida auch durch seine sogenannten Wege. Den, in dem ich groß geworden war, konnte man unangebunden kreuz und quer durchstreifen, und man verjagte, was nicht hineingehörte. Der, in dessen Nähe wir jetzt lebten, war kultiviert. Das bedeutete, er besaß ausgetretene Pfade, die man von Rechts wegen nur in Begleitung mindestens eines Zweibeins betreten durfte – und das auch nur an der Leine.

Wer die vorgeschriebenen Wege gar eigenständig auf vier Pfoten verließ und sich in die Büsche schlug, lief Gefahr, daß es ihm ebenso erging wie den Giftschlangen auf unserem Grundstück. In Götzenberg gab es nämlich zahlreiche männliche Zweibeiner, die viel Geld dafür bezahlten, damit sie ein grünes Kostüm tragen und ein Gewehr umhängen durften. Vor ihrer Schießwut war auch ein Hund nicht sicher, wenn er sich nur hundert Schritte von seinem Herrn entfernte.

„Du wirst dich daran gewöhnen müssen, daß du hier nicht frei herumlaufen darfst", erklärte Putzi. Wir hatten wieder einmal das Malen und Wandpapierkleben unterbrochen, um uns auf offiziell erlaubten Bahnen Bewegung und Entleerung zu verschaffen. Und weil er sich beinahe noch mehr darüber zu ärgern schien als ich, brummte er vor sich hin, frei herumlaufen dürften dafür ein paar andere, die man besser einsperren sollte. Doch wen er damit meinte, behielt er für sich.

Von mir aus wären schon einige dafür in Frage gekommen. Zum Beispiel der riesige Schäferhund, der plötzlich aus einem Seitenweg auftauchte und sich sofort auf mich stürzte.

Ich nahm zwar unwillkürlich die gebotene Abwehrposition ein, war aber durch die Leine behindert. Außerdem konnte ich ja zunächst nicht wissen, daß er es ernst meinte. Denn in meinem früheren Lebensraum ließ man sich grundsätzlich gegenseitig in Ruhe, wenn man sich auf neutralem Boden begegnete. Man vertrieb nur gelegentlich Eindringlinge vom eigenen Territorium.

Hier handelte es sich indessen um einen regelrechten Überfall auf einen Artgenossen. Ohne Vorwarnung und Grund, also aus purer Bösartigkeit. Wer den Frieden liebt und darum auf so etwas nicht vorbereitet ist, zieht da fast immer am Anfang den Kürzeren. Vor allem, wenn er auf sich allein angewiesen bleibt.

Das allerdings war bei mir zum Glück nicht der Fall. Und damit sah die Sache schon beim zweiten Ansturm wesentlich besser aus. Mein Leithund, der einem Streit noch nie unbedingt aus dem Weg gegangen war, ließ meine Leine los und stellte sich dem Angreifer. Als dieser in Verkennung der veränderten Umstände an unserem Familienoberhaupt vorbei wollte, um sich in mich zu verbeißen, holte Herrchen aus und drückte ihm seine Schuhspitze in die Flanke.

Es knirschte dumpf, und der Raufbold gab einen Schmerzenslaut von sich, als er sich überschlug. Er war damit jedoch noch keinesfalls außer Gefecht gesetzt. Nur betrachtete er jetzt den offenbar Stärkeren von uns beiden als seinen Gegner und nahm Herrchen an. Ich weiß nicht, wie die Auseinandersetzung ausgegangen wäre und wie wir zwei am Ende ausgesehen hätten – und ich würde es auch niemals erfahren. Denn plötzlich ertönte ein Pfeifton, so hoch und hell, daß er nur von einem empfindlichen Hundegehör wahrgenommen werden konnte. Sofort ließ der Wüterich von uns ab und lief zu einem unbemerkt nähergekommenen Zweibein, ganz in Grün von den Wickelgamaschen bis zum Rasierpinselhut.
Der Grüne trat an uns heran, musterte mich drohend und fuhr Putzi barsch an: „Warum ist Ihr Hund nicht angebunden? Haben Sie das Verbotsschild nicht gelesen?" Ich war sprachlos vor soviel Unverfrorenheit. Putzi schien es im ersten Augenblick ebenso zu gehen. Doch während mir das Grollen noch in der Kehle steckte, ließ er seins bereits hinaus. Und obwohl seine Stimme für meinen Geschmack dabei eigentlich viel zu leise blieb, hatte er offenbar doch die besseren Argumente.
Der Grüne kam zunächst einmal überhaupt nicht mehr zu Wort. Er sah aus, als sei ihm die Luft ausgegangen. Die Ursache unseres Zusammenpralls klemmte den Schwanz ein, und ich war davon überzeugt, daß der für den Rowdy Verantwortliche das gleiche getan hätte, wenn er von unserer Art gewesen wäre.

Die schließlich gemurmelte Entschuldigung des Grünen nahm Herrchen großmütig an, während ich mich damit begnügte, meine augenblickliche Überlegenheit am nächsten Baumstamm zu demonstrieren. Dann nahm Putzi die losgelassene Leine auf, und wir verließen den Schauplatz. Mit einem Remis im Kampf, aber als moralische Sieger!
„Da siehst du wieder mal", kommentierte Herrchen auf dem Heimweg, „wie leicht es zu einer Konfrontation kommt, wenn nicht genug Platz da ist, um sich aus dem Weg zu gehn. Es ist hier einfach zu eng, und man lebt zu dicht aufeinander."
Und nach einer Weile sagte Putzi, mehr zu sich selbst: „Eigentlich ist dies gar kein Land für Hunde, obwohl es so viele gibt!"

60. Wir richten uns ein

Eines Morgens war Adi da. Er zog mit seinem Jeep einen hohen Anhänger in den Hof, in dem er sonst seine Pferde zu Turnieren kutschierte. Nur kamen jetzt keine Rösser zum Vorschein, sondern Möbel.
Während des Tages wiederholte sich dieser Vorgang, und langsam füllte sich der Hof mit Stühlen, Sesseln, Sofas, mit Tischen, Betten und Schränken und sonst noch allerlei, das Adi für seinen besten Freund aufbewahrt hatte, als er in Amerika war.
Bienchen hatte ihre Wäsche abhängen müssen, die gewohnheitsmäßig im Hof trocknen sollte – die großen Stücke nach außen zur Straße, damit sie Unbefug-

ten den Blick auf die kleineren intimen versperrten, die, soweit sie Bienchen betrafen, gar nicht so klein waren.

Und Frau Donatz hatte ihren alten Kinderwagen theatralisch in den Keller getragen. Ob sie wohl Angst hatte, man könnte ihn zu den Möbeln zählen und vielleicht als Pflanzkübel verwenden?

Unsere neue Behausung hatte im Laufe der Zeit ein anderes Gesicht bekommen. Mit ein paar Töpfen Farbe und einigen Rollen Tapeten hatte Putzi Wunder bewirkt. Und nachdem Fritz das Badezimmer frisch gekachelt, ein Fenster eingesetzt, die angebräunte Toilette ersetzt hatte und sogar die Wasserspülung funktionierte, machte mir die Benutzung richtig Spaß.

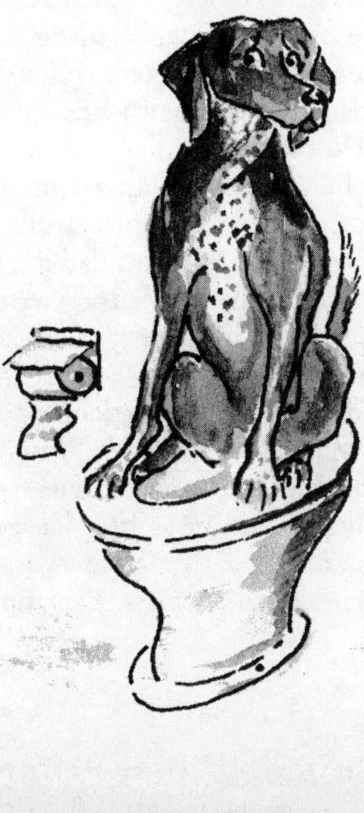

Nun dürfen Sie das aber nicht so verstehen, als sei ich infolge des ständigen hautnahen Umgangs mit der Familie allzu menschlich geworden. Gewisse anatomische Unterschiede lassen sich nun einmal nicht ändern. Darum animierte mich die blitzblanke Schüssel im neuen Badezimmer auch eher zum Trinken als zur Befriedigung entgegengesetzer Bedürfnisse.
Um bei der Wahrheit zu bleiben: Herrchen gefiel die saubere Örtlichkeit so gut, daß er mich aus seiner frohen Laune heraus einlud, das Unmögliche zu versuchen. Aber trotz freundschaftlicher Unterstützung gelang es mir natürlich nicht, richtig Platz zu nehmen.
Ach ja, ich sollte noch erwähnen, daß am Tag davor auch Ediths ganz spezieller Arbeitsplatz eingerichtet worden war. Die Männer, die die Küche aufstellten, arbeiteten besonders schnell, nachdem sie die erste Furcht vor dem großen schwarzen Hund überwunden hatten, der das neue Bad bewachte.
Auch der Dekorateur, der die Gardinen aufhing, gab sich alle Mühe, mich und Putzi zufriedenzustellen. Mir bot er sogar einen Teil seiner Brotzeit an. Selbstverständlich erwartete er nicht, daß ich sie ihm auch noch aus der Hand aß, sondern servierte sie auf dem Einwickelpapier und in respektvoller Entfernung.
Beim Einräumen der Möbel verlief eigentlich alles überraschend glatt, wenn Sie bedenken, daß die Treppe ebenso schmal wie steil war. Unseren vereinten Kräften – Fritz stieß später noch dazu – gelang es aber, sämtliche Klippen zu umschiffen. Zu gelegentlichen Engpässen kam es nur, wenn ich zwischen zu viele Beine geriet oder Bienchens Ermahnungen, aufs

Geländer und die prächtigen Rosentapeten zu achten, die Männer nervös machten.

Abends war der Hof jedenfalls wieder frei, und Wäscheseil und Kinderwagen hatten ihren angestammten Platz zurückgewonnen. Stühle, Sessel, Sofas und Tische standen fein geordnet auf weichen Teppichen, die in mir alte Erinnerungen weckten. Herrchen hatte noch Bilder aufgehängt und sich auch nicht dadurch davon abbringen lassen, daß er manchmal nicht den Nagel traf.

Auch für Oma war gesorgt. Putzi hatte jenen Raum für sie hergerichtet, in dem wir in den vergangenen Wochen geschlafen hatten. In unserem künftigen Schlafzimmer aber befand sich ein Bett – so groß, daß man ohne Schwierigkeiten getrost zu viert darauf ruhen konnte, wenn besondere Anlässe dazu einluden.

„Das wird eine Freude geben, wenn morgen Frauchen kommt!" sagte Bienchen zu mir. Sie war zu einem Inspektionsbesuch erschienen und probierte unsere Sessel aus.

Unser Leithund fühlte sich anscheinend angesprochen. Er nickte und meinte: „Sechs Wochen sind eine lange Zeit, wenn ein einziger Tag schon zuviel ist. Aber es war eben so, wie wir's gemacht haben, am einfachsten. Wenn alle gleich mit herüber gekommen wären, hätte es ein heilloses Durcheinander gegeben."

„Na, na, nun übertreibst du aber", wehrte sich Jakobine. „So schlimm war's doch gar nicht. Mit der großen Terrasse, der hübschen Balkongarnitur und den

blühenden Geranien sieht es hier doch geradezu luxuriös aus. Das hat dein Freund auch gesagt!"
Adi hat gut reden, dachte ich. Er hat unsere Luxuswohnung vorher ja nicht gesehen. Jetzt war er mit seinem Jeep und dem leeren Pferdeanhänger bereits wieder heimgefahren. Übrigens nicht ohne uns fürs kommende Wochenende eingeladen zu haben. Alle natürlich, denn er ist ja unser Freund und nicht bloß ein entfernter Verwandter.

61. Wieder eine Familie

Die Sonne strahlte wie in Florida, als Putzi und ich zum Flugplatz fuhren, um Edith, Oma und Mau abzuholen. Ich saß in Herrchens neuem Auto und fieberte dem Wiedersehen entgegen.
Putzi hatte mich schon seit der letzten Nacht verrückt gemacht. Ständig wiederholte er, was ich sowieso längst wußte: „Heute kommt Frauchen!" Und dauernd fragte er mich: „Ist das nicht prima, daß wir in ein paar Stunden unser Frauchen wiederhaben werden?"
Wie oft er von mir wissen wollte, ob ich auch so glücklich sei wie er und ähnlich dummes Zeug, weiß ich nicht mehr. Zweibeiner können sich bei so was ja fast so freuen wie wir. Nur wenn's ans Schwanzwedeln geht, können sie mit unsereinem nicht mithalten.
Während Putzi neben mir auf dem Fahrersitz unser Auto durch den Verkehr lenkte, sang er vor sich hin. Sehr vergnügt und so disharmonisch wie damals bei

der Weihnachtsfeier in Daytona Beach, als Edith ihn zum Flaschenöffnen in die Küche abkommandierte. Ich konnte ihn allerdings nicht hinausschicken, weil wir in diesem Fall nicht mehr zum Flugplatz gekommen wären und die Familie ohne uns dagestanden hätte. Er sang von Scheiden und Leiden, Sehnsucht und Wiedersehn, daß es einen Hund erbarmen konnte. Und zwischendurch klopfte er mir so begeistert auf die Schulter, daß ich Mühe hatte, nicht vom Sitz zu fallen.

Natürlich waren wir viel zu früh auf dem Flughafengelände und liefen herum. Wobei Herrchen so nervös wurde, daß er sogar beim Stehenbleiben von einer Pfote auf die andere trat und mich schließlich vor einer Tür stehen lassen mußte, durch die nur männliche Zweibeiner und eine Putzfrau gehen durften.

Als wir dann vor demselben Ausgang warteten, durch den wir vor einigen Wochen gekommen waren, fragte er mich überflüssigerweise auch noch, ob ich aufgeregt sei. Dabei redete er selbst dauernd allerhand Albernheiten und erzählte allen möglichen Leuten, die sich überhaupt nicht dafür interessierten, warum wir hier standen.

Immer wieder pendelte die Tür, und fremde Zweibeiner kamen heraus. Da endlich bekam ich die vertraute Witterung. Ich riß mich los und drückte mich gegen den Strom der Koffer, Taschen, Pakete und Beine an den Zöllnern vorbei hinein in die Ankunftshalle.

Mau schnurrte mich aus seiner kleinen Kopie meines eigenen Transportkäfigs heraus an. Frauchen rief überglücklich „Mein Hundele!“. Oma blieb sprachlos, ich weiß nicht, ob vor Rührung oder Überraschung.

Ungestüm meiner Freude Ausdruck gebend sprang ich an den beiden hoch und leckte ihnen abwechselnd so liebevoll das Gesicht, daß ein anderer Passagier in der Nähe neidvoll zu seiner Begleiterin sagte: „Nimm dir ein Beispiel, Sybille. Das nenne ich eine Begrüßung!“

Putzi hatten wir vor lauter Überschwang völlig vergessen. Als wir ihn zu Gesicht bekamen, tat er mir beinahe leid, wie er so verlassen dastand und auf seine Lady wartete. Ihn hatten sie natürlich nicht hineingelassen, weil er ja keine vier Beine hatte.

Dafür wurde er dann umso intensiver und anhaltender von Frauchen umarmt. Ein anderer an meiner Stelle hätte davon Minderwertigkeitskomplexe bekommen. Selbst ich empfand die Dauer der Drückerei als übertrieben, so daß ich mich schließlich dazwischen schob und darauf aufmerksam machte, daß die beiden nicht allein auf der Welt waren. Und selbst Oma hatte bereits wieder ihr Um-mich-kümmert-sich ja-sowieso-niemand-Gesicht.

Den Weg nach Götzenberg legten wir in gemächlichem Tempo und gelegentlich auf der falschen Straßenseite zurück, weil Putzi und Edith sich viel zu sagen hatten und Herrchen sich beim Reden immer wieder umdrehen mußte, damit sie sich besser verstanden.

Denn die Lady hatte sich mit Oma und Mau auf den Rücksitz gesetzt und mir rücksichtsvoll den besten Platz überlassen.

Bienchen und Fritz standen an der Hofeinfahrt und hießen die Familie im neuen Heim willkommen, ehe sie sich betont diskret zurückzogen und die neuen Hausbewohner ihrer Wiedersehensfreude überließen. Herrchen trug die Transportbox über die frischpolierte Hühnerstiege nach oben in unsere „Luxuswohnung" und öffnete die Tür, damit unser Kater aus seinem Gefängnis heraus konnte.
Es dauerte eine Weile, bis sich mein Schicksalsgenosse bequemte, das Angebot anzunehmen. Zögernd, fast lustlos unternahm er ein paar Schritte, streckte sich und kam dann geradewegs zu mir, um seinen Kopf an mich zu drücken, wie es die Lady bei der Begrüßung ihres Putzi getan hatte.
Sein beinahe zärtliches Danke klang in ungeübten Ohren wahrscheinlich wie ein ganz gewöhnliches „Mau."
Die nächste Stunde diente Mau wie auch Frauchen dazu, unsere Luxusbleibe zu besichtigen. Mein kätziger Freund tat das in gewohnter Schweigsamkeit, unter Sofas, Betten und Kommoden herumspürend. Die Lady kümmerte sich mehr um die größeren Zusammenhänge und lobte unseren Fleiß und guten Geschmack.
Oma hatte sich bereits eingelebt. Sie saß auf dem Sessel in ihrem Zimmer, hatte ihre Lieblingspantoffel an und verkündete durch die offene Tür: „Bin ich kaputt!"
Das Telefon klingelte. Putzi nahm den Hörer ab. „Danke, Bienchen, das ist lieb. Wir sind gleich da." Und zu uns gewandt: „Wir sollen runterkommen. Sie hat für alle gekocht."

„Oh fein!“ freute sich Oma, die plötzlich wieder lebendig wurde. Und im Gänsemarsch – einer hinter dem anderen und ich voran – marschierten wir vorsichtig die Treppe nach unten.
Vorbei an Bienchens kleiner Wohnküche, aus deren Fenster sonst die köstlichen Reste geflogen kamen, hin zum festlich gedeckten Tisch im großen Wohnraum. Denn es war ja ein besonderer Anlaß.
Was machte es da schon, daß die Kartoffeln ungewöhnlich dunkel und das Gemüse ein wenig blaß geraten waren. Hauptsache, die Koteletts hatten große Knochen mit viel Fett dran, das niemand in der Familie mochte außer mir.
Und geduldig wartete ich zwischen Herrchens und Frauchens Füßen, bis ich an der Reihe war.
Was für ein herrlicher, wunderschöner Tag!

62. Glück im Wald

Nach dem Essen soll man ruhn oder tausend Schritte tun. Oma entschied sich für den ersten Teil dieses Ratschlags, wir für die Alternative. Mit den anderthalb Koteletts im Magen, die die Familie für mich übrig gelassen hatte, und den beiden säuberlich abgenagten Knochen unserer Gastgeber tat mir die anschließende Bewegung gut.
Vor allem gefiel mir, daß Putzi und seine Lady so tief in den Götzenberger Wald hineinliefen wie Herrchen, als wir noch unter uns waren, niemals gegangen war. Dort ließen sie mich los und schlugen sich selbst

nach alter Hundemanier seitlich in die Büsche.
Es war mitten in der Woche, und wir wurden in unserem Vergnügen von keinem gestört. Kein wichtigtuerischer Sonntagsjäger zeigte sich, der die Bäume und die Luft dazwischen für sich gepachtet hatte. Kein rauflustiger Artgenosse, bei dem die Dressur nur mit Unterbrechungen funktionierte.
Kein Waldarbeiter war zu sehen, der von Amts wegen Fichten und Buchen umlegte und sie damit für Hunde untauglich machte. Nur ein paar Vögel freuten sich über unser sechs Wochen lang entbehrtes Glück.
„Das tut gut, sich wieder einmal so richtig auszutoben, nicht wahr, Barzi?", fragte Herrchen, als wir auf den einsamen Weg zurückgekehrt waren und ich mit einem abgebrochenen Ast hin und her rannte. Eigentlich war das Spielzeug zu lang für den schmalen Pfad. Deswegen blieb es immer wieder irgendwo hängen, einmal sogar an Frauchen, das nach der langen Entwöhnung nicht mehr schnell genug reagierte.
„Das hab' ich vermißt", gab Edith zu und schmiegte sich an unseren Leithund, der vergnügt schmunzelte. Und auch ich mußte zugeben, daß die Größe des uns jetzt zur Verfügung stehenden Areals mehr Möglichkeiten bot als unser doch gewiß nicht kleines Grundstück in Florida.
„Ja, ich weiß – du liebst mich auch noch", stellte die Lady befriedigt fest, als ich mich von der anderen Seite an sie drückte. Und so gingen wir einträchtig weiter, bis wir an einen Zaun kamen.
Davor standen eine Menge Autos, dahinter eine Reihe enger Gefächer mit Gittertüren. In diesen betonierten

Warteboxen vollführten Hunde von derselben Sorte wie der mit uns zusammengeprallte Miesepeter einen Heidenspektakel, bis sie zum Unterricht herausgeholt wurden.
„Der hiesige Schäferhunde-Dressurplatz!“ erklärte Putzi.
„Die armen Tiere!“ Die Lady war ganz Mitgefühl. Sie hatte den Vertreter dieser Rasse schließlich nicht am eigenen Leib erlebt. Vielleicht war ich aber auch ungerecht. Nicht jeder Hund ist wie der andere. Die meisten geraten wohl einfach nach ihrem Herrn. Was guter Einfluß in der richtigen Umgebung auch ohne Dressur bewirken kann, sieht man ja an mir!
„Einigen macht's wahrscheinlich sogar Spaß“, widersprach Putzi. „Und ein bißchen Erziehung tut nicht weh.“
„Unser Barzi hat auch nicht gelernt, über Wände zu klettern und in gepolsterte Ärmel zu beißen“, beharrte Edith, die den Übungen auf dem Schulplatz gefolgt war. „Dressur mag richtig sein für Polizeihunde und dergleichen. Ich hätte zum Beispiel einen Koffer voll Rauschgift mitbringen können – und keiner hätte es bemerkt. Ich wurde ja nicht einmal vom Zoll kontrolliert.“
Herrchen lachte und drückte unser Frauchen an sich. „Kein Wunder, so lieb wie du aussiehst und mit Barzi dabei.
Da haben die Beamten an der Sperre einfach alles andere vergessen!“
„Du lenkst schon wieder ab!“ sagte Edith und befreite sich aus der Umklammerung.

„Ach was, es ist einfach dein weiches Herz, das dich so empfinden läßt“, urteilte Herrchen.
Bestimmt tat Frauchen am Abend dieses weiche Herz schon wieder weh, als Mau sich mitten auf unserem schönen breiten Bett, das genügend Platz für uns alle bot, niederlassen durfte und Putzi mir dieses Privileg verweigerte.

Dabei wäre eine kleine Anerkennung für jemand, der die vergangenen harten Wochen gemeinsam mit Herrchen durchgestanden hatte, ganz sicher nicht zuviel gewesen!

63. Immer Ärger mit den Nachbarn

Seitdem wir wieder, wie es sich gehört, im Rudel lebten, lag ich besonders gern auf unserem Balkonauslauf und kontrollierte durch die Gitterstäbe, was auf der Straße vor sich ging.
Fast immer sonnte sich Mau in meiner Nähe, und oft saß Oma dabei, die uns betrachtete und den Spatzen zusah, die sich vor unseren Nasen in der Baumkrone zankten, ohne sich vor Mau zu fürchten.
Zwischendurch stand Oma immer wieder einmal auf, deutete ein paar Freiübungen an, durch die sie gelenkig bleiben wollte, ging zu den Geranien am Geländer, roch an ihnen und beklagte, daß die Rosen heutzutage auch nicht mehr so dufteten wie früher zu ihrer Zeit.
Und manchmal entfloh Frauchen der eintönigen Hausarbeit, um sich in unserer stimulierenden Gesellschaft zu erholen und aufmuntern zu lassen bis zum Nachmittag, wenn Putzi zurückkam.
Mittags gab's meist Trockenfutter, weil wir mit dem warmen Essen auf Herrchen warteten. Nur wenn uns das Warten zu lange vorkam, briet Edith zur Überbrückung dann und wann diese und jene kleine Köstlichkeit wie Nierchen, Hühner-, Enten- oder Schweineleber.

In Florida hatte es die leider nicht gegeben. Den weißen Amerikanern schmecken sie nicht, weil sie nicht wissen, wie man sie zubereitet. In ihrer Ahnungslosigkeit tun sie sie als „Nigger Steaks“ ab. Tatsächlich kommt dort drüben, wenn überhaupt, nur ein Hund in einem der Elendsquartiere gelegentlich in ihren Genuß.

In Deutschland aber bilden Nieren und Leber – von Frauchen und anderen weiblichen Zweibeinern, die gut kochen können, mit Äpfeln, Mandarinen, Wein und Gewürzen gebraten – eine Delikatesse für Mensch und Hund.

Allein ihr Aroma kann beim Feinschmecker Halluzinationen wecken. In meinem Fall stellte die Lady sogar schon die Überlegung an, einen Diener zu engagieren. Der müßte mir eine Serviette unterhalten, wenn ich in der Küche bei den Vorbereitungen zusehe: für die herauslaufenden Appetitsfäden.

„Edith, komm schnell!“ rief Oma in so heller Aufregung, daß es klang, als sei sie von einer Klapperschlange gebissen worden oder einer von uns von der Balkonterrasse gefallen. Erschrocken tauchte Frauchen an der Küchentür auf.

„Mau läuft auf der Dachrinne!“ sagte Oma und deutete dorthin, wo unser Kleinster auf dem Rand des anschließenden Garagendecks entlangturnte.

Die Lady versuchte erst gar nicht, ihn zurückzurufen. Man weiß ja aus Erfahrung, daß selbst häusliche Wildkatzen keinem Kommando gehorchen – wenn sie nicht entartet sind und für Geld im Zirkus auftreten.

Mau balancierte gelassen bis zum Ende des Kandels, übersprang elegant die Kluft zum nächsten Dach und kletterte auf diesem nach oben bis zu einem offenen Fenster, aus dem leise Stimmen klangen und durch das er verschwand.
„Du mußt etwas unternehmen!" verlangte Oma von Edith. „Geh' hinüber und sag den Nachbarn Bescheid." Resigniert hob Frauchen die Schultern.
„Wenn du meinst, Oma."
Da schrie hinter dem offenen Fenster eine Frau: „Nicht doch Egon, so was tut man nicht!"
Doch sofort hinterher hörte sich dieselbe Stimme ganz anders an. „Weg mit dir, du Biest. So verjag ihn doch, Egon!"
Im selben Augenblick erschien Mau wieder auf dem Fenstersims, traf Anstalten, sich hinzusetzen, überlegte es sich dann aber und schritt gravitätisch weiter zum First, wo er sich als Silhouette niederließ.
Hinter ihm beugte sich ein männliches Zweibein mit Korkenzieherhaaren aus der Öffnung im Dach und drohte, dem ungebetenen Gast beim nächsten Mal den Hals umzudrehen.
„Ich glaube, ich geh lieber nicht zu den Nachbarn", meinte Edith und empfahl Oma, sich zu beruhigen und es Mau zu überlassen, vom Dach herunter und zu uns herüber zu kommen.
Die Götzenberger sind ein geselliges Volk. An warmen Sommertagen und Nächten ersetzen sie die in Florida üblichen Klimaanlagen, die nur bei geschlossenen Räumen funktionieren, durch das weite Öffnen ihrer Fenster.

Dadurch kann nicht nur die Luft ungehindert durch ihre Behausungen ziehen. Dieses System macht es auch möglich, daß die Nachbarn an ihrem Intimleben teilhaben können.

Über uns begann der gewickelte Donatz zu plärren. Seine Mutter klapperte so laut mit dem Geschirr, daß es sich anhörte, als wolle sie die Grenzen seiner Haltbarkeit erproben. Dazu sang sie Wiegenlieder, die bei ihrem Wurf zum Gegenteil der ihnen zugedachten Wirkung führten.

Waren die beiden Donatze zwischendurch aber einmal ruhig, füllte ihr Radio die entstandene Geräuschlücke. Gleichzeitig vernahmen wir, wie unten Bienchen mit ihrer Flimmerkiste, die ständig lief und von Putzi deswegen als „Idiotenglotze" bezeichnet worden war, zum xten Mal die Schallmauer durchbrach.

Dagegen war unsere Terrasse zum Hof eine Quelle des Friedens, zu der auch Mau zurückkehrte. Bis das widerliche Rufen der zickigen Göre an der Straßenecke meinen erneuten Protest herausforderte.

Ihr „Heidiii!" in einer Tonlage, an die ich mich nie gewöhnen würde, konnte auch einen durch schimpfende und singende Nachbarn, Moped-, Radio- und Fernsehkrawall abgehärteten Labrador-Pointer immer wieder zur Weißglut bringen.

Vor allem, weil ich genau wußte, daß der herbeigekeifte Wuschelköder prompt wieder den Ausdruck seiner Respektlosigkeit vor unseren Zaun setzen würde.

Wenn ich jemals das Glück haben sollte, die beiden noch einmal vor unserem Tor zu erwischen, würde

ich mir nicht mehr den unbelehrbaren Gesellen vornehmen sondern seine dämliche Begleitung.
Zunächst erfuhr ich indessen die Ungerechtigkeit dieser zweibeinigen Welt. Denn auf meinen Alarmruf hin, mit dem ich die Zicke und ihren in fremden Revieren herumlungernden Straßenwedel vertreiben wollte, meldeten sich jene zu Wort, die die ganze Zeit über selbst den größten Spektakel verursacht hatten.
Sie schüchterten meine Familie mit ihren Wünschen nach der ihnen genehmen Art Ruhe soweit ein, daß Oma sich bei Bienchen entschuldigte und Edith mich hineinholte. Womit sie bei der sparsamen Isolierung des Hauses zwar dem Irrtum unterlag, daß die andern mich nicht mehr hören konnten und ich nichts mehr wahrnahm, das mich aufregte. Aber sie hatte wenigsten ihren guten Willen bekundet.
Den zeigte unser Oberhaupt allerdings nicht, als Frauchen ihm am Abend alles erzählte. „Wenn's uns zu dumm wird, gibts auch noch andere Wohnungen. Oder wir kaufen uns wieder ein Haus. Mir paßt es sowieso nicht, daß ich dauernd Rücksicht nehmen soll auf Leute, die selbst nicht wissen, was Rücksichtnehmen überhaupt bedeutet!"

64. Begegnungen mit Komplikationen

Mein Oberhund und seine Stellvertreterin haben immer darauf geachtet, daß ich gegen andere eine gewisse Zuvorkommenheit an den Tag lege. Diese Maßgabe gilt auch für Leute, denen wir am liebsten alle miteinander aus dem Weg gehen.

Wenn sich eine solche Begegnung jedoch nicht vermeiden läßt, mache ich gewöhnlich gute Miene zum Spiel und tue so als ob. Obwohl ich eigentlich schon immer der Meinung gewesen bin, daß zum Entgegenkommen grundsätzlich wenigstens zwei gehören.
Vor diesem Hintergrund müssen Sie mein Verhalten an jenem Vormittag betrachten. Zudem spielte sich der Zwischenfall auf einer Treppe ab, deren Spanne zwischen Wand und Geländer jeweils gerade einer Person Platz bot.
In einem ordentlichen Haus sind die Stufen wenigstens so breit, daß man aneinander vorbeigehen oder sogar zu einem Schnupperplausch beieinander stehenbleiben kann. Der ganz besondere Luxus unserer Götzenberger Bleibe verhinderte das aber.
Als ich mit Putzi und unserer Lady zu einem Spaziergang aufbrach, wollten die drei Donatze gerade die Hühnerstiege heraufklettern, deren größten Teil ich bereits hinter mir hatte.
Nun frage ich Sie: Haben Sie schon einmal einen ausgewachsenen Hund von meiner Statur dabei beobachtet, wie er sich abmühte, auf einer steilen Schmalspurtreppe zu wenden? Wenn ja, werden Sie mir gewiß beipflichten, daß ich auf meiner Vorfahrt bestand.
Zugegebenermaßen wurde die Sache noch durch einen anderen Umstand kompliziert: wir sprachen einfach nicht dieselbe Sprache. So wurde meine Bitte, mich durchzulassen, als pure Drohung ausgelegt. Was bei Frau Donatz einen nervösen Krampf und bei Herrn Donatz das Gefühl auslöste, sich als Beschützer aufspielen zu müssen.

Damit begab er sich allerdings auf eine Fläche, die zu glatt für ihn war. Putzi betrachtete die Sache offenbar aus meiner Sicht. Daraus entwickelte sich im Treppenhaus eine ziemlich heftige, wenn auch zunehmend einseitige Diskussion.

Denn der Master hatte bündig darauf bestanden, daß man nach Regeln artikuliere, die für zivilisierte Menschen angebracht seien. Wodurch „die Mieter" ebenso wie die pünktlich erschienene Hauswirtin hoffnungslos ins Hintertreffen gerieten.

Der Austausch von Höflichkeiten endete mit dem Eingeständnis der „Mieter", daß ein Hund eben ein Hund sei und man sich vielleicht doch unnötig geängstigt habe – und der Versicherung Bienchens, daß sie niemals daran gedacht habe, gegen mich Partei zu ergreifen, sondern daß es ihr lediglich um den Frieden im Haus gehe.

„Dann sind wir uns ja einig", faßte der Master das Ergebnis der Unterhaltung zusammen. Und er schritt mit der Lady die Treppe hinunter – vorbei an der Familie Donatz, die sichtlich beeindruckt vor der untersten Treppenstufe zur Seite trat. Die Hausfrau aber war zu diesem Zeitpunkt bereits hinter der eigenen Tür verschwunden, an der sich Fritz erst gar nicht gezeigt hatte.

„Solche Auftritte sind mir einfach unangenehm", sagte die den Frieden über alles liebende Edith, als wir auf der Straße waren. „Ich würde mich auf so etwas von vornherein nicht einlassen."

Doch Herr und Hund hatten eine andere Einstellung. Denn wenn man in Kleinigkeiten nachgibt, muß man sich bald um die wirklich wichtigen Dinge beißen. Nachgeben wird oft als Schwäche verstanden und ausgenutzt. In einer Hinsicht waren Putzi und die Lady allerdings einer Meinung: „Wir sind eben das eigene Dach überm Kopf gewöhnt. Wer das einmal gehabt hat, sollte nicht mehr zur Miete ziehen!“

Götzenberg war einstmals von einer hohen Stadtmauer umgeben, deren Reste noch standen. Sie waren einige hundert Jahre alt, mit Moos bedeckt und von Efeu überwuchert. Efeu, das man anfassen konnte, ohne Blasen auf der Haut zu kriegen wie in Florida. Aus den zerbröckelnden Mauersteinen wuchsen Gras und verästelte Sträucher, die besonders geeignet waren für die Bedürfnisse eines Hundes.

Das schönste an der alten Mauer aber war der Pfad, der an ihr entlangführte, auf seiner anderen Seite eingefaßt von einem kleinen Bach. Auf diesem romantischen Weg, den die Einheimischen kaum benutzten, durfte ich nach Herzenslust rennen, mit Stöckchen spielen und meine Geschäfte verrichten. Und wenn mir vom vielen Herumtollen die Zunge heraushing, schlürfte ich aus dem gluckernden Rinnsal gleich daneben herrlich frisches Wasser.

Unser Spaziergang brachte uns nach einiger Zeit zum Stadtweiher, an dem Putzi sich sonst bei mir anleinte. Heute war er so sehr ins Gespräch mit Edith vertieft, daß er es vergaß.

Der Teich weckte von neuem Erinnerungen an unser Grundstück in Daytona Beach. Auch hier schwammen in Ufernähe weiße Vögel, ähnlich den jagdbaren Fischreihern meiner Heimat.

Unser Verhalten wird durch Erbanlagen und Umwelt beeinflußt. Die dadurch bedingten Eigenschaften schlummern manchmal in uns, und manchmal wachen sie auf. Was wir in bestimmten Situationen tun, hängt aber immer wesentlich von ihnen ab. Nun sind Labrador und Pointer für die Jagd gezüchtet. Und von beiden hatte ich, wie Sie wissen, meinen Teil mitbekommen.

Wir sind aber auch zugleich kluge Hunde, die genau wissen, was man von ihnen erwartet. Meine Umwelt hat mich zu einem im allgemeinen verträglichen auf die Familie eingestimmten Haushund gemacht. Die Erfahrung hat mich gelehrt, daß man es am meisten schätzt, wenn ich mich gewissermaßen distinguiert verhalte, auch wenn man gelegentliche Ausrutscher toleriert.

Als ich die weißen Vögel sah, die mich an Fischreiher erinnerten, waren jedoch Umwelt und Erfahrung vergessen. Ich stürzte zum Weiherufer und schickte mich an, meinen ererbten Instinkten zu folgen. Vielleicht hätte ich trotzdem noch auf Herrchen gehört, wenn ich seinen Warnruf wahrgenommen hätte. Aber da war schon etwas geschehen, mit dem ich nicht rechnen konnte.

Zwei der weißen Vögel, und es waren die größten von ihnen, kamen mit vorgestreckten Hälsen auf mich zu und zeigten eine bei Reihern ungewohnte Verhaltensweise: sie griffen mich an.

Ich wich zurück und spürte, wie mein Leithund an meiner Seite auftauchte. Einer der Vögel drehte daraufhin ab. Aber der andere erreichte das flache

Wasser und kam dann an Land. Mit dem bösartigen Zischen eines erregten Alligators stürzte er sich auf mich.
Meine Abwehr geschah nicht schnell genug. Ehe ich mich's versah, hatte ich den ersten Hieb weg. Herrchen hatte leider den Stock nicht mehr zur Hand, mit dem wir Werfen und Bringen gespielt hatten und benutzte deshalb nach erprobter Manier einen Fuß. Damit traf er den Vogel, konnte jedoch nicht verhindern, daß dieser ihn ins Bein biß.
Diese Schmach konnte ich nicht auf uns sitzen lassen. Bei einem letzten überraschenden Ausfall gelang es mir, doch noch ein gehöriges Büschel Schwanzfedern zu erbeuten, so daß es wenigstens nicht wie eine totale Niederlage aussah, als Putzi und ich Reißaus nahmen.
„So etwas Dummes, sich mit Schwänen einzulassen!" stellte Frauchen fest, als sie daheim unsere Blessuren behandelte. „Mit euch Männern hat man nur Aufregungen."
„So ist nun mal das Leben", philosophierte der Master. „Aber gezeigt haben wir's ihnen doch!" Womit er sicher nicht nur die Schwäne meinte.

65. Fallobst

Kluge Zweibeiner, die uns studiert haben und deshalb angeblich alles über uns wissen, empfehlen unseren Besitzern, uns nicht an ihren Tischen sitzen zu lassen, wenn sie essen. Speisen, an denen die Menschen sich erfreuen dürfen, seien uns so wenig zuträglich wie Hundefutter unseren Herren.

Aus eigener Erfahrung muß ich widersprechen. Zwar habe ich noch kein Familienmitglied außer mir mit wirklichem Genuß Hundekuchen verzehren sehen. Und auch die in den Supermärkten speziell für Vierbeiner angebotenen feinen Fleischgerichte in der Büchse mögen unsere Frauchen und Herrchen nicht. Ich gebe auch zu, daß zuviel Pralinen und Schokolade dick machen und daß so mancher arme Kerl damit hemmungslos gemästet wird, weil er ja selbst meist nicht genug Verstand besitzt, um sich mit einer Kostprobe dann und wann zu begnügen.
Allerdings halte ich es für puren Unsinn der Menschen, wenn sie behaupten, grundsätzlich sei es besser, sechzig Jahre gut gelebt zu haben und dafür früh zu sterben als uralt zu werden und ein Leben lang auf jede leckere Schweinerei zu verzichten. Wie so oft liegt die Lösung wahrscheinlich im Kompromiß.
Hin und wieder ein kleines Stückchen Kuchen oder eine appetitliche Rindswurst haben noch keinen Hund umgebracht. Wenn in einem von uns ein halber Vegetarier steckt und er Geschmack findet an Orangen, Trauben, Gurkensalat oder einem Schluck Bier – und glauben Sie mir, das sind mehr als mancher von Ihnen denkt – sollte man sich darüber keine Sorgen machen und ihm sein Vergnügen lassen.
Ein Löffelchen mit Sahne und das Gelbe vom Ei aber schmecken nicht nur gut, sie verhelfen auch unserem Fell zu seidigem Glanz und verringern den Haarausfall. Unsere Frauchen haben also weniger Mühe mit dem Staubsaugen, und unsere Herrchen brauchen sich nicht über Hauswirte zu ärgern, die sich schein-

heilig über die überall im Haus herumfliegenden Hundeteile auslassen.
Ausgesprochen gesund, nicht nur für Zweibeiner, sind frisch herabgefallene Äpfel von der Sorte, wie es sie leider in Florida nicht gibt – wie sie aber auf den Feldern um Götzenberg auf vielen Bäumen wachsen. Ihnen galt in jenen Herbsttagen meine besondere Vorliebe. Eines Abends war ich mit Putzi zum Äpfelsammeln unterwegs. Wir befanden uns mitten im Wetteifern, wer das schönste Fallobst auflas, als wir plötzlich von weitem angerufen wurden. Ich weiß nicht, wie Sie reagieren, wenn man Sie erschreckt. Ich jedenfalls mache mir erst mal durch gehöriges Bellen Mut und starte einen Scheinangriff gegen die Ursache meiner Irritation.
Stellt sich heraus, daß es sich um etwas Harmloses handelt – zum Beispiel um eine heruntergefallene Bratpfanne oder eine alte Oma oder um einen kleinen Hund, der sich ängstlich vor mir auf den Rücken legt, ziehe ich weiter meiner Wege. Was vor mir davonläuft, wird verfolgt. Wer schlau ist, bleibt einfach stehen, bewegt sich nicht und erläutert mir in möglichst ruhigem Ton, daß er nichts Böses im Schilde führt. Das beruhigt mich in der Regel ziemlich bald.
Das Zweibein, das uns bei unserer Feierabendbeschäftigung gestört hatte, lief weder weg noch sprach es beruhigend auf mich ein. Und es legte sich auch nicht auf den Rücken, als ich vor ihm angekommen war. So blieb ich zunächst einmal abwartend vor ihm stehen und bedeutete ihm durch mein Knurren, daß ich Unfreundlichkeiten gegen Herrchen nicht hinnehmen

würde. Er schien das aber nicht so recht zu begreifen und schimpfte weiter auf das Diebesvolk, das anderer Leute Besitz nicht respektiere. Daraus konnten wir ersehen, daß es sich um den Eigentümer des Fallobstes handelte, um das wir uns gekümmert hatten.

„Wir dachten, ehe die heruntergefallenen Äpfel auf dem Boden verfaulen, könnten wir ein paar von ihnen auflesen", entschuldigte sich Putzi gleichermaßen. Und vorsorglich hielt er mich am Halsband fest. Aber der erboste Eigentümer wollte das nicht gelten lassen.

„Ich kann mit meinen Äpfeln machen, was ich will. Und wenn sie tausendfach verrotten, habt ihr noch lange nicht das Recht, sie von meinem Grund und Boden wegzunehmen!"

„Recht haben Sie, aber noch sind wir beide nicht zusammen die Treppe hinuntergefallen, daß Sie sich diesen vertraulichen Ton herausnehmen könnten!"

Das war typisch Putzi. Wenn ihm der Wind ins Gesicht blies, drehte er sich so, daß er ihn wieder im Rücken hatte, selbst wenn die Richtung danach nicht mehr stimmte. Nur weshalb er gerade jetzt unsere Hühnerstiege erwähnte und warum ausgerechnet gemeinsames Herunterfallen bewirken sollte, daß man hinterher auf vertrautem Fuß miteinander steht – wenn man überhaupt noch stehen kann – blieb mir unverständlich.

Aber dem Eigentümer des Apfelfeldes verschlugs die Rede – wenn auch nur für einen Augenblick. Danach ließ er seiner Entrüstung wieder freien Lauf. Wobei er ins eigenwillige Palaver der Einheimischen verfiel, für die unsereiner einen Dolmetscher braucht.

Unvorsichtigerweise tat er dazu aber auch noch einen Schritt in unsere Direktion. Und da stellte sich heraus, daß das Halsband, an dem Herrchen mich hielt, eben doch nicht eng genug saß.
Mit einer schnellen Kopfdrehung streifte ich es ab und fuhr dem Keifer an die Hose. Dem blieb daraufhin eine neue Schimpfkanonade in der Kehle stecken, und er begann augenblicklich an einer akuten Sprachstörung zu leiden.
Herrchen rief mich zwar sofort zurück, nutzte aber eiskalt seine augenblickliche körperliche Überlegenheit. „Hier sind zehn Mark. Das ist mehr als Ihr angestoßenes Fallobst wert ist", erklärte er großzügig und stopfte dem angeschlagenen Feldherrn, der sich nicht wehrte, einen Schein in die Tasche.
„Und das nächste Mal seien Sie ein bißchen freundlicher – auch gegen Leute, die Ihren Abfall aufheben, den Sie ohnehin hätten verfaulen lassen."
Damit inszenierte er einen passablen Abgang von einer Szene, in der wir von Rechts wegen in der schwächeren Position waren. Gerade vor den Füßen des Perplexen lag noch ein besonders schönes Apfelexemplar. Im Vorübergehen biß ich herzhaft hinein, so daß es krachte wie bei einem Kotelettknochen. Den Rest ließ ich liegen.
Sie mögen vielleicht denken, daß sei nicht die ganz feine Art gewesen. Aber damit unterstellen Sie mir eine Hintergründigkeit, die selbst einem Hund wie mir von der Natur gar nicht gegeben ist.
Zuhause hatte Bienchen wieder einmal Gelegenheit, ihr in Wahrheit ach so gutes Herz unter Beweis zu stel-

len. Als Putzi ihr von dem Zusammenstoß erzählte, entrüstete sie sich über die Unverfrorenheit des Mannes, der uns nicht einmal die paar Äpfel gegönnt und dann auch noch Geld dafür genommen hatte.
Ob allerdings ihr spontanes Angebot, wir könnten so viele von ihren eigenen Äpfeln nehmen wie wir wollten, ernst gemeint war, konnte ich nicht feststellen. Denn ihr Äpfelvorrat lagerte in einer offenen Gartenlaube, zu der ich jederzeit ungesehen Zutritt hatte. Und da ich das Obst mit Stumpf und Stiel aß, hinterließ ich auch keine Spuren.

66. Noch genug Nüsse für Bienchen

Der Baum im Hof war ein Nußbaum. „Mücken haben wir so gut wie keine, der Nußbaum vertreibt sie", hatte Bienchen gesagt, als wir eingezogen waren und sie uns die Wohnung schmackhaft machen wollte.
Tatsächlich haben wir nie eine Fliege bei ihr gesehen. Sie waren alle bei Oma gelandet, die von Putzi als eine Art phantastischer Fliegenfänger bezeichnet wurde.
Für mich hatte der Nußbaum andere Vorzüge. Aber gerade als ich die entdeckt und sie schätzen gelernt hatte, kamen fremde Männer und begannen, unsere Wohnung auszuräumen.
„Du bekommst ein ganzes Haus für dich und sogar deine eigenen Bäume", versprach Herrchen, als man mich von dort vertrieb, wo ich auf herabfallende Nüsse wartete.

Wieder wurden unsere Möbel auf den Hof gestellt. Nur kamen sie dieses Mal aus der entgegengesetzten Richtung. Und als die Wirtin herbei eilte und fragte, warum die fremden Männer die Möbel nicht über die Treppe transportierten, wollten sie verwundert wissen, wo denn die Treppe sei?
Wenn sie die Notleiter meine, auf der man hochgeklettert sei, so käme die nicht in Frage, da die Versicherung für so etwas kein Risiko übernehme. Dann fuhren sie fort, unsere Sessel, Tisch und Schränke über den Balkon in den Hof abzuseilen.

Von da an übersah das gekränkte Bienchen die Möbelträger und paßte nur noch auf, daß sie keine Spuren am Balkongeländer und an der Hauswand hinterließen. Während sie zusammen mit Edith und mir zusah, wie Stück um Stück von der Kulisse herunterschwebte, in der wir gelebt hatten, kam sie so ganz zufällig auf den Nußbaum zu sprechen. Beziehungsvoll erzählte sie, daß in der Nähe ein Eichhörnchennest sein müsse, denn es lägen überall leere Schalen herum.
„Eichhörnchen essen aber doch vor allem Eicheln und Haselnüsse", entgegnete Edith. „Walnüsse sind viel zu groß für sie." Worauf Bienchen sehr überrascht meinte, dann müsse wohl jemand mit einem größeren Maul am Werk gewesen sein.
Dabei wußte sie genau, wer der Nußknacker war. Denn sie hatte ja selbst versucht, ihm einen Teil der Nußernte streitig zu machen, sogar mit Hilfe von nicht mehr ganz frischen Wurstenden.
Für Putzi war es eine klare Sache. „Natürlich war es der Barzi. Das sieht ihm ähnlich. Und da der Baum vor Bienchens Küchenfenster steht, also direkt vor ihrer Nase, ist sie auch genau im Bilde."
„Warum bemüht sie dann extra die Eichkatzen?" wollte unser naives Frauchen wissen. Herrchen lächelte seine Lady liebevoll aus. „Weil es Leute gibt, die nicht alles, was sie loswerden wollen, so einfach gerade heraus sagen können wie du, geliebtes Schaf!"
Wenn das so war, dann meinte Bienchen am Ende vielleicht etwas ganz anderes, als sie zum Abschied versicherte: „Schade, daß ihr so schnell wieder auszieht. Ihr seid meine angenehmsten Mieter gewesen."

Und auch das Versprechen, uns schon bald im Vogelsgebirge zu besuchen, konnte einfach eine „leere Drohung“ sein, wie Herrchen hinterher vermutete.
Da seien ihm die strahlenden Gesichter, mit denen uns Herr und Frau Donatz nachgewinkt hatten, noch lieber gewesen. Die hätten wenigstens zu Leuten gehört, die aus ihrem Herz keine Mördergrube gemacht haben.

67. Neue Freiheit

Dort, wo die Bäume in den Himmel wachsen, wo es noch mehr Kühe, Schweine und Schafe als Zweibeiner gibt, liegt in einem grünen Tal die Ortschaft Forstmühlen.
Forstmühlen besteht aus einem Dutzend Bauernhöfen, die man an ihren Statussymbolen erkennt: dem dampfenden und im Sonnenschein gar lieblich duftenden Misthaufen vor dem Haus und den zottigen Kreaturen daneben, von denen die meisten angekettet sind und ihren Frust Tag und Nacht jedem mitteilen, den sie von weitem sehen oder hören.
Man nennt sie Wachhunde, weil sie nie zur Ruhe kommen, und sie sind gegenüber den anderen auf den Höfen gehaltenen Tieren eine unprofitable und folglich hoffnungslos unterprivilegierte Minderheit.
Die Zahl der Milch, Fleisch und Wolle spendenden, also der nützlichen Tiere im Ort, wird nur noch übertroffen von der Menge der Rüben und Kartoffeln, die die Leute von Forstmühlen auf ihren Feldern neben

dem Gras wachsen lassen, damit ihre Kühe weiterhin viel Milch, ihre Schafe die beste Wolle abwerfen und ihre Schweine möglichst schnell schlachtreif werden. Forstmühlen besteht aber nicht nur aus Bauern, ihrem Nutzvieh und ein paar Kettenhunden. Dazwischen haben sich Zweibeiner niedergelassen, die von Landwirtschaft und Viehzucht so wenig verstehen wie unsereiner. Sie verdienen sich ihr Futter und was sie sonst noch benötigen, mit anderen Dingen. Zu ihnen gehörten wir.

Das Haus stand an einem Hügel am Dorfrand. Nach zwei Seiten schirmte eine hohe Tannenhecke es ab gegen den nächsten Misthaufen und einen Autofriedhof. Darüber hinaus aber und daneben hatte man einen ungetrübten Blick auf die Hügel des Vogelsgebirges mit seinen Wiesen, Feldern, Hecken und Wäldern.

Die Möbelträger hatten den voll beladenen Wagen vor dem Haus stehen lassen und sich erst einmal zu mir auf die Gartentreppe gesetzt. Sie führte zwischen blühenden Sträuchern ums Haus herum durch die Hintertür in die Küche, wo Frauchen für uns einen großen Topf Gemüsesuppe mit Fleischbrocken und Wurstscheiben heiß machte. Putzi hatte eine Kiste Bier angeschleppt, und wir alle bekämpften fleißig unseren Durst, während wir auf das Essen warteten. Ein Hund, der beim Biertrinken seinen Mann steht, wurde von den andern Männern sogleich mit lautem Hallo als ihresgleichen akzeptiert. Als dann die Lady auch noch bewies, daß sie etwas vom Kochen verstand, stieg die Stimmung auf hochsommerliche Temperatur.

„Hier läßt sich's leben!" erklärte derjenige, der in Götzenberg Bienchens Hausbesitzerstolz angekratzt hatte, weil er die Hühnerstiege nicht als begehbar anerkannte. Und er prostete mir freundlich zu und lachte sich halb tot, als ich seinen Toast erwidern wollte, in meiner Schüssel aber nur noch auf trockenen Grund stieß.

Ich hatte nämlich meinen Anteil an Putzis Flasche bereits bis auf den letzten Tropfen aufgeleckt. Und mehr war für mich nicht mehr drin, seitdem ich mich einmal auf diesem Gebiet übernommen und demonstriert hatte, daß der Unterschied zwischen einem vollen Hund und einem betrunkenen Menschen trotz der doppelten Anzahl Pfoten zum Abstützen gleich null ist.

Ich wartete, bis sämtliche Fleischstücke und die Wurst aus der Suppe gefischt waren und ich nichts mehr versäumte. Dann begab ich mich auf meinen ersten Erkundungsgang. Herrchen hatte nicht zuviel versprochen. Der Garten war noch viel schöner und kurzweiliger als ich gehofft hatte. Und so praktisch! Die Äste der Tannen hingen so tief herab, daß ich mich genau unter sie stellen und mir von ihnen den Rücken kratzen lassen konnte. Daß etwas von ihrem klebrigen Harz dabei im Fell hängenblieb, störte mich nicht. Herrchen oder Frauchen würden damit schon fertig werden.

Ein paar größere Blätterbäume hatten so dicke Stämme, daß sie von allen Seiten benutzbar waren und man immer im Windschatten blieb, ohne sich selbst vollzuspritzen.

Unter einem dünneren von ihnen lagen kleine blaue Früchte, wie sie Frauchen manchmal in Götzenberg gekauft und mir zu versuchen gegeben hatte. Aber die hier waren richtig reif und süß wie Zucker.
Die Luft schwirrte nur so voll Insekten, auf die zahllose Spatzen, Finken und Amseln Jagd machten, die überall auf den Büschen und ausladenden Zweigen saßen und in den dichten Hecken nisteten. Denn wir befanden uns ja im Vogelsgebirge.
Fürs erste mit dem Gesehenen zufrieden ging ich daran, jenseits von Hecke und Holzzaun nach dem Rechten zu sehen. Das Gartentor stand offen, da meine Trinkgenossen einen Teil unserer Sachen auf diesem Weg ins Haus brachten. Sie traten bereitwillig zur Seite, als ich an ihnen vorbeikam.
Unterm Möbelwagen saß ein Lebewesen von der Größe und Figur eines Schweinchens, mit dem Fell einer schwarzweiß gescheckten Kuh und dem Kopf einer Micky Maus. Trotzdem ergab das mir mit seinem Ringelschwänzchen aufgeregt entgegenzitternde Ding insgesamt ein Hundchen von mindestens dreifacher Rasse. Dem mir entgegengeschmachteten Odeur nach handelte es sich um eine Dame.
Wegen meiner Größe fiel es mir schwer, mich ihr zu nähern. Darum kroch sie schließlich unter dem Möbelwagen hervor und stellte sich, dabei ihrer Figur gemäße quietschende Laute von sich gebend, vor mich in Positur.
Solchermaßen zum Beweis meiner Männlichkeit aufgefordert, konnte ich natürlich nicht ablehnen. Immerhin ist auch ein kastrierter Rüde noch ein Rüde,

und man weiß ja auch, was man einer Dame schuldig ist. Im übrigen kümmert sich die Natur eben in bestimmten Situationen um die Manipulationen der Menschen einen Dreck. Auch wenn hinterher kein positives Ergebnis zustande kommt.
Während die Männer also unser neues Haus einrichteten, Herrchen und Frauchen mit dem Verteilen der Möbel beschäftigt blieben, Oma und Mau in Wartestellungen gehalten wurden, bemühte ich mich bereits um gutnachbarlichen Kontakt. Auch wenn mich dabei ein nicht zu leugnender Geruch etwas irritierte, der auf den vorausgegangenen Besuch auf einem Haufen von Kuh- und Schweinelatwerge hindeutete.
Gerade als mich das Spiel mit der liebebedürftigen Dreirassedame zu ermüden begann, tauchten zwei Konkurrenten auf und machten ältere Rechte geltend: ein struppiger rostiger Spitz und die Kopie eines Schäferhundes, der auch schon bessere Zeiten gesehen hatte. Das gab mir die Gelegenheit, mich von dem Hündchen loszureißen, ohne das Gesicht zu verlieren und den Neuankömmlingen die Arbeit zu überlassen.
Es bedarf keiner besonderen Erwähnung, daß ich diesen Provinzlern, die nie aus dem Umkreis ihrer eigenen Misthaufen herausgekommen waren, vorher allerdings noch verdeutlichte, wo gegenüber einem Labrador-Pointer von Welt ihre Grenzen lagen.
An jenem Abend saßen wir noch lange gemeinsam im Garten – Oma, Putzi, die Lady und ich – und genossen das erhebende Gefühl, wieder Herr im eigenen Haus zu sein – mit der Freiheit, tun und lassen zu können, was immer wir wollten.

Mau hatte sich etwas abgesondert. Er spähte abwechselnd nach einem Meisenpärchen, das auf einem Rotbuchenast ein Liebeslied schnäbelte, und nach dem Fabelwesen draußen vor dem Zaun, das seine Sehnsucht nach dem aus Florida gekommenen geliebten Fremden in die Dämmerung des goldenen Oktobertages jammerte.

„Wie schön wäre es, wenn jetzt Nobbi hier wäre!“ sagte Putzi.

An Nobbi hatte ich nicht mehr gedacht. Aber während ich mich erinnerte, begann er auch mir zu fehlen. So schön wie damals, als er noch bei uns war, würde es wohl niemals wieder werden.

68. Die Lady ist unvorsichtig

Unser Schnüffelgang durch das Spalier kläffender Dorfhunde und ihrer Futtergeber endete beim Mist an unserer Straßenecke. Dort sägten mehrere Zweibeiner einen ehemaligen Baum in Stücke. Als wir vorbei kamen, unterbrachen sie ihre Tätigkeit und sahen uns erwartungsvoll an.

„Guten Morgen“, wünschten wir und blieben stehen, wie sichs gehört. Und Herrchen zog mich ein wenig dichter zu sich heran, weil er nicht gleich am ersten Tag Ärger haben wollte.

„Guten Morgen“, sagten auch die Holzsäger, und einer von ihnen tippte freundlich mit dem Finger an seinen Hut. Die Bauern in Forstmühlen decken nämlich gern ihre Köpfe zu – besonders wenn sie länger gebraucht und empfindlich geworden sind und Wind

und Wetter ihnen ohnehin schon mehr zugesetzt haben als gut für sie ist.
„Wir sind die neuen Nachbarn", stellte Putzi uns vor. Völlig überflüssig, wie sich herausstellte, denn man kannte uns schon. Was keine Überraschung war, denn die Leute im Vogelsgebirge hören sogar das Gras wachsen, und Sensationen sprechen sich bei ihnen herum, manchmal bevor sie überhaupt passieren.
Wir hingegen erfuhren so manches Neue. Daß der Mann mit dem Hut Karl Hurtig hieß, daß er so alt war wie Herrchen und daß er ständig von Rückenschmerzen gequält wurde – was seine ebenfalls hinzu getretene Familie damit erklärte, daß er sein Leben lang wie ein Pferd gearbeitet habe, ohne sich wie ein Mensch zu schonen.
Karl Hurtig beäugte zunächst mißtrauisch den großen schwarzen Fremdling. Sein Vorsichtgehabe erschien mir typisch für jemand, der keine Ahnung hatte vom grundlegenden Unterschied zwischen einem wohltemperierten Rassehund aus gutem Hause und einem gewöhnlichen Dorfköter, der beim Schnappen nach dem hingehaltenen Knochen gleich die halbe Hand mitverschlingt.
Ein anderes Zweibein, das sich als seine Frau auswies und auf den lieblichen Namen Anna hörte, fragte vorsichtig: „Beißt er?"
„Er hat noch keinen gebissen, den er mag", antwortete Herrchen und blieb damit im Grunde die Antwort schuldig. Zögernd streckte Frau Hurtig die Hand nach mir aus.

Es war mir ja schrecklich peinlich, daß sich just in jenem Moment eine Stauung in mir entlud, die mich schon geraume Zeit gedrückt hatte. Worauf Herr Hurtig bewies, daß er trotz seiner Kreuzschmerzen noch Sinn hatte für einen deftigen Witz. Denn er sagte: „Prost!"

Herrchen machte das Beste daraus. „Das bedeutet, daß er Sie mag; so gehen läßt er sich nur, wo er sich wohlfühlt!"

Auf Anna Hurtigs Gesicht stahl sich ein schüchternes Lächeln. „Er sieht auch gar nicht böse aus", meinte sie zuversichtlich. Was einerseits im krassen Widerspruch stand zu dem, was mir schon öfters zu Ohren gekommen war, andererseits aber wieder einmal bewies, daß man eben fast immer so aussieht, wie einen die Leute sehen wollen.

„Wir hatten auch mal einen Hund", meldete sich eine jüngere Frau zu Wort, die Anna Hurtig ähnlich sah. „Den konnte man nicht anfassen! Die Kinder möchten gern einen neuen und quälen uns dauernd damit. Aber wir hätten gar keine Zeit dafür. Und so, wie Hämischs da drüben ihre Senta halten, daß es einen graust – das brächten wir nicht fertig!"

Putzi sah in die angedeutete Richtung. „Mein Gott, was ist denn los mit der armen Kreatur?" fragte er betroffen.

Ich hätte es ihm sagen können. Ob Hund oder Mensch – da ist kein großer Unterschied, wenn man es aus dem richtigen Blickwinkel betrachtet.

Stellen Sie sich zum Beispiel nur vor, Sie säßen in einem Zwinger, der so eng ist, daß Sie keine drei

Schritte weit gehen können, daß Sie Tag und Nacht zwischen verrotteten Küchenabfällen und Ihrem eigenen Verdauten herumliegen müßten.
Wie würden Sie sich fühlen, wenn Sie kein einziges Mal gekämmt oder gebürstet werden und Sie die Räude juckt. Wenn Sie zusehen und zuhören müßten, wie man draußen kommt und geht und sich bewegt und spielt und miteinander redet – und keiner kümmert sich um Sie?
Bestimmt würden Sie genauso durchdrehen wie der arme Kerl an der Ecke in seinem Dreckskäfig, der wahrscheinlich als Schnauzer zur Welt gekommen war, wie Putzi vermutete, und jetzt einer Vogelscheuche ähnlicher sah als einem Hund.
„Sieh doch, er springt nicht einmal mehr am Gitter hoch“, sagte die Lady und packte Herrchen erregt am Arm. „Er läuft nur noch dauernd um sich selbst herum. So etwas gehört angezeigt. Warum meldet denn niemand diese Tierquälerei dem Tierschutzverein?“
„Liebe Frau“, versuchte Frau Hurtig zu erklären, „wir wissen auch, daß das nicht richtig ist. Aber wenn man in einem Ort, in dem jeder jeden kennt und man aufeinander angewiesen ist, miteinander auskommen will, muß man manchmal Augen und Ohren verschließen.“
Daheim bat Herrchen später die Lady, in Zukunft etwas vorsichtiger mit ihren Äußerungen bei den neuen Nachbarn zu sein. Denn um diese Zeit hätten bereits die Kinder aus dem halben Dorf um uns herumgestanden und uns als Exoten aus einer anderen

Welt betrachtet. „Die junge Dicke mit der dümmlichen Stimme, die den zutraulichen kleinen Buben von uns wegscheuchte, war Frau Hämisch, die du am liebsten angezeigt hättest!"
„Na wenn schon", bockte Frauchen. „So viel Unrecht bleibt bestehen, weil die Leute zu feige sind und den Ärger scheuen, den sie vielleicht hätten, wenn sie etwas dagegen unternähmen!"
„Sicher hast du recht, Liebes", gab Putzi zu. „Aber deshalb mußt du nicht gleich um dich schlagen. Warte ein Weilchen. Irgendwann ergibt sich eine Möglichkeit, etwas zu unternehmen, ohne daß wir frontal mit solchen Leuten zusammenstoßen."
„Ach Barzi", seufzte Frauchen da, „weißt du eigentlich, wie gut du's hast?"

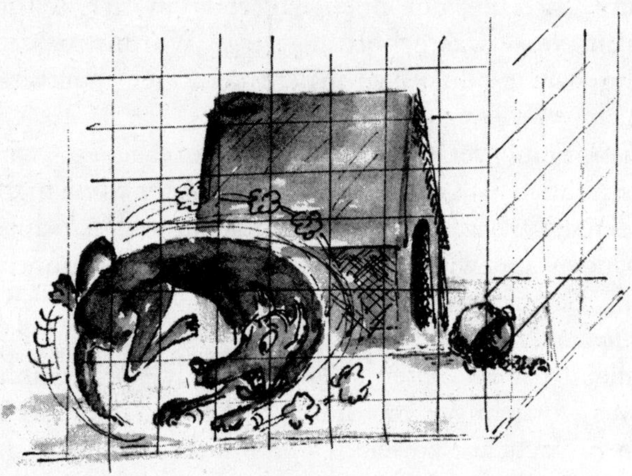

69. Herrchen stellt sich dumm

Das schwarzweiß gefleckte Fabelwesen hieß Nicki und gehörte zu Otto Fummels Autofriedhof gleich rechts hinter unserer Tannenhecke. Was Hämischs armem Fransenhund an Freiheit fehlte, besaß Fummels lüsterne Mixtur so überreichlich, daß sie schon zur Plage wurde.

Immer wenn wir aus dem Haus kamen, war Nicki bereits da, um mir mit heißem Quietschen ihre Zuneigung zu offerieren. Zeigte sie sich einmal ausnahmsweise nicht, hatte sie wenigstens ihre Visitenkarte vor unserer Tür hinterlassen.

„Fummels mögen ja durchaus ehrenwerte Leute sein, und sie scheinen auch ein Herz für Tiere zu haben; aber das rechte Gefühl für Ordnung und Sauberkeit müßte man ihnen noch beibringen!" schimpfte Putzi, als Oma schon wieder Nickis Gruß an ihren Pantoffeln ins Haus gebracht und in die Teppiche hineingetreten hatte.

„Du könntest wirklich besser aufpassen!" fuhr Herrchen Oma an, die sich an dem ungewohnten Duft im Wohnzimmmer völlig unschuldig fühlte und Putzi vorschlug, sich bei Nicki zu beschweren.

„Das Hundchen kann nichts dafür, es weiß es halt nicht besser. Es sind die Fummels, die es einfach laufen lassen", verteidigte die Lady das Fabelwesen. „Dabei haben sie doch selbst genug Platz, wo sie sich verewigen könnte."

Putzis sarkastische Seite kam zum Vorschein. „Wo denn? Vielleicht in ihrer Parkanlage aus Schrott?

Nicht einmal einen anständigen Misthaufen haben sie vor ihrem Haus – nur alte Autos. Und so ein Hund braucht schließlich auch sein Erfolgserlebnis."
„Aber weshalb gerade vor unserer Tür?" fragte Oma.
„Weil hier ein leider besonders attraktiver Mann wohnt, den sie wahrscheinlich beeindrucken will."
Doch Oma schüttelte den Kopf ohne jedes Verständnis für diese völlig einleuchtende Erklärung. Womit wieder einmal deutlich wurde, daß bei manchen Menschen mit den Jahren das Gefühl für die tieferen Zusammenhänge zwischen Leidenschaft und dem Austausch bestimmter Grußadressen kläglich verkümmert.
Wissen möchte ich aber doch gerne, weshalb Herrchen an jenem Morgen, als die Forstmühler Glocken läuteten und wir zu einem Streifgang aufbrachen, die sich mir aufzwängende Nicki mit der Bemerkung „Sonntags nie!" abwimmelte und Frauchen ihn daraufhin lachend einen Lügner nannte.
Meine Zustimmung hatte er jedenfalls. Denn für mich war es die lautere Wahrheit, daß jeder andere unseren intimen Dreiklang nur stören würde. Außerdem hält eine liebeshungrige Weibsperson den Naturliebhaber lediglich davon ab, sich eingehender mit Mauselöchern und Hasenspuren zu befassen, die auf Dauer sowieso interessanter bleiben, da die Bereitschaft zum Spiel mit der Dame früher oder später ohnehin nachläßt.
Auf alle Fälle war es gut, daß wir Nicki nicht mitnahmen. Wer weiß, was sonst passiert wäre an diesem Morgen.

Außerhalb des Dorfes und jenseits der Straße, auf der die Forstmühler mit der Außenwelt verkehren, entdeckten wir von weitem eine Reihe sich auffällig benehmender Zweibeiner. Sie waren zu einer weit auseinander gezogenen Kette ausgeschwärmt, brüllten „hohoho“ und wurden von einer Horde lärmender Hunde begleitet.

„Die ziehen auch die Flinte am Sonntagmorgen dem Gebetbuch vor“, stellte Putzi fest, während die Kirchenglocken von neuem zu läuten begannen. Die Lady schlug vor: „Laß' uns lieber in eine andere Richtung gehn.“

„Weshalb denn?“ wunderte sich Putzi. „Gerade da unten am Bach gefällt's mir. Da will ich hin.“

„Ich hab's mir schon gedacht“, sagte Edith. „In den Büschen am Ufer sitzen sicher die Enten, auf die sie aus sind. Und wenn wir dort entlang gehen, schrecken wir sie auf, und die Jäger haben das Nachsehen.“

„Das wär' zu schade!“ gab Herrchen zu und machte sein vergnügtes Gesicht wie immer, wenn er etwas im Schilde führte. „Dann wollen wir uns aber auch ein bißchen beeilen, damit wir nicht zu spät kommen. Barzi nehmen wir dazu vorsichtshalber an die Leine. Wenn sie keine Enten fangen, bringen die es fertig und schießen auf ihn.“

„Immer diese unnötigen Aufregungen!“ beschwerte sich Frauchen und gab wie gewöhnlich nach.

So marschierten wir einträchtig nebeneinander den Sonntagsjägern und ihrer Meute entgegen, Herrchen links, Frauchen rechts und ich in der Mitte. Wobei mir auffiel, daß Putzi mit ungewohnt lauter Stimme eine

Geschichte erzählte, über die er selbst am schallendsten lachte und sich begeistert in die Hände klatschte. In Rufweite der Büchsenträger gelang es uns dann auch tatsächlich, ein Wildentenpärchen zu erschrekken und gleich darauf noch ein paar Rebhühner. Sie erhoben sich mit empörtem Gequake und Gekoller, statt uns dankbar zu sein. Dann drehten sie in weitem Bogen ab zum Horizont. Die hinter ihnen her geschickten Kugeln waren den Krach nicht wert, mit dem sie losgingen.

Von den Enttäuschten kamen zwei auf uns zu, gefolgt von einem Setter mit abgelaufenen Beinen. „Warum gehen Sie nicht auf öffentlichen Wegen?“ sprach uns der eine an, und sein Setter wollte von mir erfahren, ob ich Rüde oder Weibchen sei.

„Guten Morgen allerseits“, antwortete Putzi fröhlich. „Ist das nicht ein wunderschöner Herbsttag?“

„Wissen Sie denn nicht, daß das hier privates Land ist?“ mischte sich der Zweite ein.

„Gerade habe ich zu meinem Mann gesagt, wie glücklich doch derjenige sein muß, dem ein so einmaliges Fleckchen Erde gehört“, kam die Lady ihrem Putzi zu Hilfe. Und auch ich duldete es, daß das Setterweibchen mit den zu kurzen Beinen sich bei mir unterstellte, weil ich gelernt hatte, eine gewisse Großzügigkeit an den Tag zu legen, wenn man sich auf fremdem Grund und Boden befindet.

Der Nächste in der Kette der Treiber rief den beiden bei uns Stehenden zu, ob es Ärger gäbe?

Diese Gelegenheit ließ sich mein Master nicht entgehen.

„Nein," brüllte er lachend zurück und winkte, „wir unterhalten uns nur über die schöne Gegend."
Doch der mit dem Setterweibchen wollte sich noch nicht zufrieden geben. „Sie haben das Flugwild vertrieben. Ist Ihnen denn nicht aufgefallen, daß hier eine Jagd stattfindet?"
„Ach wissen Sie, mein Herr, wir sind Städter und haben nicht viel Ahnung davon", versicherte Putzi mit der harmlosesten Miene der Welt. „Wir sind einfach drauflos spaziert und haben das Land ringsum bewundert."
„Und dabei soviel Krach gemacht, daß kein Stück Wild sitzen blieb."
„Ja, gelt?" bestätigte Putzi begeistert. „Als auch noch die Schwäne und Bussarde aufstiegen, da sagte ich zu meiner Edith, Edith, sagte ich, jetzt müßtest du deine Staffelei dabei haben, damit du das alles malen könntest, weil es doch so schön ist."
Frauchen bekam einen roten Kopf wie jedes Mal, wenn Putzi anfing, Geschichten zu erzählen, von denen sie genau wußte, daß sie von Anfang bis Ende erfunden waren. Aber die beiden Fremden zeigten jetzt doch endlich Wirkung.
Während auf der unteren Ebene die Atmosphäre bereits zuvor durch das beiderseitige Einnehmen einer Ruhestellung entspannt war, verständigten sich die beiden Einheimischen mit einem Blick der schieren Resignation darauf, daß jeder Versuch, hier Klarheit zu schaffen, bei diesen Dummköpfen aus der Stadt hoffnungslos sei.
„Guten Morgen", wünschten dieses Mal sie uns, tip-

ten an die Hüte, schulterten ihre Büchsen und ließen uns stehen. Nur die Setterhündin versuchte, Zeit zu gewinnen, indem sie so tat, als sei sie eingeschlafen – bis sie ein Pfiff daran erinnerte, wo sie hingehörte.
„Ich sitze immer auf glühenden Kohlen, wenn du dich auf solche Sachen einläßt", sagte Edith. „Irgendwann einmal kommst du doch noch an den Falschen!"
„Nicht, wenn ich mich so dumm stelle wie heute", äußerte Putzi überzeugt. Und damit liefen wir vom Bach weg quer über die Wiesen den Hügel hinauf in die Richtung, die Frauchen von Anfang an hatte einschlagen wollen.

70. Eine andere Generation

„Heute fahren wir zu Adi und Rosel", kündigte Edith an. „Und zu Assi und Mischi und den Kindern", ergänzte Putzi.
„Assi und Mischi?" fragte Oma. „Von denen weiß ich ja noch gar nichts. Wann hat Rosel die denn gekriegt?"
„Assi gehört der kleinen Uli, und Mischi ist Adi auf der Straße nachgelaufen, da hat er sie bei sich aufgenommen."
„Zustände sind das heutzutage", räsonierte Oma. „Zu meiner Zeit gab es so etwas nicht."
„Oma, was denkst du?" beschwichtigte Edith Herrchens Mutter. „Assi ist ein deutscher Drahthaar mit Stammbaum, und Mischi war eine herrenlose Katze, ehe sie Adi leidgetan hat."
„Ach so!" gab sich Oma zufrieden. „Warum hast du

das nicht gleich gesagt! Ich habe mich schon gewundert. Uli ist doch erst dreizehn."

„Ist ja gut, Oma, wir irren uns alle mal", sagte Herrchen und ließ unser ältestes Familienmitglied neben mich auf den Rücksitz.

Herrchens bester Freund empfing uns vor dem Haus am Gartentor. Klausi war größer geworden. Aber als wir uns begrüßten, fiel er trotzdem um, weil ein kleiner Mensch den ihn anspringenden 55 Pfund Hund auf seinen dünnen zwei Beinen einfach nicht standhält, wenn er sich ihnen nicht richtig entgegenstemmt.

Die Treppe im Haus war dreimal so breit wie Bienchens Hühnerleiter, aber auch mindestens dreimal so glatt. Als ich mich anschickte, hinaufzusteigen, riß sich ein braungeflecktes Etwas, das oben von Uli festgehalten worden war, los und segelte uns holterdiepolter vor die Füße.

Die Mahnung „Assi!" ging unter in einem Tohuwabohu von gejauchzten Jaultönen, die sich mit den Rufen von Adi, der aus der Küche geeilten Rosel, Omas „Ach du lieber Gott!", dem Lachen unserer Lady und meiner eigenen Stimme zu einem gewaltigen Durcheinander vermischte, dessen Echo sich in dem geräumigen Treppenhaus vervielfachte. Dazu sprang Müllers neuer Stammbaumhund abwechselnd an Putzi, Edith, Oma und seinen eigenen Leuten hoch, als hätte er Sprungfedern eingebaut, beleckte jedes erreichbare Stückchen Haut, biß allen der Reihe nach vor lauter Übermut in die Hand und stürmte dann, mich zum Nachlaufen ermunternd, durch das Haus.

„So geht das jetzt seit Wochen", klagte Rosel und kehrte das vom Tablett gefallene Geschirr zusammen, während Adi ein paar umgeworfene Pflanzentöpfe wieder aufrichtete, die den Wirbelsturm einigermaßen heil überstanden hatten.
Erst jetzt kamen wir dazu, Martina Guten Tag zu wünschen, die mit einer dicken Katze auf dem Arm ungerührt das ganze Theater verfolgt hatte. Ihr „Barzi, bleib' weg, die Mischi hat Angst" schien mir allerdings höchst unglaubwürdig.
Denn das Viech sträubte das Fell wie ein Igel, fauchte wie eine Kobra mit geöffnetem Rachen auf mich herab und versuchte mich mit ihren Krallen zu erreichen, als ich sondieren wollte, ob sie eventuell etwas mit Mau gemein hätte.
„Setzt euch an den Kamin", sagte Herrchens bester Freund. „Ich habe Feuer gemacht. Es ist ganz schön kalt geworden. Würde mich nicht wundern, wenn wir Schnee bekämen." Ich kämpfte mich an Assi vorbei, die unbedingt Ringelreihen mit mir spielen wollte, und legte mich vor's Feuer wie damals in Florida.
„Assi, laß' Mischi in Ruhe!" verlangte Martina, die ihre Katze heruntergelassen und damit dem Übermut des Drahthaar-Backfischs ausgesetzt hatte. Mischi lag unter der Kaminbank und gab Assi, die sie absolut hervorziehen wollte, jedes Mal eins auf die Nase, wenn sie ihr zu nahe kam.
„Da habt ihr aber einen richtigen Fegwisch!" äußerte Frauchen und beging den Fehler, Assi zu kraulen. Denn die konzentrierte ihre Aktivität daraufhin sofort auf die liebkosende Hand, was zur Folge hatte, daß

Edith „Au!“ schrie und versuchte, die Geister wieder loszuwerden, die sie leichtsinnigerweise gerufen hatte. Völlig durcheinander gerieten die Verhältnisse aber erst, als Rosel einen geräucherten Schinken, kalten Braten, Kochkäse und Gänseschmalz brachte und man sich zuerst um den besten Platz am Tisch und danach um die besten Stücke balgte. Wobei sich Mischi als Ausbund an Verfressenheit erwies und nur mühsam davon abgehalten werden konnte, sich das Gewünschte selbst von den verschiedenen Tellern zu holen.

Währenddessen gerieten Uli und ihr Vater sich in die Haare, weil Adi genau das tat, was er einst an meiner Erziehung beanstandet hatte. Er stopfte nämlich Assi, die sich neben ihm auf der Bank behauptet hatte, von so ziemlich allem etwas zu, was aufgetischt war. Und Uli schien zu befürchten, daß ihr schlanker Rassehund bald so aussehen könnte wie Martinas kugelrunde Katze.

Da ungeschickterweise Hund und Katze auch noch in Reichweite voneinander saßen, als sie sich um die größeren Anteile stritten – was wiederum zu einem Disput zwischen Uli und Martina führte – wurde die Situation langsam kritisch.

Das erkannte auch Adi und sprach ein Machtwort.

Ulis Assi wurde auf den Korridor gesperrt und auch dann nicht hereingelassen, als sie fiebsend an der Tür kratzte und dort die Eindrücke ihrer scharfen Zehen hinterließ. Und Mischi landete in Martinas Zimmer, wohin sich ihre Beschützerin aus Protest ebenfalls zurückzog.

So blieb am Ende das Terrain demjenigen allein, der sich am besten benommen und nur gelegentlich ohne Aufhebens von Herrchen unterm Tisch eine Kleinigkeit entgegengenommen hatte.
„Erinnert ihr euch noch an Daytona Beach?“ fragte Putzi, der gern in Erinnerungen schwelgte. „Damals hast du behauptet, daß ein Hund nichts am Tisch verloren hätte.“
Adi hob sichtlich verzweifelt die Schultern. „Was soll ich tun? Auf mich hört ja keiner. Die Weiber machen hier doch grad, was ihnen einfällt!“
Aber da lachten alle Herrchens besten Freund aus, weil jeder wußte, daß er der stärkste Hund im Haus war.
So überraschte es auch niemand, daß uns Assi bald darauf wieder mit ihrer Gegenwart beglücken durfte und nur Martina und Mischi, die nicht wieder erschienen, ihre Ruhe behielten.
„Goldig ist Müllers Hund ja“, gab Oma auf der Heimfahrt zu, „sogar sehr goldig. Nur ein bißchen lebhaft. Unser Barzi ist mir aber doch lieber.“
Dabei streichelte sie zärtlich meinen Kopf, den ich zu diesem Zweck flach auf ihren Schoß gelegt hatte.
Recht hatte sie schließlich. Und auch Frauchen konnte ich leichten Herzens zustimmen, als es darauf hinwies, daß ich immerhin schon ein reifer Herr sei und darum zwangsläufig weniger lebhaft als jemand, der gerade die Kinderstube hinter sich habe.
Auch ich fand die junge Hundedame ganz charmant. Aber sie war mir doch ziemlich anstrengend vorgekommen. Man ist halt in Wirklichkeit schon nicht

mehr der Jüngste, wenn andere von einem sagen, man stehe im besten Mannesalter!

71. Der Duft der Natur

Jeden Abend, bevor ich mich mit Herrchen und Frauchen ins Allerheiligste zurückzog, sorgten sie für meine innere Reinheit. Daß ich vor dem Schlafengehn dabei noch einmal allein aus dem Haus durfte, um mich von allem unnötigen Druck zu befreien, war nicht nur verständnisvollem Einfühlungsvermögen zuzuschreiben, sondern es garantierte meiner Familie auch eine störungsfreie Nacht.
In Florida war das völlig problemlos gewesen. Da gab es genug Gegend ums Haus herum. Außerdem lag ich dort sowieso meist lange und bis in die Nacht hinein draußen.
In Götzenberg hatten sich die Bedingungen rapide verschlechtert. Wenn man dort spätabends noch mal wollte oder sollte, galt es zunächst die halsbrecherische, knarrende Stiege zu bewältigen, den scharf bewachten Hausflur vor Bienchens Wohnungstür und den Hof zu überqueren, sich das Hoftor öffnen zu lassen und dann noch einige hundert Schritte hinter sich zu bringen, ehe man sich ohne überhöhtes Risiko erleichtern konnte.
Bei soviel Umständen machte das Ganze oft einfach keinen rechten Spaß mehr. Vor allem, wenn es dazu noch regnete und stürmte und man sich hinterher jeden einzelnen Pfotenabdruck im Haus von der sau-

berkeitsfanatischen Wirtin vorrechnen lassen mußte. In Forstmühlen war das zum Glück wieder ganz anders und äußerst praktisch. Man ging einfach durch die Garage, von dort am eigenen Zaun entlang auf dem Wiesenweg gleich links zur nächsten Weide, erledigte dort die gewünschten Geschäfte und kehrte auf demselben Weg zurück – direkt ins Schlafzimmer, wo bereits die Ruhedecke auf einen wartete.

Herrchen mußte dann nur noch den Holzkeil unterm Garagentor entfernen, mit dem er mir die Heimkehr offengehalten hatte. Der gesamte Vorgang nahm wenig Zeit in Anspruch, höchstens ein paar Minuten – niemals mehr, weil um diese Stunde niemand sonst unterwegs war, auf den man achten mußte.

Einer dieser Ausläufe dauerte jedoch etwas länger. Schon am Tag war es zu Unstimmigkeiten zwischen Frauchen und mir gekommen. Bauer Hurtig hatte seinen Mist fortgebracht und einen Teil davon auf dem Weg verloren.

Wenn Sie selbst einen Hund haben, sollten Sie manchmal mit ihm aufs Land fahren. Die Feinschmecker unter uns wissen nämlich gut abgelagerte Fladen zu schätzen – am liebsten vom Pferd, aber auch von der Kuh mit einer Prise vom Schwein wegen der Würze. Unabhängig vom Geschmack enthält Mist wertvolle Mineralien und ist darum eine gesunde Bereicherung unserer Diät. Vorausgesetzt natürlich, daß das Vieh, von dem er stammt, nicht verwurmt oder anderweitig verdorben ist. Risiken können aber vermieden werden, wenn besonders um's Wohlergehen ihrer Lieblinge besorgte Hundehalter Proben des jeweils angebotenen Naturprodukts veterinärärztlich untersuchen lassen, bevor sie es für den Genuß freigeben. Was nun Bauer Hurtigs Fuhre betraf, so verhielt sich die Lady leider recht versnobt. Beim mittäglichen Spaziergang nahm sie mich an die Leine und zog mich einfach weiter, als wir einige noch dampfende Brocken passierten. An eine Probe für den Tierarzt schien sie gar nicht zu denken.

Allerdings merkte ich mir den Acker, auf dem unser freundlicher Nachbar seinen Traktoranhänger entladen hatte. Und als ich an jenen Abend zu Zwekken der inneren Hygiene aus der Garage gelassen wurde, führte mich meine Erinnerung schnurgerade dorthin zurück.

Was menschliches Unverständnis mir tagsüber verwehrt hatte, das erlaubte ich selbst mir im Mondschein, der allen Gegenständen einen geradezu zauberhaften Schimmer verlieh, in überreichem Maße. Wobei ich darauf bedacht blieb, daß nicht nur Gaumen und Magen etwas davon hatten sondern der komplette äußere Hund. Erst dann ging ich in jeder Weise befriedigt nach Hause und legte mich auf meinen gewohnten Platz vor Ediths Bett.

Als Putzi wieder aus der Garage kam, wo er pflichtgemäß das Tor verriegelt hatte, war Edith bereits aufgestanden und geflohen. Während ich über ihre unverständliche Aufregung noch nachdachte, nannte Herrchen mich unbeherrscht eine „alte Sau“ und warf mich kurzerhand hinaus.

In der nächsten Stunde verschwendeten die beiden lieben Menschen ein ganzes Stück Seife und unzählige

Eimer mit viel zu heißem Wasser, um all die schönen Erinnerungen wieder aus mir herauszuwaschen.
Ja, es gab Augenblicke, in denen ich befürchten mußte, sie würden am Ende sogar mein Innerstes nach außen wenden und mir den Magen ausschrubben!
Daß die Leute immer gleich so übertreiben müssen!

72. Es schneit

Am Morgen lag unser Schlafzimmer in einem so hellen Licht wie noch niemals zuvor. Wir waren später aufgewacht als sonst, weil die Geräusche der früh auf der Landstraße durchs Dorf fahrenden Traktoren und Milchwagen ausblieben und wir weder Senta wimmern noch Nicki quietschen hörten.

Es war still im Haus, als hätte ihm jemand eine Haube aus Watte übergestülpt, durch die nur das Glitzern und Gleißen von draußen hereindrang. Mau, der sich um diese Zeit gewöhnlich noch in der Gegend herumtrieb, saß innen auf der Fensterbank und sah ein paar Spatzen zu, die in der Tannenhecke flatterten.

Die Hecke war mit weißem Staub bedeckt wie auch die darüber hinausragenden Dächer und der Weg vor dem Haus, die Sträucher und die Bäume. „Adi gäbe einen besseren Wetterfrosch ab als alle, die dafür bezahlt werden, daß sie im Fernsehen drauflos raten!“ sagte Putzi, als er nach mir unserem Frauchen den üblichen Kuß vor dem Frühstück gab. „Es hat geschneit!“

„Und es schneit noch, schau nur, wie schön!“ rief die Lady aus und hüpfte aus dem Bett, um das Fenster zu öffnen. Kalte Luft strömte herein, und Mau trollte sich murrend an eine wärmere Stelle. Was wiederum ganz ungewöhnlich war, denn die Gelegenheit, hinauszuspringen, ließ er sich so leicht nicht entgehen.

Durchs offene Fenster kam der weiße Staub in weichen Flocken lautlos in die Stube. Kühl legte er sich auf meine Nase und schmolz sofort zu Wasser, das auf der

Zunge bizzelte und ein bißchen salzig schmeckte.
„Laß' uns hinausgehen", schlug Edith vor.
„Vor dem Kaffeetrinken? Wir sind doch gar nicht angezogen?"
Putzi hatte es gern, wenn wir den Tag gemütlich, ganz unter uns, am Tisch begannen, und er konnte dabei laut vom Breakfast auf unserem Urwaldgrundstück träumen.
Daß die Lady währenddessen oft ihren eigenen Gedanken nachhing oder sich mit mir unterhielt, weil sie jede geträumte und schon hundertmal erzählte Einzelheit ja bereits auswendig kannte, störte unseren Oberhund überhaupt nicht.
„Ach komm', sei nicht so", drängte Frauchen. „Es ist mein erster Schnee seit vielen Jahren. Er erinnert mich an früher, als wir noch Kinder waren. Es ist so lange her, daß ich's schon fast vergessen hatte."
„So wie du aussiehst, Schatz, können seitdem höchstens zehn Jahre vergangen sein." Herrchen wußte genau, was Frauchen am liebsten hörte. Und auch jetzt erreichte er mit seinem Kompliment, daß er stürmisch umarmt wurde und der arme Hund, dem diese Methode des Sichanschmeichelns versagt blieb, wieder einmal zu kurz kam.
Putzis Widerstand schmolz in Ediths Umarmung jedenfalls wie die Schneeflocken auf meiner Nase. Und so stapften wir drei hinaus in den verschneiten Garten. Herrchen und Frauchen in ihren schnell übergestreiften Morgenröcken, Hausschuhe an den nackten Füßen, ich dagegen barpfotig und in meinem üblichen Allwetterfell.

Dann hörte ich die beiden eine Zeit lang nur noch schreien, prusten, herumalbern und zuletzt fürchterlich lachen. Dabei kam mir bald der Verdacht, daß ihr lautes Vergnügen nicht allein mit den Schneeklumpen zusammenhing, mit denen sie sich bewarfen. Auch nicht nur mit der weißen Lawine, die vom Baum herunterkam, unter dem sich Putzi gerade bückte. Ein Vorgang, an dem die Lady nicht unschuldig war, weil sie gegen den Stamm getreten hatte.

Die verlorenen Pantoffeln im Schnee? Ediths paradoxerweise begeistertes „Huuuch, ist das kalt!", auf das hin sich sämtliche Hunde im Dorf zu Wort meldeten? Nein, das war es ebenfalls nicht.

Denn schließlich standen sie nur noch da und sahen mir zu. Amüsierten sich über jemand, der sich mit einem Element auseinandersetzte, dem ein normaler Südstaatler höchstens auf Fernsehschirmen begegnet. Ich hatte herausgefunden, daß frischgefallener Schnee für allerlei gut ist – nicht nur für alberne Wurfgefechte vor dem Frühstück.

In ihm herumzuspringen, daß man bis zum Hals in ihm versinkt, vermittelt ein Gefühl warmer Naturverbundenheit und ist viel angenehmer als in einer Badewanne gewaschen zu werden.

Sich in ihm zu wälzen ist beinahe so komfortabel wie sich in Frauchens Bett zu kuscheln, wenn auch vielleicht ein wenig feuchter.

Sich an herabhängenden Ästen zu kratzen, ist sogar noch reizvoller, wenn man dabei gleichzeitig eingesprüht wird. Das bißchen Schnee stellt kein großes Problem dar.

Denn die glitzernden Kristalle aus dem Pelz zu schütteln ist einfacher und hygienischer als den gemeinen Regen loszuwerden, der bis auf die Haut dringt und bewirkt, daß man hinterher nach moderndem Fuchs duftet.
Gerät man auf Schnee ins Schleudern, kann man jederzeit bremsen, indem man die Hinterbeine nach vorn stemmt und den Kopf in den Schnee steckt. Wenn man sich dann wieder freigeschaufelt hat, sieht die Welt durch die verbliebene Schneebrille gleich viel freundlicher aus.
Spuren im Schnee sind besonders leicht zu verfolgen bis zum jeweiligen Erdloch, in dem es so verlockend nach Maus riecht. Und wenn man auch gewisse Schwierigkeiten hat, tief genug hineinzuriechen und manchmal noch größere, sich wieder zurückzuziehen, so ist doch bis jetzt kein Hund in einem Mauseloch stecken geblieben. Verstopfte Nasen aber kriegt man bekanntlich durch heftiges Niesen wieder frei.
Beim Herumtoben im Schnee an den Zehen hängengebliebene Eisklümpchen sind eine weitere begrüßenswerte Zugabe: als erfrischende Bonbons oder auch einfach zum Hochwerfen und Auffangen.
Apropos Fangen: Ich glaube, meine Versuche, die immer noch vom Himmel fallenden Flocken daran zu hindern, daß sie auf dem Boden ankamen, wo sie nicht mehr einzeln auszumachen waren, haben Herrchen und Frauchen mehr Spaß gemacht als alles andere.
Warum sonst wohl meinte Putzi beim Bauernfrühstück mit Eiern, Speck und Käse, ich könnte gut als Tanzbär im Zirkus auftreten?

73. Armer Mau

„Das ist ein Wetter wie für Nobbi bestellt", freute sich Edith, als es in einem fort weiterschneite. „Wie schön für ihn, wenn er aus 20 Grad Wärme direkt in unsere winterliche Pracht kommt."

„Mir wäre die Wärme lieber, hier ist's mir zu kalt", beklagte sich Oma – und das, obwohl ich auf ihren Pantoffeln lag und ihre Pfoten damit sozusagen doppelt warmgehalten wurden.

In der Stube roch es nach Wald, denn Weihnachten stand vor der Tür, und Herrchen hatte eine Tanne mitgebracht. Eine von denen, die mitten im Zimmer stehen und viel Platz wegnehmen. Eine, um die man einen weiten Bogen schlagen muß, damit sie nicht umfallen und die auch zu nichts sonst gut sind, weil man vor lauter Zweigen, Kugeln und Kerzen nicht einmal an den Stamm herankommt.

„Wo Mau bloß steckt?" wollte Edith wissen. „Sonst hat er sich doch auch immer unter den Christbaum gelegt. Und heute habe ich ihn nicht mehr gesehen, seit es dunkel ist."

„Er wird schon auftauchen", beruhigte Herrchen sie. „Hauptsache, unser Schlafzimmerfenster ist offen, so daß seine Majestät hereinspazieren kann, wann es ihm beliebt – auch wenn es in der Zwischenzeit tüchtig zu uns hereinschneit."

Aber Mau kam an diesem Abend nicht mehr heim. Ich fand ihn auch nicht, als ich später noch einmal ein Bein heben ging. Der Schnee hatte alle Spuren verwischt.

Irgendwann in der Nacht hörte ich ihn am Fenster. Er verhielt sich ungewöhnlich ruhig, kündigte seine Ankunft nicht wie sonst durch sein überlautes „Mau" an. So kümmerte ich mich nicht weiter um ihn. Als wir am Morgen wach wurden, war er nicht mehr da.
„Lieber Gott, sieh doch!" hörte ich Frauchen rufen. Auf der Bettdecke befand sich ein großer blutiger Fleck.
„Da ist was passiert!" erklärte Herrchen. Und die ganze Familie begann das Haus zu durchforschen. Selbst Oma beteiligte sich und sah in alle Schubladen und Schränke, obwohl die ja geschlossen waren und Putzi prompt anfragte, ob sie denn glaube, ein ausgewachsener Katzert könne sich durchs Schlüsselloch zwängen.
Die Suche bliebe vergeblich.
„Ausgerechnet heute, wenn unser Bub kommt", jammerte Oma, worauf sie sich sagen lassen mußte, daß ein Tag so schlimm sei wie der andere, wenn ein Unglück geschehe.
„Am besten, ich fahre allein zum Flughafen und hole Nobbi", entschied der Master schließlich. „Ihr anderen sucht mittlerweile die Gegend ab. Hoffentlich habt ihr Glück."
Und so geschah es. Nur daß Oma sich nicht in den hohen Schnee getraute und weder die Lady noch ihr Hund so recht wußten, wo genau sie nun suchen sollten. Und darum hatten wir auch kein Glück.
Erst als wir müde und naß zurückkamen, entdeckte Frauchen eine Stelle in unserer Hecke, wo der Schnee heruntergebrochen war und am Gartenzaun dahinter

etwas nicht in Ordnung zu sein schien. Edith griff zwischen die Äste und sagte: „Armes Viecherl!"
Denn sie hielt ein Stück von Mau in der Hand.
„Hier muß er hängengeblieben sein und sich aufgerissen haben. Der Schnee hatte den Stacheldraht wahrscheinlich verdeckt und ihn zu einer Falle werden lassen. Ja, so muß es gewesen sein!"
Doch diese Erkenntnis half uns auch nicht weiter. Vor allem Mau nicht, der jetzt irgendwo lag, ohne daß wir ihm helfen konnten. Warum war er auch nicht dageblieben, nachdem er in der Nacht nach Hause gekommen war und sich blutend aufs Bett gelegt hatte?
Das Wiedersehen mit Nobbi hatte ich mir auch ganz anders vorgestellt. Der kleine Master war groß geworden. Er umarmte Oma und die Lady, und mir klopfte er auf die Schulter wie einem guten Bekannten, der seit der letzten Begegnung nicht mehr gewachsen war und ein bißchen Nachsicht verdiente.
Sein „Hallo, Barzi, alter Sauhund!" klang dabei nicht einmal so unfreundlich – wenn auch eher wie beim Tierarzt, wenn der schon den nächsten Patienten im Visier hatte. Und er drängte dann auch gleich darauf, daß wir alle gemeinsam noch einmal losliefen, um Mau vielleicht doch zu finden.
„Wozu haben wir denn den da?" fragte er und deutete auf mich. „Zeig mal endlich, was wirklich in dir steckt, Alter!" Und er bürdete mir damit eine Verantwortung auf, der ich mich kein bißchen gewachsen fühlte.
Selbstverständlich gab ich trotzdem mein Bestes, wie Sie sich denken können. Ich zog eifrig meine Kreise, durchwühlte jede Schneemulde und alle Hügel,

schnüffelte unter jeden Strauch, fand manches Mauseloch und sogar ein Hasenlager. Aber unseren Mau fand ich nicht.

Und auch meine zweibeinige Familie, so klug und stark und überlegen sie sonst war, ging am Ende ebenso still wieder heimwärts wie ich. Am meisten traurig schien mir der kleine Master zu sein, obwohl er ja viel größer geworden war. Wie sonst sollte ich es mir erklären, daß er kein böses Wort sagte, als ich mich in seinen Koffer legte, der aufgeklappt, aber noch immer nicht ausgeräumt war.

Und als die Lady mich daraus vertrieb, weil sie Nobbis Sachen in den Schrank hängen wollte, meinte er sogar, es sei ihm egal, wo ich mich hinlege, solange wenigstens ich noch da und gesund sei.

Es machte ihm offenbar auch überhaupt nichts aus, daß Edith weder das Essen fertig noch den Tisch gedeckt hatte – beides Dinge, die tagelang von der Familie besprochen und besonders liebevoll für seinen Empfang geplant gewesen waren.

Doch jetzt zeigte sich, daß auch eine Lady die Zähne zusammenbeißen und gelegentlich, wenn es sein muß, die Führungsrolle in der Familie übernehmen kann, während wir Männer noch die Köpfe hängen lassen.

„Schluß jetzt mit dem Trübsalblasen", ordnete sie an. „Übermorgen ist Weihnachten. Wir haben Frieden, es geht uns gut, und unser Kind ist endlich wieder bei uns. Mau hat nichts davon, wenn wir um ihn trauern. Nochmals – und dieses Mal richtig – willkommen daheim, lieber Bub!"

Dann gab sie Putzi den Auftrag, Wein und Bier aus dem Keller zu holen. Oma mußte den Tisch decken. Der angehende Doktor sollte sich den Reisestaub abwaschen und die Kleider wechseln. Und ich solle gefälligst aus dem Weg gehen und mich nicht ständig genau dorthin legen, wo sie gerade hantieren müsse und Platz brauche.
Auf diese Weise lenkte uns Frauchen ab, so daß wir ein wenig von unserer Traurigkeit vergaßen. Bis auch der kleine Master soweit war, daß er von meiner Heimat zu erzählen begann und mit den alten Erinnerungen neue Hoffnungen weckte.

74. Der Weihnachtsmann kommt

Am 23. und 24. Dezember spüren wir Vierbeiner bei unseren Herren eine ganz eigene Stimmung. Selbst dort, wo keine Jungen im Haus sind, verhält man sich anders als sonst. Man spricht leiser, lächelt öfter, geht behutsamer miteinander um. Ja, man hat selbst dort ein freundlicheres Wort für uns, wo wir an der Kette liegen oder im Zwinger gehalten werden.
Nachbar Hämisch schwenkte Sentas Käfig aus. Fummels Nicki lief, aufgeregt mit dem Stummel wackelnd, mit einem riesigen neuen Plastikknochen herum, den sie mir stolz vor die Füße legte. Und von überall her schwebte statt der üblichen Kartoffel- und Kohlgerüche Bratenduft vor meine Nase.
Auch bei uns gab's allerhand Lefzenwässerndes. Ständig wischte Frauchen an mir herum, um die Appetits-

fäden aufzufangen, an denen sie selbst schuld war. Denn sie hatte beschlossen, trotz Maus Verschwinden den extra für Nobbis Besuch aufgestellten Speisenplan einzuhalten.

So kamen in viel zu kurzen Abständen der Reihe nach Spezialitäten auf den Tisch, die „der arme Bub" in Amerika entbehren mußte, etwa Rindsrouladen, Krautwickel, Kalbshaxe, ungarischer Gulasch und Sachsenhäuser Rippchen, Sauerbraten und Gänsebrust. Und das alles mit soviel Vorneweg und Drumherum und Hintennach, daß man allein von den Zutaten schon knüppeldick satt wurde.

Ganz schlimm war es geworden, seitdem die Lady festgestellt hatte, daß der angehende Doktor zwar größer, aber auch dünner geworden war, weil sie ihn in Atlanta nicht verpflegen konnte und er keine Zeit hatte, für sich selbst etwas Gutes zu kochen. Daß vom Essen in der Universitätskantine einem Hund schlecht werden könne, hätte er vielleicht auch nicht sagen sollen.

Viel Freude am Aufgetischten hatte die Familie dennoch nicht. Wenn sie sich auch Mühe gab, wenigstens beim Essen unseren abhanden gekommenen Kater zu ignorieren, so merkte man doch an den übriggebliebenen Portionen, daß sie an ihn dachte.

Jedenfalls sah es ganz so aus, als sei ich der einzige, dem die Sorge um Mau nicht völlig auf den Magen geschlagen war. Ein Umstand, der mich nach jeder Mahlzeit wie ein gefüllter Weihnachtstruthahn fühlen ließ und dem man auch nicht mit der üblichen Zweibeinermedizin gegen Bauchkneifen beikommen konnte, weil Schnaps für unsereinen ja nicht in Frage kommt.

So schleppten wir uns gewissermaßen von Futterstunde zu Futterstunde. Dazwischen aber waren wir draußen und suchten nach Mau. Jedes Mal, wenn wir eine frische Spur im Schnee entdeckten, gingen wir ihr nach, bis wir sie verloren oder sich herausstellte, daß sie von einem fremden Tier stammte. Vor allem Herrchen war dabei der Leidtragende, weil er Schwierigkeiten damit hatte, Hasenläufe und Rehhufe von Katzenpfoten zu unterscheiden.
Im Telefonieren war er viel besser. Und so telefonierte er in der Nachbarschaft herum, um zu fragen, ob jemand vielleicht einen kleinen Kerl gesehen hatte, der teils wie ein Zwergtiger in Grau, teils wie ein Luchs aussehe, dabei aber lieb und zahm und ganz harmlos sei. Putzi ging sogar soweit, bei Hämischs nachzufragen, die er aus tiefstem Herzen verabscheute.
Am Heiligabend standen wir Fünf dann um den Christbaum und versuchten „O du fröhliche" zu singen und guter Stimmung zu sein, wie es sich zu diesem Anlaß gehörte. Als ich genug gebellt hatte, bekam ich meine traditionelle Wurst, und die andern packten ihre Päckchen aus, weil man das halt so macht, wenn Bescherung ist.
Doch wollte die erwartete Freude, Überraschung, Dankbarkeit trotz der vielen Geschenke nicht so recht aufkommen. Edith drehte sich um, damit niemand sah, daß ihre Augen naß waren. Putzi und Nobbi schluckten und taten krampfhaft so, als sei die Welt völlig in Ordnung, weil Menschenmänner nicht weinen. Oma war am ehrlichsten. Sie heulte los, daß ein einsamer Schloßhund vor Neid verstummt wäre.

Die Glocken von Forstmühlen läuteten die Christnacht ein. Sie und die Chormusik im Fernsehen füllten das Zimmer mit ihrem Klang, so daß niemand außer mir hörte, wie unsere eigene Hausglocke anschlug. Ich rannte Putzi voran zur Tür.

Im Eingang stand Bauer Hurtig. Er hatte Mau auf dem Arm.

„Ist das Ihre Katze?“ fragte er – mehr der Form halber. Denn an Putzis Gesicht, dem Aufschrei der herbeigeeilten Lady und meiner lautstarken Begeisterung hatte er natürlich sofort erkannt, daß er zur rechten Zeit als eine Art Weihnachtsmann bei uns erschienen war.

Herrchen nahm Mau von ihm entgegen wie ein ebenso wertvolles wie zerbrechliches Geschenk. Edith, Nobbi und Oma umringten den verloren Geglaubten und strichen ihm ein ums andere Mal übers Fell, während er nahezu regungslos die Liebkosungen hinnahm, uns dabei aus schmalen Augen anblinzelte und leise schnurrte.

„Ich hab' ihn im Heu gefunden beim Futterholen“, erklärte der Nachbar. „Es hätte nicht viel gefehlt und ich hätte ihn mit der Heugabel erwischt. Er scheint am Bauch verletzt zu sein, da ist er ganz verkrustet.“

„Er hat sich am Draht in unserer Hecke aufgerissen“, bestätigte Putzi. „Gleich morgen schneide ich den heraus. Jetzt ist nur wichtig, daß das Tier lebt und wieder da ist. Wir sind Ihnen ja so dankbar!“

Der künftige Doktor tastete den Verletzten vorsichtig ab, ohne daß Putzi ihn los ließ. „Es scheint wirklich nur äußerlich zu sein. Ein Stück vom Fell fehlt, aber

das wird wieder heilen. Wahrscheinlich haben wir uns übertriebene Sorgen gemacht."
„Katzen verkriechen sich, wenn sie sich krank fühlen, bis sie wieder gesund sind", sagte Bauer Hurtig. „Mit meiner ist's mir auch schon so ergangen."
Edith umarmte ihn spontan, Nobbi drückte ihm die Hand, und Putzi überreichte ihm ein Paket, das eigentlich für ihn selbst bestimmt gewesen war. Unsere geradezu überschäumende Dankbarkeit machte den willkommenen Gast richtig verlegen.
„Wissen Sie, ich kann's ja jetzt ruhig zugeben: ich habe nicht mehr daran geglaubt, daß wir ihn noch einmal lebend zu Gesicht bekämen", sagte Herrchen. Und Frauchen fügte hinzu: „Ich auch nicht, aber gehofft hab' ichs trotzdem."
„In Florida wäre das nicht passiert", behauptete Nobbi, der wohl die Geschichte mit dem Milan vergessen hatte.
„Also, dann muß ich mal wieder", meinte der Nachbar. „Ich bin im Stall noch nicht fertig, und die Kinder warten auch aufs Christkind!"
„Sie können ihnen ruhig sagen, bei uns seien Sie schon gewesen!" rief ihm Putzi nach, als er durch den Schnee davonstapfte. „Wie schön", sagte Oma, daß Weihnachten ist. Jetzt können wir endlich richtig feiern!"

75. Die Familie ärgert sich

In den nächsten Tagen und Nächten beschäftigte der heimgekehrte Rekonvaleszent die Familie auf seine

eigene Weise. Anscheinend hatte er beschlossen, seine vollständige Genesung unterm Bett von Herrchen und Frauchen abzuwarten.
Dorthin hatte er sich gleich nach seiner Ankunft zurückgezogen, und er blieb da auch selbst dann, wenn sein Verdauungsapparat funktionierte. Wobei er Erstaunliches an Quantität und Aroma leistete, obwohl er in dieser Zeit nichts zu sich nahm als ein bißchen Trockenfutter und ein paar Happen aus der Dose, die er mundgerecht hingeschoben bekam.
Ein Glück, daß er sonst noch schwach war und nicht Mäuse und Maulwürfe jagte, deren halbzersetzte Überreste er meist vor unserer Haustür auszuspucken pflegte. Bei seiner derzeitigen Neigung hätte er die unverdaulichen Teile garantiert ebenfalls vor meiner Nase deponiert.
Es reichte schon, daß Putzi und die Lady mindestens zweimal bei Tag und Nacht das Bett zur Seite rücken mußten, um an Maus ungewollte Liebesgaben heranzukommen. Hinterher dauerte es Stunden, bevor der penetrante Katzengeruch und der nicht minder scharfe Dunst des Teppichreinigers hinausgelüftet waren.
Auf die einfache Idee, dem längst nicht mehr totkranken Stinker ein Lager in der Garage einzurichten, bis er sich erinnerte, wohin sein Unrat gehörte, kam außer mir keiner. Und ich behielt meine Meinung wohlweislich für mich. Schließlich muß man solche Nachteile in Kauf nehmen, wenn man im Falle eines Falles selbst als Mensch behandelt werden will. Jedenfalls hatte die Familie mit ihrem stubenreinen Labrador-Pointer aus

Nordbahnhofstraße 201 · 70191 Stuttgart
Tel. (0711) 8 10 00-444 · Fax (0711) 8 10 00-40

WICHTIGE HINWEISE

Bitte prüfen Sie sofort:
- **Ist die Quittung lesbar?**
- **Stimmen die Voraussagen mit dem Spielschein überein?**

Bei Unstimmigkeiten sprechen Sie mit Ihrer Verkaufsstelle.

Ihre Spielquittung ist aus Thermopapier hergestellt. Bitte vor Wärme und Sonneneinstrahlung schützen und nicht Feuchtigkeit, Lösungsmitteln, Fetten sowie anderen schädigenden Stoffen aussetzen.

Quittung sorgfältig aufbewahren. Ohne Quittung kann keine Gewinnauszahlung erfolgen. Gewinne bis 1 000 DM erhalten Sie gegen Rückgabe der Quittung bei Ihrer Verkaufsstelle.
Bei Spielteilnahme ohne Kundenkarte müssen Gewinne über 1 000 DM bei der Gesellschaft unter Vorlage der Quittung angefordert werden. Ihre Verkaufsstelle hält dafür Formulare bereit und gibt Ihnen eine Empfangsbestätigung. Haben Sie mit einer Kundenkarte teilgenommen, werden die Gewinne überwiesen.
Alle Ansprüche erlöschen 13 Wochen nach dem letzten Veranstaltungstag des Spielzeitraumes.Es gelten die amtlichen Teilnahmebedingungen.

Staatliche Toto-Lotto GmbH
Nordbahnhofstraße 201 · 70191 Stuttgart
Tel. (0711) 8 10 00-444 · Fax (0711) 8 10 00-40

WICHTIGE HINWEISE

Bitte prüfen Sie sofort:
- **Ist die Quittung lesbar?**
- **Stimmen die Voraussagen mit dem Spielschein überein?**

Bei Unstimmigkeiten sprechen Sie mit Ihrer Verkaufsstelle.

Ihre Spielquittung ist aus Thermopapier hergestellt. Bitte vor Wärme und Sonneneinstrahlung schützen und nicht Feuchtigkeit, Lösungsmitteln, Fetten sowie anderen schädigenden Stoffen aussetzen.

Quittung sorgfältig aufbewahren. Ohne Quittung kann keine Gewinnauszahlung erfolgen. Gewinne bis 1 000 DM erhalten Sie gegen Rückgabe der Quittung bei Ihrer Verkaufsstelle.
Bei Spielteilnahme ohne Kundenkarte müssen Gewinne über 1 000 DM bei der Gesellschaft unter Vorlage der Quittung angefordert werden. Ihre Verkaufsstelle hält dafür Formulare bereit und gibt Ihnen eine Empfangsbestätigung. Haben Sie mit einer Kundenkarte teilgenommen, werden die Gewinne überwiesen.
Alle Ansprüche erlöschen 13 Wochen nach dem letzten Veranstaltungstag des Spielzeitraumes.Es gelten die amtlichen Teilnahmebedingungen.

Staatliche Toto-Lotto GmbH
Nordbahnhofstraße 201 · 70191 Stuttgart
Tel. (0711) 8 10 00-444 · Fax (0711) 8 10 00-40

WICHTIGE HINWEISE

Bitte prüfen Sie sofort:
- **Ist die Quittung lesbar?**
- **Stimmen die Voraussagen mit dem Spielschein überein?**

Bei Unstimmigkeiten sprechen Sie mit Ihrer Verkaufsstelle.

Ihre Spielquittung ist aus Thermopapier hergestellt. Bitte vor Wärme und Sonneneinstrahlung schützen und nicht Feuchtigkeit, Lösungsmitteln, Fetten sowie anderen schädigenden Stoffen aussetzen.

SPIELQUITTUNG

Kanstinger
78532 Tuttlingen,Weimarstr. 60

LOTTO AM SAMSTAG NORMAL

Spielvoraussagen

1.	1	12	23	27	29	30
2.	1	12	22	38	47	48
3.	3	4	17	19	29	33
4.	1	2	33	34	45	47
5.	10	13	18	31	34	39
6.	17	18	33	34	44	45
7.	1	9	17	25	33	41
8.	7	13	19	25	31	37
9.	4	11	18	25	32	39
10.	11	17	19	25	32	39
11.	17	18	24	25	31	32
12.	31	32	41	42	48	49

Superzahl 3

Losnummer 7877283
Spiel 77 JA SUPER 6 JA

Laufzeit 1 Woche
01.08.98

Spieleinsatz einschließlich
Bearbeitungsgeb. 20,00 DM
30.07.98 17:38:29

Bitte hier keine Vermerke!

Spielquittungs-Nummer
030114 033392272061 8
00 0353225014844064 9

Millionen gewinnen
im Lotto am Samstag!

Florida wesentlich weniger Umstände. Darum nahm sie mich auch mit, als sie vor Nobbis Abreise nach Amerika noch einmal gemeinsam zu einer vogelsgebirgigen Wanderung aufbrach.

Mau überließen wir derweilen sich selbst, seinem Wasserschälchen, dem Futterschüsselchen und der Streubox, die Putzi in ungebrochenem Optimismus vor sein Bett plaziert hatte.

Mittlerweile hatte Tauwetter eingesetzt. Es schmolz den Schnee zu schmutzigen Pfützen, und nur auf geschützten Waldwegen und Feldern, über die der Wind hinwegpfiff, blieben eisige Überbleibsel.

So wie es draußen aussah, wurde jemand mit niedriger Straßenlage wie ich ganz schön naß. Aber die aufrechtgehenden Zweibeiner kamen mit ein paar bespritzten Pfoten davon, und Oma konnte besser laufen als im hohen Schnee.

Sie hatte ihre Rund-um-die-Uhr-Pantoffeln gegen ordentliche Stiefel getauscht und ließ sich an Putzis Arm spazierenziehen, ihn dabei eingehend über das Ausmaß ihrer Beschwerden aufgrund der ungewohnten Anstrengung unterrichtend.

Der kleine Master und Edith bildeten ein anderes Paar. Nobbi schwärmte seiner Mutter vom Leben in einem wärmeren Land vor. Und die Lady bewunderte währenddessen die glitzernden Tannen, die Spuren im letzten Schnee, das Stückchen blauen Himmel zwischen den grauen Waschlaugenwolken und die frische Luft.

Nur ich ging individuell meines Weges, gab mich ganz meiner Pirschleidenschaft hin. Die milde Temperatur und die freigelegten Wiesenmulden waren so mancher Feldmaus in einer Art voreiliger Frühlingsstimmung zu Kopf gestiegen und machten sie leichtsinnig. Und da die größeren Trophäen infolge unbegreiflicher Jagdgesetze der Zweibeiner für einen Privathund tabu sind, muß man sich halt mit Kleinstgetier begnügen, wenn es sich anbietet, um einigermaßen in Form zu bleiben.

Unterwegs begegnete uns eine alte Eiche, unter der wir schon manches Mal gesessen und ins Tal hinuntergeschaut hatten. Jetzt hing sie, all ihrer Äste entledigt, als nackter Stamm im Schlepp eines Traktors.
„Sie war mindestens 150 Jahre alt und kerngesund“, ärgerte sich Putzi. „An einem einzigen Tag wird so

etwas aus purer Dummheit und Profitsucht zu totem Nutzholz geschlagen. Das nenne ich Waldsterben!"
„Der Mann auf dem Traktor hat aber freundlich gegrüßt", wandte Oma ein.
„Der Mann auf dem Traktor war der reichste Landwirt im Ort", erwiderte Herrchen sarkastisch. „Die Eiche bringt ihm wenigstens einen Tausender und wahrscheinlich mehr. Und umhauen konnte er sie nach eigenem Gutdünken, weil ihm der Wald gehört."
„Habt ihr hier denn keine Naturschutzbehörde?" erkundigte sich Nobbi.
„Die kannst du grad' mal vergessen. Allein in der kurzen Zeit, in der wir hier wohnen, haben sie drei mit Holunder und Heckenrosen gesäumte Wege dem Erdboden gleichgemacht und im Rahmen der sogenannten Flurbereinigung asphaltiert."
„Vergiß das Feuchtgebiet auf der anderen Seite vom Dorf nicht", erinnerte Edith. „Da sind sie gerade beim Trockenlegen und Abbrennen der Sträucher und Bäume. Dabei war das ein Nistplatz für unzählige Vögel, und die ganze Gegend ist als Vogelschutzgebiet sogar ausgewiesen." „Das steht nur auf dem Papier", räsonierte der Master. „Aber auf dem Land geschieht eben in Wirklichkeit nur, was dem lokalen Interessenklüngel dient – und das auch nur aus der kurzsichtigen Perspektive von Fröschen."
„Ihr wolltet ja unbedingt wieder nach Deutschland", kehrte Nobbi zu seinem Lieblingsthema zurück, „und mußtet unser Traumgrundstück in Florida verkaufen. Dort hättet ihr euch über so was nicht zu ärgern brauchen."

Die Lady lachte hell auf. „Drüben ärgern wir uns über etwas anderes. Wir finden schon was!"
Oma tätschelte dem angehenden Doktor den Teil, der bei unsereinem dafür vorgesehen ist. „In Amerika ist es viel wärmer. Nobbi hat ganz recht. Wir hätten gleich drüben bleiben sollen. Ich will wieder hin!"
„Aber doch nicht, weil sie hier im Vogelsgebirge ein paar Bäume zuviel absägen", sagte unser Master. Und damit bestätigte er eigentlich, daß wir schon so gut wie auf dem Weg waren.
Es hätte mich auch gewundert, wenn die Familie hiergeblieben wäre, nachdem ihr bewunderter Liebling sie in seiner Nähe haben wollte. Daß es Frauchen da, wo wir im Augenblick waren, eigentlich ganz gut gefiel, spielte in dem Fall keine Rolle mehr.
Nun, mir kann's egal sein. Eine starke Persönlichkeit macht aus jeder neuen Umgebung das Beste!

76. Ein überstürzter Abschied

Warum weinen ältere Menschen nur so leicht? Alte Hunde tun's doch auch nicht. Ob Putzi recht hatte, daß er Oma aufforderte, beim Abschiednehmen von Nobbi nicht so sentimental zu sein?
Die Lady meinte allerdings, als wir im Auto saßen und zum Flugplatz fuhren: „Du bist zu hart zu deiner Mutter. Sei du erst einmal selbst fünfundachtzig, dann heulst du auch, wenn dir jemand Lebewohl sagt, den du gern hast und vielleicht nie wiedersehen wirst."
„Quatsch", erklärte der Master und fuhr – ganz gegen

seine Gewohnheit – viel zu schnell für mein Gleichgewicht in die nächste Kurve. „Erstens sieht sie Nobbi bald wieder, weil wir nachkommen. Und zweitens wird schon längst über mich Gras gewachsen sein, wenn ich fünfundachtzig bin. Unsere Generation wird nämlich viel schneller verbraucht sein als die vorige."
„Sag so was lieber nicht", mischte sich Nobbi ein. „Immerhin hast du die ersten sechzig bald geschafft, und die restlichen fünfundzwanzig Jährchen vergehen schnell."
Putzi schmunzelte wie ein Dobermann, dem man die vorgehaltene Wurst wegzieht. „Mit deinem Einfühlungsvermögen solltest du Psychiater werden." Worauf der angehende Doktor zugab, daß er daran auch schon gedacht habe; schließlich gäbe es ohnehin inzwischen mehr Verhaltensgestörte als Normale auf der Welt.
Doch Frauchen behauptete ernsthaft, die Altersfrage sei in ihrem Fall bereits beantwortet. Sie habe beschlossen, mit Herrchen zusammen mindestens zweihundert Jahre alt zu werden.
Die haben Sorgen! Was soll da einer sagen, der mit der Kleinigkeit von einem guten Dutzend Jahren auskommen muß und oft schon vorher eingeschläfert wird.
Nachdem wir in der Abflughalle Nobbis Koffer losgeworden waren und eine freundliche Dame am Schalter bedauert hatte, daß ein so attraktiver Hund wie ich dieses Mal nicht Gast ihrer Fluggesellschaft sei, gab Herrchen bekannt, daß wir noch Zeit hätten für den Besuch eines Restaurants.

„Viel Appetit hab' ich eigentlich nicht", gestand Edith. Und auch Nobbi meinte, mehr als eine Hühnerbrühe brächte er vor dem Start nicht mehr in sich hinein. Wie gut hatte ich es da doch – ohne Nervosität und mit unbeschränktem Aufnahmevermögen!
Doch gerade mir, dem einzigen von uns, der in entsprechend hoffnungsfroher Bereitschaft einem freien Tisch zustrebte, wurde der Zutritt verwehrt.
„Hunde dürfen hier nicht herein!" erklärte ein Obermensch im Anzug eines Pinguins, der uns nachgeeilt war und sich mir, wenn auch in gebührender Respekthaltung, in den Weg stellte.
„Wieso nicht?" wollte Putzi wissen, und seine Stimme bekam einen knurrenden Unterton. „Ich dachte, dies sei ein Restaurant für Fluggäste – ohne Ansehen der Person! Der Hund ist genauso Passagier wie wir." Wie Sie längst wissen, nimmt es Herrchen gelegentlich nicht so genau mit der Wahrheit, wenn es um einen guten Zweck geht.
„Bedauere", erwiderte der Pinguin trotzdem. „Aber so lautet die Vorschrift. Hunde müssen grundsätzlich vor der Tür bleiben."
„Nun, dann werden wir das selbstverständlich auch. Im übrigen gibt es ja noch andere Lokale hier."
Ich schnupperte in die Luft, in der mehr lag als der Duft, der aus der Küche kam, und erlaubte mir auf dem Weg zum Ausgang einen Abstecher zu einem Nebentisch.
Meine Nase hatte sich nicht geirrt. Die dort abgestellte Reisetasche begann bei meiner Annäherung streitsüchtig zu kläffen.

Der sich daraus entwickelnde Disput zwischen einem sorgfältig verpackten Chihuahua und einem richtigen Hund fand nicht nur die Aufmerksamkeit der übrigen Gäste. Er brachte auch den Pinguin in Verlegenheit. Denn Putzi fragte diesen – und das nicht gerade leise – ob in seinem Etablissement etwa mit zweierlei Maß gemessen werde und ob er vielleicht gar ein Vorurteil gegen bestimmte Größen und Rassen hege.
Der Pinguin wand sich wie ein Aal auf dem Trockenen. Die Besitzerin des Zwergs konnte er nicht gut jetzt noch auffordern, ihre Tasche samt dem Kleinen vor die Tür zu setzen, zumal sie mitten beim Essen war. So rang er sich zu einem halbherzigen Kompromiß durch und bot uns einen Platz gleich neben dem Eingang an.
Natürlich überhörten wir das faule Angebot ebenso wie das Gezeter der Dame, an deren Gepäckstück ich noch schnell ein Bein gehoben hatte, ehe wir uns ein friedlicheres Lokal suchten.
Daß wir in einer Konditorei landeten, in der man Hunde gleich behandelte, gefiel nicht nur Herrchen sondern auch mir. Wenn man wählen kann zwischen ein paar übriggebliebenen Salatblättern, die einem außerdem noch mißgönnt worden wären, und einem großen Stück Sahnetorte, braucht kein Hund lange zu überlegen.
Der kleine Master sagte zwar etwas vom „Zutodefüttern“, und Putzi stimmte ihm aus vollem Munde zu. Den Teller nahmen sie mir aber erst weg, nachdem ich ihn fein sauber geleckt hatte und nach mehr Ausschau hielt. Ein Hund kennt eben weder Reisefieber noch

anhaltenden Abschiedsschmerz, solange eine geliebte Bezugsperson bei ihm bleibt.
So war ich es auch, der für die nötige Entspannung sorgte, als die Sache melodramatisch zu werden drohte. Während Edith Nobbi feierlich umarmte und ihn gar nicht mehr loslassen wollte und Putzi mit einem Frosch im Hals vom baldigen Wiedersehen phantasierte, gelang mir eine nach dem Tortengenuß notwendige persönliche Erleichterung.
Genau im richtigen Moment sahen sich die anwesenden Mitglieder der Familie somit plötzlich bei den anderen Reisenden und sich Verabschiedenden einem peinlichen Verdacht ausgesetzt. Die intensive Geruchsglocke, die sich um uns herum gebildet hatte, ließ jedermann von uns abrücken und löste sich erst langsam auf, als der kleine Master schon lange fluchtartig durch die Paßkontrolle enteilt war.
„Du hast uns zwar gründlich blamiert“, gestand mir Herrchen auf der Rückfahrt, „aber deine Sache trotzdem gut gemacht. Ich kann Sentimentalitäten sowieso nicht leiden. Und was sein muß, das muß sein!“

77. Vater werden ist nicht schwer...

Eines Tages standen sämtliche Kinder vor einem Holzstapel am Rand von Fummels Autofriedhof und spähten hinein. Die jungen Zweibeiner von Forstmühlen haben ihr eigenes Nachrichtensystem ebenso wie die Alten. Wenn irgendwo im Ort etwas passiert, spricht sich das in Windeseile herum.

In dem Holzhaufen lag Nicki, unter und neben sich lauter kleine schwarze Nachkömmlinge – nicht größer als die Baumratten, die in Florida herumlaufen und von meinen Artgenossen totgebissen werden, wenn sie sie erwischen. Meine anlehnungsbedürftige Nachbarin hatte die Quittung für die ihr erwiesenen Liebesdienste gleich neunfach vorgelegt!
Als ich mich freundlich nach ihrem Zustand erkundigen wollte und mich zu diesem Zweck an sie heranschnupperte, begann sie zu knurren. Fummels Heike, die ja ihr kleines Frauchen war, biß sie sogar in die ausgestreckten Finger.
„Eigentlich dürfte sie das ja nicht", meinte Edith, als sie davon hörte. Aber Putzi zeigte dafür Verständnis.
„Du würdest wahrscheinlich auch beißen, wenn du Angst hättest, daß man dir dein Baby wegnimmt!"
„Wer will ihr denn die Jungen wegnehmen?" fragte die Lady, die sich so etwas nicht vorstellen konnte.
„Herr Hurtig hat erzählt, daß sie es hier immer so machen", erklärte Herrchen. „Nicki kriegt alle Jahre wieder Nachwuchs, weil Fummels die fünfzig Mark für den Tierarzt nicht ausgeben wollen, um sie zu sterilisieren. Den Kindern erzählen sie einfach, sie hätten die Hundebabys ins Tierheim gebracht. In Wahrheit werden sie erstickt oder erschlagen."
Und so geschah es auch dieses Mal. Als Fummel von der Arbeit nach Hause kam und von der Sache hörte, machte er sich nicht wie sonst gleich über seine Altauto-Sammlung her, sondern räumte den Holzstapel beiseite. Dann ergriff er die wimmernden blinden Knäuel, ohne sich von der zeternden Mutter beirren

zu lassen, steckte sie in einen Eimer und fuhr mit ihnen davon.
Nur ein Einziges hatte er Nicki gelassen. Auch es würde verschwinden, wenn seine Mutter keine Milch mehr hatte und es zum Absaugen nicht mehr gebraucht wurde.
„Unser Babba sagt, der Barzi sei schuld dran, daß die Nicki Junge gekriegt hat“, erzählten Fummels eigene Sprößlinge uns am nächsten Tag.
„Ihr könnt eueren Babba fragen, ob er schon mal von einem Eunuchen gehört hätte, der Vater geworden ist“, grinste Putzi. „Und richtet ihm aus, daß Nickis Hündchen genauso sicher von Barzi stammen wie sie jetzt im Tierheim sind.“
„Was redest du!“ mahnte die Lady. „Die Kinder verstehen das doch gar nicht.“
„Unser Babba sagt auch, daß euer Barzi immer hinter unserer Nicki her ist“, trumpften Fummels Kinder auf.
„Da hörst du's!“ lachte Edith und zog Putzi mit sich. „Es ist sinnlos.“
„Kommt ganz darauf an, aus welcher Perspektive man es sieht“, antwortete Herrchen, und wir liefen weiter.
Das Gerücht meiner Vaterschaft aber schwelte fort und bekam neue Nahrung, als Nicki nach einigen Wochen erneut um mich herumzuschwänzeln begann.
Entweder hatten die Leute in Forstmühlen noch nichts von Eunuchen gehört, oder sie wußten nichts mit dem Begriff anzufangen.

78. Ich revanchiere mich bei Mau

Mitten in der Nacht wurde ich wach. Etwas war anders als gewohnt. Obwohl ich in der Finsternis nicht viel erkennen konnte, signalisierten alle meine Sinne Alarm. Ich lauschte. Frauchen murmelte im Schlaf, und von Herrchens Bettseite kam der übliche Sägeton. Die Stelle hinterm Vorhang, wo sich Maus Beobachtungsposten befand, war leer. Das Fenster stand offen. Da war es wieder! Stimmen in der Nähe vom Haus. Leise, von der Art, in der die Zweibeiner flüstern, wenn sie etwas zu verbergen haben. Dann ein gedämpftes Klappern wie von einer vorsichtig zugedrückten Autotür.

Ich gab Laut und verlangte, daß man mich hinaus ließ. Herrchen kam hinter mir her. „Was ist los? Warum machst du so'n Lärm?" fragte er schlaftrunken und völlig sinnlos, denn eine direkte Antwort erwartete er wohl selbst kaum.

Aber er verschaffte mir wenigstens freie Bahn, und ich schoß hinaus.

Am Ende des Gartenzauns, wo die Straße aufhörte und der Wiesenweg begann, stand ein Kombiwagen. Um ihn herum blieb es zunächst still – nur auf der anderen Seite unserer Hecke begannen Senta und Nicki wie verrückt zu bellen.

Dann hörte ich Mau. Sein Ruf kam aus dem Kombi, an dem ich sofort hochzuspringen und zu kratzen begann. Ich erreichte damit aber nur, daß plötzlich der Motor aufheulte, die Scheinwerfer aufleuchteten und der Kasten mit durchdrehenden Rädern anfuhr.

Fast im selben Augenblick gingen sämtliche Lichter am Haus und im Garten an. Unser eigenes Auto rollte aus der Garage und stellte sich quer. Auch die Häuser in der Nachbarschaft bekamen helle Augen.
Der Kombi kam schleifend zum Stehen. Herrchen lief zum Fahrerhaus und riß die Tür auf. Zwei Männer kamen zum Vorschein. „Was wollen Sie? Warum stellen Sie sich uns in den Weg?"
„Was Sie hier wollen, wollte ich Sie gerade fragen", entgegnete Herrchen. „Was haben Sie hier um diese Zeit überhaupt zu suchen?"
„Wir haben uns verfahren", behauptete der eine, der ausgestiegen war, während der andere sich nicht herausgetraute, denn ich paßte auf. „Nehmen Sie doch bitte Ihren Wagen weg, damit wir weiterfahren können."
Ich hatte schon die ganze Zeit über verzweifelt versucht, meine Entdeckung Herrchen verständlich zu machen. Jetzt nahm Putzi endlich meine Anstrengungen zur Kenntnis. „Was haben Sie denn in dem Fahrzeug?", wollte er von den fremden Männern wissen.
„Nichts, gar nichts! Nur leere Kisten!"
Doch Putzi war jetzt so mißtrauisch geworden, daß er erklärte, er werde so lange die Fahrbahn blockieren, bis man ihm Gelegenheit gegeben habe, sich zu überzeugen, daß alles mit dem Wagen in Ordnung sei.
Inzwischen waren Bauer Hurtig und Nachbar Fummel hinzugekommen, und Edith erschien auf der Bildfläche, um mitzuteilen, daß die Polizei, die sie vorsichtshalber gerufen habe, auf dem Weg sei.
Daraufhin wurden die Fremden sichtbar nervös. Der

Zweite stieg ebenfalls aus, und im nächsten Moment liefen sie davon. Was sie besser nicht getan hätten, denn – wie Sie sich denken können – ließ ich sofort von dem Kombi ab und kümmerte mich um die Flüchtenden, genauer gesagt um den Langsameren von den beiden.

Hurtig und Fummel eilten mir zu Hilfe und hielten den Hingefallenen fest. Herrchen öffnete mittlerweile den Kombi, und Edith leuchtete mit ihrer Taschenlampe hinein.

„Auf frischer Tat ertappt!“ stellte der Master befriedigt fest und holte Mau heraus. Andere Drahtkäfige mit Hunden und Katzen, die keinen einzigen Mucks von sich gaben, ließ er unberührt.

„Was ist denn mit den Tieren? Ob sie tot sind?“ fragte Frauchen.

„Die leben noch alle“, meinte Bauer Hurtig, der nach Putzi in den Wagen geklettert war und gerade wieder herauskam. „Die sind nur betäubt, damit sie keinen Krach machen!“

„Aber Mau ist doch quicklebendig!“ wunderte sich die Lady.

„Mit dem waren sie wahrscheinlich noch nicht soweit“, sagte Putzi, und er besah sich den Erwischten, den die beiden Nachbarn herbeigebracht und unter eine von den Laternen gestellt hatten.

„Siehst du die blutigen Striemen im Gesicht und auf den Händen? Ich wette, daß die von unserem Freund stammen.“

„Was ist mit seinem Kumpan?“ erkundigte sich Nachbar Fummel.

„Der hier genügt uns fürs erste", meinte Putzi. „Sie haben zusammengearbeitet, und der eine wird den anderen wohl kennen. Der kommt nicht weit!"
Bald darauf erschien die Polizei. „Sie haben da einen prima Wachhund. Dem haben wir vermutlich einen guten Fang zu verdanken! Schon seit Monaten sind wir hinter ein paar Tierfängern her. Allein in unserem Landkreis sind zuletzt über dreißig Katzen und Hunde als vermißt gemeldet worden – ohne diejenigen, die von ihren Besitzern einfach abgeschrieben wurden."
„Ich dachte, Tierversuche sollten bei uns eingeschränkt werden?" fragte Edith. Die Polizisten winkten ab. „Ach was, wir kriegen das Problem einfach nicht in den Griff, solange es nicht grundsätzlich verboten wird, an Tieren herumzuexperimentieren und mehr Hunde und Katzen dafür gebraucht werden als auf legalem Weg zu kriegen sind."
Damit wandte er sich an den Festgenommenen, der ausdruckslos vor sich hinstarrte. „He, Kumpel, wieviel zahlen sie dir denn für so einen Fang?" Aber der Mann kniff verbissen den Mund zusammen und blieb stumm.
„Macht nichts, Freundchen, du wirst schon reden. Zunächst bringen wir dich auf alle Fälle mal in Sicherheit!" Und zur Familie und den Nachbarn gewandt: „So ein gestohlendes Tier ohne Papiere bringt ihm zwischen vierzig und siebzig Mark. Ein einträgliches Geschäft!"
„Aber das Risiko!"
„Risiko?" Der Gendarm sah Edith verwundert an. „Wie kommen Sie denn auf so was? Wer kümmert

sich denn schon um so ein Tier? Gerade hier auf dem Land laufen doch genug davon frei herum."
„Werden sie denn überhaupt nicht bestraft, wenn sie erwischt werden?"
„Sie haben vielleicht Illusionen, verehrte Dame. Wenn unser Kumpel hier vor den Richter kommt, behandelt der die Angelegenheit als ‚Diebstahl einer Sache', verdonnert ihn eventuell zu 500 Mark Geldstrafe und läßt ihn laufen. Die 500 Klötze hat der doch in einer einzigen Nacht wieder zusammengeklaut!"
Damit verfrachteten die Uniformierten den ertappten Tierfänger ins Auto und fuhren mit ihm und seinem Gefängnis auf Rädern davon.
„Schafft euch Tiere an, wenn's zu langweilig ist!" meinte Edith beim anschließenden sehr frühen Frühstück und betrachtete nachdenklich unseren Kater, der zur Belohung für seine Dusseligkeit eine doppelte Portion süßer Sahne schlecken durfte.
„Erinnerst du dich noch, als er dem Barzi das Leben gerettet hat – damals auf dem Grundstück in Daytona Beach?"
„Ich weiß", antwortete Putzi und hob meinen Teller auf mit dem übriggebliebenen Weißen vom Ei. „Als er operiert war und draußen lag und Mau die Schlange von ihm weghielt. Jetzt hat er sich halt revanchiert."
„Schön ist's ja doch, daß wir beide noch haben!" stellte die Lady fest, und ich fühlte, daß sie das ganz ehrlich meinte.
„Aber in Zukunft bleibt der Katzert nachts drinnen!" bestimmte der Master abschließend, ehe wir uns noch einmal hinlegten – rechts die Lady, links ihr Putzi, am

Fußende der in Sicherheit gebrachte Hauskater. Und dazwischen endlich wieder einmal ich.
Denn heute war ein besonderer Tag!

79. Arme und reiche Hunde

Auch Hunde sind ein Teil der Wohlstandshierarchie, behauptet Herrchen, was meine eigenen Beobachtungen bestätigen. Ganz unten rangieren die Herren- und die Heimatlosen. Jene, die nie wissen, aus welchem Winkel sie der nächste Fußtritt hinausbefördern wird. Für die Feiertag ist, wenn sie im Abfall einen Knochen finden, den sonst keiner haben will. Der sie nicht satt macht, aber ihrem Leben eine neue Frist gibt.
Gleich über ihnen vegetieren die „Sentas". Die wissen zwar, wem sie gehören und wohin. Ihr bißchen Sicherheit haben sie aber eingetauscht gegen die Freiheit, das Sichentscheidenkönnen für die eine oder die andere Straßenseite, diese oder jene Hauswand. Sie werden auf kleinstem Raum gehalten, und was Streicheleinheiten sind, erfahren sie erst im Hundehimmel.
Geliebt auf eigene Art werden sicher Möpse und ähnlich degenerierte, unter ständigen Verdauungsstörungen leidende Exemplare unserer Gattung. Man stopft sie mit Süßigkeiten voll, verhindert aus falscher Fürsorge, daß sie sich körperlich anstrengen und trägt sie so buchstäblich auf Händen einem frühen Kreislaufkollaps entgegen.
Eine ganze Klasse besser dran sind da jene von uns, die wohl zu einer ärmeren Menschenfamilie gehören, von

dieser aber anständig behandelt werden. Einerseits entgehen sie wegen chronischen Geldmangels der vorzeitigen Verfettung, andererseits ersetzt ein gutes Wort dann und wann so manche Fleischwurst.
Ganz oben sind die Glücklichen angesiedelt, die als ernstgenommene Angehörige eines ebenso wohlhabenden wie verständnisvollen Zweibeinerrudels zur Persönlichkeit heranreifen können. Die eine Art Mitspracherecht im Familienrat besitzen und denen man zuhört – auch wenn man sie mitunter überstimmt.
Man kann diese Standesunterschiede auch anders ordnen: Hund ohne Heim, Hund mit unwürdiger Bleibe, Hund mit Stadtwohnung, Hund mit Haus und eigener Grünanlage und schließlich Hund mit allen Privilegien, wozu die Benutzung mehrerer Häuser und ihrer Gärten sowie jede Art zusätzlichen Freilaufs in der weiten Natur gehören, weil Herrchen und Frauchen selbst darauf versessen sind, möglichst viel spazierenzugehen.
Zu dieser Oberschicht würde nach meinen neuesten Informationen in Kürze auch Assi gehören, die agile Jagdhündin von Putzis bestem Freund. Denn Adi hatte beschlossen, unser Haus im Vogelsgebirge zu kaufen, als er hörte, daß wir nach Amerika zurück wollten. Das ohnehin verwöhnte Frauenzimmer sollte ein noch schöneres Leben haben und seine superschlanke Stromlinienform behalten, wozu Adi unser Haus als Ausgangspunkt ausgedehnter Wanderungen gerade recht schien.
„In unserem Haus in Aschaffenburg hat sie die Woche über nicht genug Bewegung, weil meine Weiber zu

faul sind. Im Ziergarten gräbt sie bloß die Beete um und pinkelt das bißchen Grün gelb. Fahren wir übers Wochenende aufs Land, damit sie wenigstens dann Bewegung hat, kommt mich das auf die Dauer im gemieteten Quartier teuerer als ein eigenes Wochenendhaus. Meine Pferde kann ich hier auch noch unterstellen – und das Ganze sogar steuerlich absetzen. Ich spare also noch Geld!"

„Assi ist ein teuerer Hund", fand Edith. Aber der Master wies sie darauf hin, daß es Adi wahrscheinlich zunächst auch um die eigene Figur gehe und um eine sichere Geldanlage. Schließlich sei damit zu rechnen, daß im Laufe der Zeit die Misthaufen in der Nachbarschaft verschwänden und auch Fummels Autofriedhof seinem Eigentümer keine Freude mehr mache. Dann werde der Wert des Hauses am Ortsrand ganz erheblich steigen.

Ihr sei es jedenfalls egal, wieviel Adi eines Tages daran verdiene, stellte Frauchen daraufhin fest. Hauptsache, kein Fremder kriege das Haus, weil es ihr so sehr ans Herz gewachsen sei und es ihr im Vogelsgebirge überhaupt prima gefalle. Aber Nobbi und sein Vater wollten ja partout, daß man wieder nach Amerika ziehe.

Wie immer, wenn Frauchen Anzeichen von Frustration erkennen läßt, umarmte Herrchen sie auch jetzt und betonte, sie sei das beste Weib auf der Welt. Unser Haus in Atlanta, in dem Nobbi wohne, sei auch etwas Feines. Und wenn sie sich dort wirklich nicht wohlfühlen sollte, könne man sich ja immer noch nach etwas anderem umsehen.

Resigniert antwortete Edith: „Rein in die Pantoffeln, raus aus den Pantoffeln. Barzi, mit so einem Herrchen kommen wir niemals zur Ruhe."
Doch als wir dann noch ein Stündchen die schöne Umgebung auskosteten und die Kühe besichtigten, die gerade auf die Weide getrieben worden waren, sah sie selbst ein, daß unser Weiterziehen auch etwas Gutes hatte.

„Früher oder später – und sicher früher – hätte es sowieso Ärger mit den Bauern gegeben. Barzi wird nie lernen, daß Kühe keine Hasen sind, die man jagen kann. Adi wird mit seiner närrischen Assi garantiert deshalb Probleme kriegen."
„Der hat bessere Nerven als wir!" lachte Putzi und nahm Frauchen meine Leine aus der Hand, denn Edith konnte mich nicht mehr halten. Eine besonders neugierige Kuh hatte übersehen, daß der Elektrozaun, der sie am Ausbüchsen hinderte, so hoch gespannt war, daß ich unter ihm durch konnte.
Da aber unser Putzi eben doch nach wie vor der kräftigste Hund im Rudel war, verhinderte er zugleich, daß meine Leine mit dem Stromkreislauf in Berührung kam und die sechs Beine an ihren beiden Enden samt Zubehör beschädigt wurden.
Auch reiche Hunde leben nicht ungefährlich!

80. Vorbereitungen und Aufbruch

„Für das Geld, das wir hier für unser Haus kriegen, gibts drüben in Amerika zwei", freute sich Herrchen.
„Nicht im Norden und auch nicht in Texas und Kalifornien", schränkte Frauchen ein und versteckte dabei eine Menge spezialdeutsches Zweibeiner-Futter zwischen der Wäsche und den Büchern für den Überseetransport.
„Wer sagt denn etwas vom Norden, von Texas und Kalifornien?" wunderte sich Putzi und schleppte noch mehr Spaghetti, Nudeln, Puddingpulver und Vanille-

zucker, Saucenwürfel und Trockensuppe herbei, die meine Familie nach Amerika schmuggeln wollte.
Denn eben dort, wo man ein Haus für die Hälfte bekommt, muß man für solche Dinge mindestens das Dreifache ausgeben. Und wir sind nun einmal eine zwar wohlhabende, aber zugleich auch sparsame Familie. Was man übrigens schon daran erkennt, daß Putzis bester Freund für seine reinrassige Hundedame, die meinen Sitz im Vogelsgebirge einnehmen sollte, achthundert Mark gezahlt hat, Herrchen für seinen zweirassigen Labrador-Pointer jedoch keinen einzigen Dollar.
„Für uns kommt sowieso nur Florida in Frage“, betonte der Master. „Höchstens noch ein Staat im ‚Tiefen Süden‘, Georgia vielleicht oder Louisiana, wo die Natur noch in Ordnung ist und wir in der Nähe von Nobbi sind.“
Edith dachte nach. „Wir werden noch mehr Kartons brauchen. Die Lebensmittel nehmen ganz schön Platz weg. – Nach New York oder Dallas hätten mich auch keine zehn Pferde gebracht. Dann hätten wir gleich nach München, Frankfurt oder Hamburg ziehen können. Das wäre mir noch lieber gewesen.“
„Dort hättest du dir aber kaum einen Park ums Haus herum leisten können wie drüben“, gab Putzi zu bedenken, „keinen eigenen Tennisplatz und ein Schwimmbad für uns allein, kein Grundstück, das groß genug ist, um mit Barzi spazieren zu gehen. Und das alles für hunderttausend Dollar!“
Da hatte man's wieder: auch die Besten von ihnen benehmen sich manchmal, als hätten sie ein Brett vor

dem Kopf. Sie reden von Parks, eigenem Swimming-Pool und Tennisplatz für Hunderttausend – und im selben Moment versuchen sie ein paar lumpige Hunderter zu sparen, indem sie Schokoladensauce und Hühnerbrühe als Unterhosen, Bettlaken und Liebesromane deklarieren!

„Ich freu' mich so auf Nobbi!" teilte uns Oma von ihrer Sesselecke her mit, während ich Frauchen gerade noch davon abhalten konnte, einen der Wäsche-Nudel-Kartons zuzukleben, in dem sich Mau eingebuddelt hatte. Denn unser eigenwilliger Kater liebte es immer noch, sich dort niederzulassen, wo er nichts zu suchen hatte.

Herrchen raufte sich die Haare. „Das wäre eine böse Überraschung geworden, wenn der Barzi nicht so wachsam gewesen wäre und wir hätten in sechs oder acht Wochen den Kasten geöffnet."

„Du bist unser bester und klügster Hund, und ich habe dich damals zu Recht unter all den andern herausgesucht", behauptete die Lady, und wir küßten uns zärtlich. Denn in der Welt der Zweibeiner bringt man Lebensrettern seinen Dank auf diese Weise entgegen.

„Morgen um die gleiche Zeit werden wir schon fort sein", erklärte unser Leithund. „Hast du alle Papiere beisammen – auch die Impfbescheinigungen für die Tiere?"

„Selbstverständlich, hoher Herr", sagte die Lady und verbeugte sich tief vor unserem Master. „Als dein stets gehorsames Eheweib habe ich alle kleineren Verwaltungsarbeiten erledigt, damit du, mein Gebieter, dich ganz den großen Entscheidungen widmen konntest."

Huldvoll hob Herrchen die Lady zu sich empor, und dann prusteten die beiden los, denn aus Omas Ecke war prompt ein mißbilligendes „Verrücktes Volk!" gekommen.

Im übrigen brachte Herrchens zuletzt getroffene große Entscheidung noch am selben Tag die Möbelträger herbei. Die trugen in kurzer Zeit unsere Erinnerungen hinaus und machten aus einem gemütlichen Hunde- und Katzenheim eine charakterlose Höhle. Nur Küche und Kleiderschränke rührten sie nicht an. Putzi hatte sie Assis Herrchen überlassen, weil sie in amerikanischen Häusern ohnehin eingebaut sind.

Nachdem keine Betten mehr da waren, verschlief Oma die letzte Nacht bei Bauer Hurtig, und das „verrückte Volk" legte sich zu mir auf den Boden. Auswandern verwischt nämlich Standesunterschiede und Rangfolge und fördert das Gemeinschaftsgefühl. Wenigstens beinahe.

Denn von den Kissen, die Edith der Bequemlichkeit halber ausgebreitet hatte, beanspruchten sie und ihr Putzi den größten Teil für sich selbst. Dem Lebensretter wäre nur ein unbedeutender Zipfel geblieben, hätte er sich nicht zu helfen gewußt.

Ich beschloß, mich einfach zwischen die beiden lieben Menschen zu legen und nutzte Frauchens Weichteile zu meinem ganz persönlichen Komfort.

Die Lady wehrte sich am Anfang ein wenig und meinte, ich sei ja noch schwerer als Herrchen. Aber dann gewann bei ihr doch die Überzeugung die Oberhand, daß ich eine gewisse Bevorzugung verdient hatte.

Als wir am nächsten Morgen aufbrachen, holten sie gerade Senta aus ihrem Käfig und brachten sie unter dem Protest von Hämischs zu einem Wagen mit der Aufschrift „Tierhilfe e. V. Lauterburg".

„Denen hat bestimmt jemand einen Tip gegeben", vermutete Bauer Hurtig, als wir uns von ihm verabschiedeten.

„Lange genug hat es gedauert!" fügte seine Frau hinzu.

Und wieder einmal zeigte sich die philosophische Ader unseres Masters. „Große Entscheidungen brauchen eben ihre Zeit!" stellte er ruhig fest und gab Gas.

„Auf Wiedersehn, du mein schönes Vogelsgebirge", winkte Frauchen zum Abschied.

„Wohl kaum", widersprach Oma aus guter Tradition.

Doch Herrchen hatte auch jetzt das letzte Wort: „Wer weiß? In unserer Familie ist alles möglich!" Und Mau, der bereits in seinem Flugbehälter auf dem Rücksitz saß, schnurrte dazu, als könne ein so dummer Kater verstehen, was Menschen sagen.

Am Ende von Forstmühlen stand ein schwarzweiß geflecktes Etwas und wedelte. Dann war auch das vorbei. Nicki würde sich einen neuen Freund suchen und mich bald vergessen.

Ende